Dédiée à la meilleure des sœurs, Stephanie—
qui achète toujours mes livres, même si ce ne sont pas ses lectures de prédilection.

CHAPITRE UN

27 décembre 1817
Hertfordshire

Sir Lucius Clavering, sixième baronnet de Mardley, venait de desserrer sa cravate et de s'installer dans le fauteuil le plus confortable de son pavillon de chasse lorsqu'il entendit la forte résonance du heurtoir qui avait frappé sur la porte d'entrée et les pas de Briggs qui s'apprêtait à aller répondre.

Il n'attendait pas de visiteurs et se demandait qui pouvait arriver à cette heure-ci pour l'importuner, mais il avait ordonné à Briggs de ne pas le déranger, et ainsi, avec un sourire satisfait, il occulta les bruits à l'extérieur de la bibliothèque et attrapa son brandy chaud. Une bûche dans l'âtre se fissura et la fumée remonta dans la cheminée bien nettoyée. Depuis une heure environ, des arômes agréables de gibier rôti et de sauces françaises mijotées flottaient dans la petite maison en pierre, dont les senteurs accueillantes étaient réconfortantes. Il avait enduré des obligations de Noël fastidieuses au domaine, à cause de sa mère veuve qui y vivait toujours, et des demandes incessantes de ses jeunes frères et sœurs autorisés à participer à de telles assemblées. Un repas tranquille avec lui-même pour seule compagnie suffirait à ramener sa paix.

Un léger coup à la porte de la bibliothèque mit un terme à ses espoirs. Lucius soupira bruyamment et se demanda ce qui pouvait être assez important pour qu'on le dérangeât.

— Entrez.

— Il s'agit d'une jeune… *hum*, dame, monsieur, dit Briggs. Il semble qu'elle se soit égarée dans la neige et soit en quête d'un abri.

— Elle n'est pas accompagnée, je présume ? demanda Lucius en levant un sourcil.

Ce n'était pas la première fois. Le nombre d'*accident fortuits* survenus à l'extérieur de sa propriété de Londres l'obligeant à venir en aide à de charmantes jeunes filles était devenu impossible à compter, et ces manigances ennuyeuses faisaient perdre patience à Lucius. Il semblait qu'il n'était même plus en sécurité dans le Hertfordshire.

— Naturellement, répondit Briggs, les yeux scintillants.

Il était aussi conscient du stratagème que son maître.

— Faites-la entrer, alors, dit Lucius dans un soupir.

La jeune personne introduite dans sa bibliothèque quelques minutes plus tard était une parfaite illustration de ces fameuses jeunes filles. Elle avait un attrait certain, avec un doux visage en forme de pomme et des yeux de biche, encadrés par un halo parfait de boucles dorées qui bordaient un chignon dans son dos. Il put s'en rendre compte, car elle avait enlevé sa capote.

— Je suis terriblement désolée de vous déranger, monseigneur, dit-elle d'une voix qui n'était guère plus qu'un murmure.

— Ne m'appelez pas *monseigneur*, répondit-il avec autant de patience qu'il le pouvait. Un *monsieur* suffirait. Faites-moi savoir comment je peux vous aider.

— Vous êtes très bon.

La jeune femme inspecta la pièce avec de grands yeux et, en apercevant une peinture sanglante d'une scène de chasse couvrant tout le mur du fond, elle frissonna et lui tourna le dos, l'origine de son geste semblant plus relever de l'artifice que de la délicatesse.

Lucius attendit, son irritation teintée d'une pointe d'amusement.

— Mais comment êtes-vous arrivée ici, Miss...?

— Miss Woodsley. La diligence m'a déposée sur la butte et je me suis trompée de chemin. Je croyais que c'était la route menant chez les Craigson.

— La diligence ? Si tôt ? Ce doit être la première fois qu'elle arrive en avance. Comme elle ne répondait pas, il demanda :

— Et qui sont ces Craigson ?

La jeune fille mordit sa lèvre inférieure charnue et le regarda droit dans les yeux. Elle était assez jolie et, dans un sursaut, Lucius réalisa qu'il y avait aussi quelque chose de familier en elle. Venait-elle de la société mondaine de Londres ? D'une famille locale ? Il n'arrivait pas à la situer.

— Les Craigson sont une grande famille du Hertfordshire, dit-elle. J'ai été invitée par leur fille Constance à venir leur rendre visite.

Lucius fronça les sourcils.

— Je pensais connaître toutes les familles des environs. À moins qu'ils n'aient loué le domaine de Burnham ? demanda-t-il en la regardant. Dans quel village habitent-ils ?

— Ils résident à Coddicot, monseigneur… monsieur.

— Coddicot ! Mon Dieu, mon enfant. Vous êtes très loin de là. La diligence change de direction au sud d'ici à Welwyn, et vous êtes maintenant à l'est de l'endroit où vous voulez être à Woolmer Green.

L'humeur joviale dans laquelle il se trouvait devant sa prétendue innocence, qu'il estimait parfaitement étudiée, s'évanouit en réalisant la situation dans laquelle il se trouvait maintenant. Le devoir de l'honneur lui imposait de l'escorter sans délai jusqu'à la maison de ces Craigson. Et par ce temps ! Cela signifiait la fin de sa quiétude.

— Comment se fait-il que vous vous soyez retrouvée à voyager seule sans personne pour veiller à votre sécurité ?

Miss Woodsley leva les yeux avant de répondre.

— La directrice du séminaire Paisley m'a dit qu'on ne pourrait pas faire perdre de temps à un domestique pour m'accompagner, monsieur, et que je pourrais me débrouiller seule dans la diligence.

— En effet. Quelle étrange idée pour une directrice, alors qu'elle devrait être celle qui se soucie de votre bien-être. Une femme cultivée et jeune, comme vous l'êtes, seule sur la route ? Je ne peux pas le comprendre. *Je ne peux pas le croire non plus.*

Miss Woodsley baissa la tête et étudia la neige fondante sur les côtés de ses bottes. Lucius sentit le poids de sa présence. Combien il avait besoin de cette soirée de solitude et de calme, et combien il était peu enclin à sortir en calèche par un temps pareil !

Il marqua une pause. Sa sœur était probablement encore à St. Albans et donc elle ne serait pas d'une grande aide, mais peut-être que Lady Harrowden voudrait bien l'accueillir. Il serait très gênant de revoir son ancienne voisine après l'avoir négligée pendant les deux dernières années, mais elle verrait sûrement qu'il était dans l'embarras.

Lucius secoua la tête. Il ne pouvait pas la déranger si tard. Il devrait aller à Coddicot.

— Avez-vous mangé ? demanda enfin Lucius. Je peux demander à la cuisinière de vous apporter quelque chose pour vous sustentez pendant que nous réfléchissons à ce que nous pouvons faire.

— Vous êtes trop généreux, monsieur.

Son invitée importune leva lentement son regard pour

rencontrer le sien, en faisant un battement de cils, et elle continua :

— Bien que je sois pressée de partir, cela me ferait du bien de manger un peu.

Nous y sommes. La séduction commence. Ils seraient sûrement à mi-chemin de leur repas quand la sonnette retentirait, et que le père ou l'oncle outragé, ou quiconque, qui aurait été conduit à son pavillon de chasse par une intervention divine, ferait irruption dans la salle à manger et se soulèverait avec force et indignation contre la pensée de son innocente fille ou nièce dînant seule avec un *séducteur licencieux* aussi réputé que Sir Lucius Clavering, en déclarant qu'ils devraient se marier *immédiatement* pour garder sa réputation intacte.

Miss Woodsley, il en était certain, n'attendrait pas que les vœux eussent été échangés pour se montrer sous le jour d'une femme autoritaire et rusée. Dès que le contrat serait signé, elle commencerait la lente interférence de son existence confortable jusqu'à ce que tous ses amis secouassent la tête de pitié. Lucius grinça des dents en pensant à cette image.

— Briggs vous conduira dans la salle à manger, où je demanderai à la bonne de s'occuper de vous, répondit-il avec une politesse glaciale. Elle veillera à ce que les règles de bienséance soient respectées.

Et bien qu'il ne pût en être certain, il crut voir un éclair de déception dans les yeux de Miss Woodsley. Sa première opinion la concernant avait été juste.

CHAPITRE DEUX

L'avant-dernière passagère à quitter la diligence, une femme plantureuse qui avait prétendu être une infirmière qui soignait la bourgeoisie, sortit de la voiture inclinée dans un tourbillon de flocons de neige qui ne semblait pas inquiéter le cocher, si ses éclats de voix à chaque arrêt était une quelconque indication, et donc Selena Lockhart décida que cela ne l'inquiéterait pas non plus. Les gros flocons semblaient être de petites choses inoffensives et plaisantes s'ils n'étaient pas accompagnés d'un froid mordant.

La passagère sur le départ donna à Selena un grand coup sur l'épaule avec le panier qu'elle avait jeté sur son dos solide, un coup qui laisserait sûrement une marque. Bien qu'elle eût été bavarde et qu'elle eût une odeur d'ail et d'alcool, sa présence manqua à Selena dès que la porte de la diligence se ferma et qu'ils rejoignirent la route. Quand elles avaient partagé toutes les deux la chaleur de la voiture fermée, Selena avait pu éloigner ses sombres pensées concernant l'avenir. Seule, elle se mit à frissonner.

Au début, le froid provoqua seulement de petits tremblements tandis qu'elle s'adaptait à l'invasion de l'air glacial, et elle essaya en vain d'enrouler encore plus étroitement sa cape autour d'elle. Puis ses dents se mirent à claquer. De manière perceptible. *Eh bien, Selena. Tu as décidé d'adopter ce plan et tu dois maintenant le mener à bien.* D'ailleurs, tout serait mieux que les attentions désagréables de Robert Bromley, qui était à l'aube de ses vieux jours et s'imaginait encore qu'elle devait lui être reconnaissante de son offre.

Après une autre demi-heure de méditation infructueuse, la diligence s'arrêta brusquement et s'inclina sur son axe. Selena fut précipitée en avant, en se cognant la tête sur le siège opposé avec une force qui lui fit monter les larmes aux yeux. Avec sa chance, cela laisserait une autre marque, et une plus visible encore. Il y eut une agitation et des cris lorsque le cocher, ainsi que le seul passager assis sur le dessus de la diligence, qui avait tenté de se frayer un chemin à l'intérieur sans succès car il n'avait pas payé le supplément, descendirent pour inspecter les dégâts. Selena souleva le lourd rideau de cuir et regarda l'activité depuis sa fenêtre.

— Nous sommes coincés, déclara le cocher avec un air renfrogné.

Il enleva la neige de son chapeau et le remit sur sa tête.

— Ce n'est pas une surprise étant donné la façon dont vous manœuvrez la voiture sur cette route tortueuse, dit le passager en secouant la tête de dégoût.

Le conducteur avança le menton et demanda :

— Qu'est-ce que vous avez dit ?

Selena se mordit la lèvre. Les deux avaient échangé des mots durs depuis que le passager du toit était monté plusieurs heures plus tôt, et les querelles avaient contribué à son sentiment d'isolement. Une pensée lui vint à l'esprit, née du désespoir. Peut-être était-elle assez près de sa destination pour marcher, puisque la prochaine étape était la sienne. Leurs voix n'arrêtaient pas de s'élever, et avant que les hommes ne se ruassent dans une bagarre pure et simple, Selena prit sa valise et poussa la porte. Si le courage ne pouvait pas surgir de lui-même, elle devait le conjurer.

— Miss, vous n'avez pas besoin de descendre de voiture.

Le chauffeur fit une pause dans son algarade, en s'adressant à elle avec le ton dédaigneux qu'il avait adopté depuis le moment où il avait remarqué son rang inférieur.

— Nous reprendrons la route dans un instant.

— Qu'est-ce que vous racontez ? s'exclama le passager.

Ce dernier joignit les mains et les plaça ostensiblement sur ses hanches et continua :

— Cette voiture n'ira nulle part. Nous aurons besoin d'un cheval de trait pour nous tirer d'affaire, et de plusieurs hommes.

Le cocher gonfla le torse comme un coq prêt à se battre.

— Arrêtez de vous prendre pour le cocher de cette voiture.

— Excusez-moi, interrompit Selena.

Elle ne serait pas découragée par les manières cavalières du cocher. Que connaissait-il de sa situation, d'ailleurs ?

— Est-ce que l'un de vous sait où nous nous trouvons ? demanda-t-elle.

En la gratifiant d'un regard impatient, le chauffeur répondit sèchement :

— Je viens d'entrer dans Woolmer Green.

Il se retourna vers le passager, et il ajouta :

— Et ceci est un large tronçon de route plate...

Woolmer Green ne lui évoquait rien.

— À quelle distance sommes-nous du domaine de Harrowden ?

— Harrowden ?

Avec un dédain délibéré, le cocher détourna le regard du passager et se frotta le menton avant de finir par répondre :

— C'est à quatre miles d'ici, je pense.

La détermination de Selena commençait à vaciller et elle se blottit dans sa cape pour se protéger de la rafale de flocons de neige.

— Alors il ne sera pas possible d'y aller à pied en partant d'ici, dit-elle en regardant le cocher. Que comptez-vous faire, monsieur ? Pensez-vous vraiment que nous allons pouvoir nous débloquer ?

Elle le suppliait silencieusement avec ses yeux. *Pas de fanfaronnade. J'ai besoin de la vérité.*

Le cocher ouvrit la bouche pour donner une réponse rapide mais s'arrêta lorsque le passager haussa les sourcils. Puis, il finit par parler comme si les mots lui étaient soutirés.

— Peut-être a-t-il raison. La roue a heurté une ornière gelée et l'essieu s'est cassé. Nous ne sommes qu'à trois miles du dernier relais de poste.

Il étudia ensuite sa silhouette masquée par sa cape avec intérêt.

— Nous allons dételer les chevaux, et vous pourrez monter à cheval avec moi.

L'éclair de révulsion qui la frappa fut involontaire et instantané.

— Non, je ne pense pas que je me joindrai à vous, dit Selena d'une voix forte qui la surprit même.

Elle prit solidement la valise, qu'elle avait gardée dans ses bras, par la poignée.

— Je me réfugierai là-bas dans la maison dont les fenêtres sont éclairées. Je suis sûre qu'ils auront pitié de mon sort et m'apporteront leur aide. Vous devez apporter ma malle au prochain arrêt comme prévu, et je demanderai à Lady Harrowden d'envoyer quelqu'un pour la récupérer au relais de poste demain.

Selena parlait avec une confiance qu'elle était loin de ressentir.

— En tout cas, si des brigands viennent piller la voiture pendant votre absence, Dieu sait que je n'ai rien de valeur à voler, déclara-t-elle.

Elle n'attendit pas leur réaction mais se retourna et commença à marcher.

Après quelques pas le long du chemin bordé d'arbres, elle ne pouvait plus entendre leur dispute, qui avait recommencé dans son sillage. Le silence était un soulagement. Elle ne savait que trop bien dans quelle position vulnérable elle se trouvait, en voyageant seule avec deux hommes aux mœurs inconnues pour l'accompagner. Plus vite ils l'oublieraient, mieux ce serait. Non, il était plus prudent de se diriger vers le manoir qu'elle apercevait au loin. Il était d'une taille convenable, ce qui signifiait serviteurs et respectabilité ; et mentionner qu'elle devait rendre visite à Lady Harrowden lui donnerait la protection dont elle avait besoin.

Le silence devint moins agréable à mesure qu'elle marchait péniblement dans la neige, et la maison lui parut plus éloignée qu'elle ne l'avait cru de prime abord. Il y eut un mouvement dans les arbres à sa droite, qui fit battre son cœur, et ses bras lui faisaient mal à cause du poids de sa valise et des livres qu'elle y avait rangés. Ses pieds brûlaient de froid et des morceaux de neige glissaient dans le haut de ses bottes alors qu'elle s'enfonçait dans la neige poudreuse et blanche à chaque pas.

Selena arriva enfin puis frappa la porte d'entrée avec le heurtoir, et entendit le bruit résonner à l'intérieur. Elle essaya d'avaler la boule qui était coincée dans sa gorge, alors qu'elle attendait dans le silence froid, et elle jeta son regard sur le manoir en pierre à deux étages orné de huit fenêtres à chacun d'entre eux. Un hululement de hibou vint des arbres à sa droite, et elle sursauta en entendant ce son sinistre et lugubre.

Trois ans auraient dû être assez pour la préparer à cela, mais cette période de temps ne semblait pas suffisante. Un an pour se remettre du choc du déclin de son père qui avait joué toute sa fortune et s'était jeté à corps perdu dans l'alcool, de l'annulation de la proposition de mariage de Matthew Downing, et de l'intérêt inconstant de ses anciens amis de la société mondaine qui s'était réduit à néant. Un an pour anéantir tous les espoirs qu'une nouvelle vie pût être vécue dans la petite propriété de sa mère à

Bedford, où suffisamment de bourgeois étaient liés au pouls de la société londonienne et de ses délicieux potins. Un an pour s'enfoncer davantage dans la misère alors que son père, affaibli, succombait à la grippe et que les percepteurs venaient prendre le peu qu'il restait.

Cela fut assez difficile de quitter la maison, en tant que fille responsable et aînée de quatre enfants, mais elle avait persuadé sa mère que cela était la seule chose à faire après avoir refusé de contracter un mariage sans amour, et cela était effectivement le cas. Elles n'avaient aucun moyen d'offrir à ses sœurs une saison londonienne où leurs humeurs douces et leurs charmants visages pourraient faire envisager à certains gentlemen un mariage inégal. Au moins, avec Selena partie, il y aurait une bouche de moins à nourrir pour sa mère. Et Lady Harrowden offrait un salaire respectable. Si jamais Selena avait eu besoin d'un signe de la providence indiquant qu'elle était sur la bonne voie, ce moment était là, du moins c'est ce qu'elle avait pensé jusqu'à présent.

La porte s'ouvrit, mais l'homme derrière ne ressemblait pas à un domestique. Ses vêtements étaient trop raffinés, et il avait un beau menton et un front noble avec un sillon proéminent au milieu. Il y avait sur son visage une expression de supériorité hautaine et, si elle ne se trompait pas, de l'ironie.

— Oui, miss ? Comment puis-je vous être utile ?

— Bonsoir, monsieur. J'étais en route pour Harrowden, mais la diligence s'est cassée. J'ai vu les lumières de cette maison depuis la route et j'avais espéré trouver de l'aide ici.

— Je ne m'attendais pas à héberger un poulailler quand j'ai fait ouvrir les volets aujourd'hui, répondit-il de manière énigmatique. Harrowden ? Au moins, vous êtes dans la bonne ville.

Quelle étrange façon de m'accueillir. Cela n'était rien à quoi Selena pouvait répondre, alors elle attendit qu'il continuât.

— Et qu'est-ce que vous avez à faire avec Lady Harrowden ?

Son regard cynique déstabilisa Selena, et elle se sentit aussi misérable qu'elle en avait sûrement l'air. Non seulement sa cape était vieille de plusieurs saisons, mais elle avait perdu son éclat par endroit.

— Dame de compagnie, je présume ? essaya-t-il de deviner.

Selena fulmina un instant. Si seulement cet homme l'avait connue avant sa disgrâce, il n'aurait jamais osé lui parler d'une manière aussi désobligeante. Elle ne pouvait pas le remettre à sa place comme elle le désirait, pas quand elle dépendait de son aide.

Pourquoi sa réaction devrait-elle la surprendre, cependant ? C'était comme cela que les choses étaient dans la société mondaine.

— Vous avez présumé correctement, monsieur.

Selena attendait, toujours sur le pas de la porte avec le froid qui lui mordait le dos, mais il ne l'avait pas invitée à entrer. Peut-être avait-elle commis une grave erreur en venant ici toute seule, mais elle n'avait nulle part où aller maintenant. Le cocher de la diligence était parti depuis longtemps, et la seule alternative qu'elle avait, c'était une diligence vide ou une marche de quatre miles jusqu'à Harrowden, durant laquelle elle était sûre de se perdre ou de mourir de froid avant même d'avoir atteint sa destination.

Derrière le gentleman, un mouvement attira son attention et elle vit apparaître une jeune femme élégamment vêtue d'une robe crème et d'un spencer jaune primevère. Elle avait l'air jeune pour être la femme de cet homme, mais aucune autre explication ne s'offrait à elle.

Selena se détendit aussitôt et lui adressa un grand sourire.

— Bonsoir, madame. Je suis soulagée de voir que la maîtresse de maison est chez elle. J'avais commencé à craindre d'être tombée sur une maison de célibataire.

Le regard que la femme jeta à son mari troubla Selena, car ce n'était pas un regard qui avait de l'aplomb. Était-elle alors nouvellement mariée et mal à l'aise dans sa position ? Selena plissa les yeux. Peut-être cette maison était-elle dirigée par un despote dont la propre femme tremblait devant lui, ce qui ressemblerait beaucoup à ce que pourrait être ce gentleman si son accueil initial était une quelconque indication. Mais elle ne pouvait pas renoncer à cette chance de recourir à une autre femme. Toute sa sécurité en dépendait.

— Je vous assure que je ne vous dérangerai pas longtemps, déclara Selena en ignorant le gentleman. Si un billet pouvait être envoyé à Harrowden, je suis tout à fait certaine qu'ils enverraient quelqu'un immédiatement pour venir me chercher.

— Cela est trop fort, murmura le gentleman en regardant sa femme.

Il fit un pas en arrière et croisa les bras, un sourire moqueur aux lèvres. Sans lui accorder un regard, Selena supplia des yeux de toutes ses forces celle qui pouvait l'aider.

— Je... je... dit la femme.

— Allez-y, exhorta le gentleman, en attendant que sa femme parlât.

Il semblait presque se réjouir de sa déconfiture. Selena était-elle tombée sur une maison de fous ?

En jetant un coup d'œil timide à son mari, la jeune femme dit :

— Je suis sûre qu'on peut vous préparer un souper en cuisine, n'est-ce pas ?

Une voix qui venait de plus loin se fit entendre.

— Monsieur, le souper a été apporté et vous attend dans la salle à manger.

Son regard fixé sur Selena, le gentleman dit par-dessus son épaule :

— Mettez une autre assiette.

Il avait donc l'intention de la laisser entrer. Bien. Elle ne sentait plus ses orteils, et même sa cape chaude commençait à être inefficace contre le froid mordant. Il ouvrit plus grand la porte et elle fit un pas à l'intérieur.

— Merci, monsieur.

Elle se tourna vers sa femme et lui fit une petite révérence.

— Et merci à vous, madame, dit-elle.

— Miss Woodsley n'est pas ma femme, en fait, dit le gentleman, alors qu'il ouvrait le chemin vers la salle à manger.

Il n'avait pas regardé en arrière en disant cela, et Selena essayait de déchiffrer la signification de son propos. La déduction lui vint immédiatement, et elle sentit une rougeur lui monter aux joues. Elle n'était pas tombée dans une maison de fous, non ! Elle était tombée dans une maison aux mœurs douteuses. Pas étonnant que cette pauvre fille eût l'air si mal à l'aise. Attendrait-il quelque chose de Selena ? Serait-elle une autre de ses conquêtes ? Même la neige était préférable à cela.

Elle suivait, hébétée. Enfin, son courage l'abandonna et Selena sentit des larmes lui piquer les paupières.

Son hôte s'arrêta devant une porte en bois sombre et il l'ouvrit, en faisant entrer la jeune femme devant lui. Quand Selena arriva à la porte, il jeta un coup d'œil à son visage et la retint avec une légère pression de l'épaule. Elle tremblait de froid et de peur, incapable de croiser son regard, mais il s'approcha jusqu'à ce qu'elle fût forcée de lever les yeux. Il semblait l'étudier, en cherchant quelque chose dans ses yeux, et le cœur de Selena battit étrangement.

— Je ne vous ferai pas de mal, dit-il d'une voix basse, comme pour apaiser un animal blessé.

Sans détacher son regard, il appela son serviteur.

— Pouvons-nous chevaucher jusqu'à Harrowden par ce temps ? Renseignez-vous auprès de Finn. Nous allons y escorter cette jeune femme ce soir.

— Tout de suite, Sir Lucius.

Le serviteur s'empressa d'obéir à ses ordres.

— Merci, murmura Selena.

Libérée de sa proximité, elle se plaça devant lui dans la salle à manger où un serviteur versait les boissons. Toute pensée à l'idée que Miss Woodsley pût être aussi terrifiée qu'elle l'était s'évanouit lorsque la jeune femme adressa un regard pénétrant au gentleman en entrant dans la pièce derrière Selena.

En se tournant avec un sourire séduisant qui était en contradiction avec sa voix vaporeuse et enfantine, Miss Woodsley se pencha en avant.

— Sir Lucius, vous commenciez à me dire comment nous pourrions nous rendre à Coddicot. Cela est tellement gentil de votre part de proposer.

Il s'assit et recula un peu pendant que le serviteur servait de la soupe dans son bol.

— Il faudra espérer que le temps se maintiendra pour que nous puissions effectivement partir demain. En attendant, je crois que le destin nous a envoyé une réponse sous la forme de Miss...

Il se tourna vers Selena et haussa les sourcils en guise d'interrogation.

— Miss Lockhart, se présenta-t-elle.

— Sous la forme de Miss Lockhart. Comme nous devons emmener Miss Lockhart à Harrowden, nous demanderons à Lady Harrowden de vous héberger pour la nuit afin de protéger votre réputation. Au matin, je les soulagerai de votre présence inattendue et vous conduirai à Coddicot où je pourrai vous rendre à vos amis, qui doivent être fous d'inquiétude.

Ses yeux pétillaient d'amusement et de connivence, et maintenant Selena était vraiment confuse. Cette femme n'était-elle pas sa maîtresse ? Peut-être n'était-il pas le séducteur licencieux que Selena avait supposé qu'il était.

Elle n'avait pas remarqué que la servante remplissait son bol de soupe fumante, mais maintenant elle sentait sa chaleur sur son visage.

— Je vous suis très obligée, monsieur, répondit Selena en jetant un coup d'œil à Miss Woodsley.

À y regarder de plus près, elle ne pouvait pas avoir plus de dix-huit ans. Comment était-elle arrivée ici ?

Miss Woodsley enroula la serviette autour de ses doigts dans un geste nerveux, et quand elle parla, elle avait perdu une partie de son assurance.

— Sir Lucius, j'admire votre noble impulsion à protéger ma réputation, mais… Lady Harrowden ne s'attendra pas à ma visite. Je ne peux pas m'imposer dans cette demeure de cette manière.

Elle s'arrêta pour prendre une inspiration tremblante, et Selena pensa qu'elle avait peut-être peur, jusqu'à ce que Miss Woodsley laissât échapper :

— Nous pouvons certainement nous arranger pour protéger ma réputation en même temps je reste ici, si je pars discrètement tôt demain matin.

Les yeux de Selena s'agrandirent. Il avait semblé à première vue que Sir Lucius était le chasseur et Miss Woodsley la chassée, mais maintenant…

— Vous vous méprenez, répondit Sir Lucius en prenant sa cuillère. Je ne suis pas concerné par votre réputation.

Selena n'était pas la seule à avoir été secouée par ses mots durs. En face d'elle, Miss Woodsley avait l'air d'avoir été giflée.

— Je suis, en l'occurrence, continua Sir Lucius, seulement préoccupé par la mienne.

À peine avait-il prononcé ces mots que le coup à la porte d'un autre visiteur résonna dans la maison.

Sir Lucius prit son verre de vin et le tint dans ses mains. Un sourire flottait au coin de ses lèvres.

— Ah. Maintenant, le divertissement commence.

CHAPITRE TROIS

Cela était exactement comme il l'avait prédit. Quelques minutes plus tard, en suivant les talons du serviteur de Lucius, un jeune homme fringant se précipita dans la pièce, son front marqué par la colère. Il rejeta sa cape en arrière, en révélant une fine lame. Il aurait eu l'air comique avec son entrée dramatique sans son expression sévère. D'une main, il enleva son chapeau, et de l'autre, il leva un doigt tremblant vers Lucius.

— Vous... vous, monsieur, vous aurez à répondre de vos manœuvres de séduction envers ma sœur. Comme cela m'étonne peu que son innocence l'ait conduite droit dans un piège tendu par un séducteur licencieux connu. Sa réputation ne survivra pas après que vous avez été enfermés ensemble de cette façon. Je veillerai à ce que justice soit faite, même si elle doit être rendue de ma main.

La nature audacieuse de cette déclaration fut quelque peu noyée lorsqu'il fouilla dans la poche de son gilet à la recherche d'un mouchoir et s'essuya le nez, qui avait commencé à couler. Lucius jeta un coup d'œil amusé à Briggs, puis à Miss Lockhart, qui fixait la vue devant elle comme une personne clouée sur place témoin d'une apparition surprenante.

Quand le gentleman eut remis le mouchoir dans son gilet, il se permit de jeter un coup d'œil dans la pièce. C'est alors qu'il vit de plus près le petit groupe rassemblé autour de la table. Il s'arrêta net à la vue de Miss Lockhart.

Lucius se leva.

— Permettez-moi de me présenter. Je suis Sir Lucius Clavering, baronnet de Mardley. Il semble que vous me connaissiez déjà de réputation…

Lucius plissa les paupières en prononçant ce mot, car bien qu'il eût jadis fréquenté de belles femmes aux mœurs libres comme tous les hommes de son âge, elles avaient depuis longtemps cessé de l'intéresser. Si sa réputation était atteinte, il savait que cela avait plus à voir avec le fait qu'il n'accordait que la plus stricte civilité aux jeunes filles sans aller jusqu'à des promesses de mariage. *Séducteur* était un qualificatif utilisé uniquement par dépit.

— Je n'ai pas du tout le plaisir de vous connaître, continua Lucius, et je ne peux pas dire que cela me chagrine. Vous reconnaîtrez votre sœur, Miss Woodsley, bien sûr. Et ici, dit-il avec un clin d'œil à l'invitée la plus récemment arrivée, voici Miss Lockhart.

Les yeux du jeune homme s'écarquillèrent alors qu'il fixait Miss Lockhart, et il chancela de manière visible.

— Je ne sais pas à quel genre de jeu subtil vous jouez, monsieur...

— Pourquoi cela ? Pas du tout, répondit doucement Lucius, en dépit de son irritation.

Pour qui ce débutant se prenait-il ?

— Si vous pensiez que j'avais des desseins concernant votre sœur, poursuivit-il, une femme sur laquelle je n'avais pas posé les yeux avant qu'elle ne m'obligeât à lui offrir l'hospitalité ce soir, laissez-moi vous assurer qu'il n'en est rien. La présence de Miss Lockhart protège assez bien sa réputation.

Mr. Woodsley toucha la poignée de l'épée comme s'il espérait être défié. *Imbécile.* Le jeune homme ne sortirait pas vainqueur.

— Mais quel genre de respect devrait m'inspirer cette femme ? demanda Mr. Woodsley en jetant un coup d'œil à la tenue démodée de Miss Lockhart avec une expression d'aversion. Comment se fait-elle qu'elle soit dans une maison de célibataire sans être accompagnée ?

Miss Lockhart étonna Lucius en sautant sur ses pieds et en prenant elle-même sa défense.

— Ma situation ne vous concerne pas, monsieur. Mais si nous cherchons à souligner des manquements aux convenances, je pourrais demander la même chose à votre sœur.

— Pourquoi ? Je ne vois pas en quoi cela vous concerne…

— Précisément, répondit Miss Lockhart, ses yeux clignant vivement.

— Vous contrecarrez vous-mêmes vos plans, murmura Lucius, en faisant signe au laquais d'apporter le deuxième plat.

La soirée qui avait tant menacé de rompre sa paix commençait à s'annoncer plutôt prometteuse. Il ne s'ennuyait pas.

Cependant, il était temps de mettre fin à cette farce.

— Je peux voir combien vous vous souciez du bien-être de votre sœur et quelle chance vous avez eu de découvrir où elle se trouvait. Vous devez être rassuré de retrouver sa réputation intacte. Votre arrivée est opportune. J'étais sur le point d'escorter votre sœur, ainsi que Miss Lockhart, à Harrowden, où Miss Lockhart résidera avec la comtesse.

— Lady Harrowden ? s'exclama l'homme en envoyant un regard surpris à sa sœur.

— Quel soulagement de ne pas avoir besoin d'incommoder Lady Harrowden en lui imposant une invitée inattendue, comme j'avais prévu de le faire jusqu'à ce que je puisse rendre votre sœur à ses amis le lendemain. Briggs, veillez à ce que nos invités aient tout ce dont ils ont besoin pour continuer leur voyage.

Les couverts en argent de Miss Woodsley claquèrent sur l'assiette au moment où elle se leva, le visage livide. Sans daigner regarder Lucius, elle passa devant son frère, qui était resté sans voix l'espace d'un instant, et se dirigea vers la porte.

— Eh bien, monsieur… Je vous suis, naturellement, très obligé. Je vois que j'ai mal interprété la situation, et si je vous ai causé des désagréments, alors pour cela, je vous présente mes excuses, dit Mr. Woodsley en tentant de sourire en guise d'apaisement. Je ne voudrais pas que cela ne nous embarrasse si nous devions nous revoir à Londres...

— Joseph, allons-y.

Miss Woodsley coupa court à ses effusions, au grand soulagement de Lucius. Avant que la porte ne se fermât complètement, son exaspération l'amena à se trahir.

— Tu es en retard.

La réponse étouffée de son frère arriva par la porte fermée.

— N'imagine pas me voir toujours apparaître en un claquement de doigt, même si tu rembourses mes dettes. Garde cela pour tes prétendants.

Leurs pas et leurs voix s'éloignèrent alors que Briggs les escortait.

Miss Lockhart croisa les yeux de Lucius, qui secoua la tête et esquissa un sourire. Elle reprit sa place.

— J'avais fini par être convaincue que j'avais atterri dans une maison de fous en arrivant ici, et je ne suis toujours pas tout à fait sûre que ce soit inexact. Cependant, je constate que tout cela n'est pas entièrement de votre fait.

Son expression était sévère, mais il crut déceler un éclair de quelque chose dans ses yeux, à défaut d'humour, il semblait que ce fût une sorte de relâchement.

Il s'essuya la bouche avec l'épaisse serviette en tissu.

— Certaines femmes sont... déterminées.

Miss Lockhart leva le menton et inspira brusquement.

— Laissez-moi être parfaitement claire. Je ne suis pas l'une d'entre elles.

Lucius hocha la tête, singulièrement réprimandé pour avoir tiré des conclusions hâtives. Il la regarda de plus près et fut frappé par sa bouche qui était teintée de la couleur naturelle des framboises et ses sourcils qui encadraient parfaitement ses yeux gris qui avaient déjà exprimé beaucoup d'émotions durant leur court moment passé ensemble. Miss Lockhart était arrivée vêtue d'une cape rouge qui datait d'il y a plusieurs saisons, et la robe qu'elle portait en dessous était presque élimée. Pour autant, dès qu'elle parlait, ses qualités devenaient évidentes. Il devait se souvenir de ne pas être trop rapide dans ses jugements.

Briggs ouvrit la porte.

— Monsieur, votre voiture est prête quand vous le souhaitez. La neige a presque cessé de tomber.

— Très bien.

Lucius se tourna vers Miss Lockhart, en se sentant plus bienveillant envers elle maintenant que le plus gros de ses soucis avait été réglé.

— Nous ne sommes pas pressés. Puis-je vous offrir du pudding ? Vous étiez presque gelée et il est important que vous soyez réchauffée avant de repartir.

SELENA SE SENTIT d'humeur plus allègre après avoir mangé, et maintenant qu'elle ne frissonnait plus, elle ressentait la tentation d'aller s'allonger sur le sofa qui était placé devant le feu et l'invitait, et de s'y endormir. Naturellement, elle ne pouvait pas céder à cela, et elle se força à rester vigilante. Le domaine de Harrowden serait sa maison désormais. *S'il vous plaît mon Dieu, faites qu'elle soit accueillante.*

Bientôt, Sir Lucius fut prêt à partir, et elle remit sa cape à contrecœur, en sachant que le froid serait cruel après ce répit bien trop court. La cape n'avait pas complètement séché devant le feu, mais le baronnet la surprit par sa prévenance. Non seulement elle avait une brique chaude à ses pieds, mais Sir Lucius l'entoura solidement de couvertures dans son phaéton.

Au moins maintenant, elle connaissait son nom. Sir Lucius Clavering. Selena se reprocha d'avoir des sentiments de sympathie à son égard. Ce ne serait qu'une question de temps avant qu'il ne lui rappelât sa position et le gouffre qui les séparait. Il valait mieux qu'elle acceptât son bref geste de condescendance pour ce qu'il était.

En dehors des bruits de sabots des chevaux et de ceux des roues de la calèche sur le chemin enneigé, tout était calme tandis que Sir Lucius conduisait, son palefrenier perché derrière eux. Selena était submergée par la fatigue due à la combinaison de la chaleur sous les couvertures et de l'air glacial à l'extérieur, cela et la sensation réconfortante d'avoir quelqu'un d'autre en charge pour la première fois depuis qu'elle avait quitté la sécurité de la maison de sa mère. Malgré sa résolution de rester vigilante, cette sensation de protection s'installa en elle comme un nuage chaud. Elle bâilla.

— Vous n'êtes pas obligée de me le dire, bien entendu, mais comment êtes-vous devenue la dame de compagnie de la comtesse ? D'où venez-vous ?

Sir Lucius baissa les yeux vers elle, et sa grande taille, couplée à sa belle et imposante prestance, fit faiblir ses défenses. Cela faisait quelques années qu'elle n'avait pas rencontré un homme qu'elle considérait être un parangon de l'espèce, enfin, si elle négligeait son arrogance initiale. Et c'était plus difficile à supporter quand elle savait qu'elle n'avait aucune chance qu'il eût une bonne opinion d'elle.

— Veuillez m'excuser, dit Selena en essayant de ravaler un autre bâillement, les yeux larmoyants de fatigue et de froid. Je vivais dernièrement dans un village près de Bedford où ma mère possède une petite propriété. Lady Harrowden est la deuxième cousine de mon père, donc ce n'est pas une relation très étroite mais suffisante pour revendiquer un lien et être à son service.

— N'êtes-vous donc jamais allée à une saison de Londres ? Pourquoi vous cacher dans un rôle où vous risquez de n'être qu'une simple tâcheronne ? Vous ne pouvez pas avoir plus de vingt ans.

— J'ai vingt-trois ans, répondit-elle après une brève hésitation.

La réponse n'était-elle pas évidente pour lui ?

— Quand mon père est mort, continua-t-elle, sa succession est revenue à mon cousin, qui…

Selena s'arrêta net alors qu'une série de souvenirs lui revinrent.

— ... qui n'avait besoin d'aucun avis sur la gestion de sa succession, poursuivit Selena en serrant les lèvres. Nous avons donc dû rapidement déménager. Il était logique que je ne reste pas une charge pour ma mère, et elle s'est souvenue de ce lien, le résultat étant ma venue ici.

— Hum.

Sir Lucius fronça les sourcils, et quand enfin il parla, ce fut seulement pour dire :

— Ne la laissez pas vous effrayer. Lady Harrowden est connue pour sa langue acérée.

Selena serra la couverture autour de ses épaules.

— Eh bien, je pense qu'elle ne me mangera pas.

Cela provoqua un sourire de son bienfaiteur temporaire, et ils ne prononcèrent plus beaucoup de mots avant de s'arrêter devant le domaine de Harrowden. Ce n'était pas extrêmement grand pour un domaine, mais c'était trois fois la taille de la maison de Sir Lucius. Les bruits des roues de la calèche étaient étouffés par la neige alors qu'ils roulaient le long du chemin qui menait à l'escalier de devant, et les tremblements de froid de Selena se transformèrent en trépidation. Si elle ne trouvait pas sa place ici, elle ne savait pas où elle pourrait aller.

Lucius sauta du carrosse et passa les rênes à Finn pour qu'il pût aider Miss Lockhart à descendre. Une fois les couvertures abandonnées dans la voiture, la jeune femme svelte frissonna à ses côtés, et il eut l'étrange impulsion de vouloir passer son bras autour d'elle pour la protéger du vent terrible. Il se contenta d'offrir son bras alors qu'ils montaient les marches. La porte s'ouvrit peu de temps après que le bruit du heurtoir eut cessé de résonner.

— Bonsoir, Mullings, dit Lucius. Je crois que Lady Harrowden attend Miss Lockhart ce soir. Sa diligence a eu un accrochage près de mon pavillon de chasse. Nous n'avons pas pu sortir la voiture de l'ornière. Nous sommes venus par les petites routes.

Le majordome s'écarta pour les laisser entrer.

— En effet, monsieur. Un des laquais était parti la chercher au relais de poste et est revenu. L'auberge ne savait pas pourquoi la diligence avait été retardée. Si vous voulez bien attendre ici à l'intérieur où il fait chaud, j'informerai Lady Harrowden de la présence de cette jeune dame.

Lorsque le majordome disparut derrière une porte du couloir, Miss Lockhart jeta un coup d'œil autour d'elle, et Lucius eut une chance de l'étudier de plus près. Malgré le fait que ses yeux fussent trop rapprochés pour la qualifier de beauté, son nez effilé et sa bouche adorable lui donnaient une jolie apparence, et quand elle inclina le menton avec curiosité, cela révéla un cou élancé et un chignon soigné qu'il ne vit que quand elle montra son profil.

Miss Lockhart ne s'était pas plainte du froid, bien que le bout de son nez et de ses oreilles fussent rouges. Elle ne lui lança pas d'autre regard, et sans son attention sur lui, Lucius se demanda ce qu'elle pensait de sa nouvelle situation. Ni l'un ni l'autre ne parla, et quand, quelques minutes plus tard, la porte s'ouvrit, ce fut la sœur de Lucius, Maria, et non le majordome, qui sortit de la pièce pour venir trouver Miss Lockhart. Lucius réprima un juron.

— Lucius !

Maria Holbeck s'avança dans la pièce et lui tendit les deux mains. Il les embrassa comme il se devait, en essayant de dissimuler le froncement de sourcils qui menaçait de poindre. Tous les derniers espoirs d'avoir une nouvelle année sans nouvelles obligations familiales furent anéantis par cette rencontre inattendue. Maria lui avait dit qu'elle et son mari resteraient avec leur famille à St Albans.

Maria se tourna vers Miss Lockhart avec un regard prudent.

— Lady Harrowden m'a dit qu'elle vous attendait, et nous nous demandions toutes les deux ce qui avait bien pu arriver à la diligence. Quelle charmante... coïncidence que vous soyez tombée entre les mains de mon frère. Je vais vous conduire auprès de Lady Harrowden.

Maria fit signe à Miss Lockhart d'avancer, mais elle se retourna et lança à Lucius un regard pénétrant.

— Je sais que tu avais espéré rester seul, mais je crois que le destin s'est aligné contre toi. Puisque tu es ici, tu peux m'épargner le voyage jusqu'à ta demeure et me dire que tu seras heureux d'assister au bal de la Twelfth Night pour lequel je vais envoyer des invitations.

Lucius se tourna pour suivre Miss Lockhart, et répondit, mesuré :

— Je n'ai pas l'intention d'assister à un bal. C'est pour cela que je suis venu dans mon pavillon de chasse.

— La vie n'est souvent pas telle que nous l'avions prévue, répondit Maria sur un ton austère.

Comme cela était vrai concernant Miss Lockhart. Lucius était sûr que ce n'était pas de son propre chef qu'elle avait quitté sa famille pour venir servir de dame de compagnie à une vieille femme acariâtre. Cependant, Lucius espérait avoir plus de contrôle sur son destin que cela. Du moins, c'est là où il avait dépensé le plus d'énergie pour essayer de s'en assurer. Il voulait qu'on le laissât tranquille et à son aise, cela était tout ce qu'il demandait. Et si cela était vrai aujourd'hui alors qu'il avait trente ans, Lucius n'imaginait pas que cela changerait avec l'âge.

Il devrait partir maintenant, il n'avait aucune envie de voir Lady Harrowden. Mais il y avait quelque chose qui le contraignait à rester pour le bien de Miss Lockhart. Il était curieux de savoir ce qu'elle allait devenir.

Miss Lockhart s'arrêta net avec sa sœur à ses côtés et se tourna pour regarder Lucius, la tête haute. Elle ouvrit la bouche pour parler.

Finalement, Lucius ne découvrit pas ce que Miss Lockhart s'apprêtait à dire, et il n'eut pas non plus le choix de rester ou non.

— Lucius, tu peux venir également, dit Maria en s'avançant vers le salon. Lady Harrowden ne t'a pas vu depuis deux ans, et elle aura certainement envie de te voir.

Lucius entra dans la pièce à temps pour voir les sourcils de Lady Harrowden se froncer tandis que Miss Lockhart vint se tenir devant elle. Il fut frappé par le changement de visage de la veuve. Alors qu'elle avait toujours été une vieille femme plutôt sévère depuis qu'il la connaissait, sa sévérité semblait avoir été remplacée par de l'amertume.

— Comment pouvez-vous vous présenter à moi d'une manière aussi délabrée ? demanda-t-elle à Miss Lockhart. Et en compagnie de nul autre qu'un séducteur. Sir Lucius, vous savez très bien que cela est vrai, peu importe que je vous connaisse depuis que vous portez des vestes courtes.

En se tournant vers Miss Lockhart, Lady Harrowden ajouta :

— J'ai envoyé mon laquais vous chercher, et il est revenu les mains vides.

Bien que l'expression de Miss Lockhart restât voilée, Lucius la vit rougir. *Ce n'est pas une femme qui acceptera facilement son nouveau poste. Elle ne tiendra probablement pas la semaine.*

— Madame, vous ne pouvez pas vous attendre à ce que je sois blâmée pour l'accident de la diligence...

Miss Lockhart fut interrompue.

— N'essayez pas de prendre ce ton impertinent avec moi, jeune fille, ou votre emploi ici sera de courte durée.

Lucius commençait à être mal à l'aise. Il ne pouvait en aucun cas défendre Miss Lockhart, quel droit avait-il ? Mais quelque chose avait dû arriver à Lady Harrowden pour la rendre si discourtoise.

La couleur rouge de Miss Lockhart s'accentua encore, et Lucius sut par instinct qu'il lui fallait chaque once de sa maîtrise pour ne pas répondre sur le même ton. Miss Lockhart avait peut-être été proprement éduquée, mais avec ses manières directes, elle ne trouverait probablement pas un poste avec des circonstances favorables.

Miss Lockhart croisa le regard de la veuve et resta silencieuse. Il n'y avait rien de provocateur dans son expression, mais elle ne recula pas non plus. Le silence s'étira.

— Lady Harrowden, je suis heureux de voir que votre dame de compagnie vous a été remise en toute sécurité par mon frère. Elle vous sera d'une grande aide, je suppose.

— Cela est très étrange de voir un homme et une femme célibataires arriver ensemble...

Maria continua d'une voix autoritaire, comme si la comtesse n'avait pas soulevé d'objection.

— Heureusement que le temps m'a retenue ici assez longtemps pour vous tenir compagnie jusqu'à son arrivée. Eh bien... dit Maria en joignant les mains devant elle. Je dois partir maintenant que la neige s'est calmée. Je promets de venir plus souvent, et j'espère que vous honorerez de votre présence notre bal de la Twelfth Night.

— Si le temps ressemble à celui d'aujourd'hui, vous pouvez être assurée que je ne m'y joindrai pas, dit sèchement Lady Harrowden. Cependant, elle sembla se ressaisir et, en s'adoucissant, ajouta :

— En revanche, si le temps est suffisamment doux, je viendrai. Il est important de montrer son soutien aux célébrations locales.

— Eh bien, j'espère qu'il fera beau, alors, dit Maria, et je dois vous souhaiter bonne nuit. Dans l'état actuel des choses, Charles sera dans tous ses états, rongé par l'inquiétude, d'autant plus que son dîner aura été retardé.

Elle rit de sa propre plaisanterie.

— Revenez avant le bal, Maria, dit Lady Harrowden.

Puis elle ajouta, avec un ton le plus acide possible :

— Sir Lucius, je suppose que je vous verrai à nouveau dans deux ans.

Lady Harrowden avait tout à fait le droit de lui en vouloir, et Lucius accepta son commentaire méprisant avec une inclinaison de la tête, mais il ne présenta pas ses excuses. Il n'allait pas se soumettre passivement à la réprimande de la comtesse.

Il se tourna pour faire face à Miss Lockhart. Il n'aimait pas l'idée de la laisser ici, et il lui lança un dernier coup d'œil avant de se retourner pour suivre sa sœur. Son sourire énigmatique contenait un soupçon de malice qui le fit s'arrêter net pour voir si elle divulguerait la raison derrière cela.

— Sir Lucius, je vous remercie de m'avoir sauvée de ce que j'imagine être proche d'une mort certaine. J'étais gelée et je vous suis reconnaissante de votre nature galante qui vous a conduit à m'accueillir de la sorte et avec autant d'hospitalité.

Bien que son ton fût parfaitement agréable, le côté sardonique de ses paroles ne lui échappa pas.

— Je suis heureux d'avoir été à votre service, Miss Lockhart, répondit gravement Sir Lucius, même si le coin de sa bouche tremblait.

Il y avait une pique à son intention, cette fois. Il s'inclina devant la comtesse.

— Madame.

Seul avec sa sœur dans le couloir, le laquais étant devant la porte d'entrée, Lucius marmonna :

— Comment est-il possible que tu sois déjà ici ? Tu n'en as pas parlé quand nous étions ensemble à Noël. J'ai quitté St Albans pour passer du temps loin de la famille.

— Tu dois alors blâmer notre grand-père d'avoir acheté un pavillon de chasse à moins de douze miles du domaine familial.

— Et puis notre père pour avoir arrangé ton mariage avec Holbeck, et qui n'a pas vécu plus de trois ans, grommela Lucius. Tu as dit que tu resterais avec Mère jusqu'en janvier.

Maria sourit avec condescendance.

— Combien de fois nos souhaits les plus chers n'ont pas été exaucés ? Mais Mère a changé d'avis et a dit qu'elle préférait ne pas organiser de soirée pour le Twelfth Night, alors j'organise un bal ici, dit sa sœur en lissant la fourrure de son manchon. Le nombre de femmes seules dépasse de loin le nombre de gentlemen célibataires, et je sais que je peux compter sur toi pour faire ton devoir.

Lucius retroussa sa lèvre.

— Tu ne peux pas être assez naïve pour penser que je serais tenté par cela.

— Oh non. Je souhaitais simplement t'avertir, répondit Maria. Je te connais trop bien pour penser qu'une telle chose serait tentante. Cependant, tu peux aussi venir, tu sais. Tu as une semaine entière pour toi et tu pourras maugréer dans ta bibliothèque à ta guise. Bientôt, tu chercheras de la compagnie, et cela sera l'événement parfait pour t'en offrir.

— Cela m'étonnerait fort. Pourquoi es-tu à Harrowden un jour pareil ? Holbeck ne te permet sûrement pas de te promener par ce temps-là. Et je ne pense pas que la comtesse et toi ayez beaucoup en commun.

— Non, mais quelqu'un doit lui rendre visite si tu ne veux pas le faire.

Maria avait dit cela sèchement, avec un regard lourd de signification qui provoqua un pincement de culpabilité en Lucius, une sensation irritante étant donné qu'il n'y avait pas de limite à ce que sa propre famille lui demandait. Mais cela était vrai qu'il n'avait pas tenu sa promesse au comte, qui se mourait, d'aller voir Lady Harrowden et de s'assurer que l'on s'occupait bien d'elle. Eh bien, techniquement parlant, Lucius l'avait fait une fois, mais il ne pouvait pas se tromper en croyant que cette visite était fidèle à l'esprit de sa promesse.

— Je suis arrivée en début d'après-midi, poursuivit Maria, et je n'étais censée rester que le temps de prendre le thé. Mais il a commencé à neiger, et j'ai pensé qu'il était plus sûr de rester sur place tant que la neige durerait. Heureusement, cela s'est arrêté et il est possible de rentrer en toute sécurité. Je préfère de loin mon propre lit.

— Un sentiment que nous partageons entièrement.

Lucius avait donné le signal à Mullings et bientôt leurs deux voitures furent amenées devant.

Avant qu'ils ne se dirigeassent vers la porte d'entrée, Lucius dit avec une voix que seule sa sœur pouvait entendre :

— Miss Lockhart ne se trouve pas dans les circonstances les plus faciles. Lady Harrowden ne fera pas en sorte d'être agréable avec une simple dame de compagnie. Elle est plus susceptible de la traiter comme une tâcheronne. En réalité, elle semble décidément plus amère depuis la dernière fois que je l'ai vue.

— Lady Harrowden souffre de solitude. Et c'est pour cela qu'elle a engagé une dame de compagnie. Miss Lockhart ne fera que remplir son rôle. Et je suis sûre que c'est une situation qui leur conviendra très bien. Miss Lockhart gagnera sa vie, ce dont elle a clairement besoin, et Lady Harrowden aura quelqu'un pour la divertir et faire ses courses.

— Hum.

La conversation irrita Lucius pour des raisons qu'il ignorait, et il était prêt à y mettre un terme.

— As-tu besoin que je t'accompagne ? demanda-t-il, en espérant avec ferveur que la réponse fût non.

Son vœu fut exaucé.

— C'est à deux miles dans la direction opposée, et j'ai à la fois mon palefrenier et un laquais. Je serai parfaitement à l'aise.

Lucius hocha la tête.

— Bonne nuit, alors.

Maria sortit dans l'air glacial, son souffle sortant sous forme de nuages.

— N'oublie pas de venir à mon bal. Je compte sur toi.

Lucius grogna et agita une main.

CHAPITRE QUATRE

Après que Sir Lucius et sa sœur furent partis et que la porte se fut refermée derrière eux, Selena se retrouva seule avec Lady Harrowden. Le courant d'air froid qui passait sous sa jupe la faisait frissonner, et la cheminée à droite de la comtesse dégageait plus de fumée que de chaleur.

Lady Harrowden l'étudia en silence pendant un moment avant de dire :

— Eh bien, vous voilà enfin. J'imagine que nous verrons dans quelle mesure cet arrangement nous conviendra. Sonnez la cloche là-bas, et la bonne vous conduira à votre chambre.

Ces mots étaient décourageants. Sa brève correspondance avec Lady Harrowden, de nature froide et superficielle, aurait dû l'avertir de ne pas attendre beaucoup de considération de la part de la comtesse. Elle avait pourtant romantisé l'aventure, car cela était le moyen d'échapper à une perspective de mariage désagréable et à un environnement familial étouffant. Avoir imaginé sa nouvelle vie comme une amélioration de la situation était une erreur, et la réalité était un choc brutal.

— À quelle heure souhaitez-vous que je sois à votre disposition demain, madame ?

— La bonne vous informera de mes habitudes. Je ne suis pas matinale, vous aurez donc la matinée pour vous. Je compte sur vous pour vous occuper de moi à partir de onze heures.

La peau fine comme du papier de Lady Harrowden la faisait paraître fragile, et les poches profondes sous ses yeux lui donnaient un air affligé. Mais ses mots furent tranchants quand elle congédia Selena.

— Ce sera tout.

Lady Harrowden tourna son regard vers les bûches vacillantes dans la cheminée, en signalant la fin de leur conversation. Selena sonna et attendit tranquillement que la bonne entrât dans la pièce. Ce fut alors seulement que Lady Harrowden sortit de ce qui semblait être un état contemplatif.

— Conduisez Miss Lockhart jusqu'à sa chambre. Demain matin, je souhaite que Mrs. Randall lui fasse visiter la maison afin qu'elle sache s'y retrouver. Miss Lockhart sait quand elle doit venir me voir.

Selena fit une révérence à Lady Harrowden et se tourna pour suivre la bonne. Le couloir était plein de courants d'air mais, étonnamment, il n'y faisait pas beaucoup plus froid qu'au salon. Sa chambre, cependant, bien que petite, était plus agréable qu'elle ne s'y attendait et réchauffée par un petit feu. Son appréhension à l'égard de sa nouvelle position, qui avait augmenté avec les événements de la journée, s'était maintenant quelque peu dissipée. Elle aurait le temps de marcher pendant la matinée ou de lire, et elle avait un feu qui la réchaufferait. Le rôle risquait d'être fastidieux, mais il y avait ces petits plaisirs, tout au moins.

— Vous n'avez pas de malle, miss ?

La bonne regarda autour d'elle, confuse. Ils n'avaient pas dû dire en bas ce qui s'était passé.

— Non, la diligence s'est cassée, et j'espère seulement qu'ils trouveront ma malle et me l'apporteront sans tarder. J'ai un vêtement de rechange dans ma valise, et cela devrait suffire jusqu'à ce que j'aie le reste.

Selena essayait de parler avec plus d'assurance qu'elle n'en ressentait.

— Et comment vous appelez-vous ?

— Hazel, miss, dit la bonne en faisant la révérence. Il y a de l'eau chaude, et je vous en apporterai davantage demain matin. Voulez-vous prendre votre petit-déjeuner dans votre chambre ?

Selena secoua la tête.

— Je suis matinale. J'irai me promener avant le petit-déjeuner si le temps le permet, mais je viendrai dans la salle du petit-déjeuner pour prendre mon repas.

La bonne fit une autre révérence et partit. Selena était seule. Elle regarda sa chambre. Il y avait un grand lit simple à baldaquin et suffisamment d'espace pour se déplacer confortablement entre le lit et l'armoire. Le coin de la pièce à droite du feu contenait un bureau, et elle pouvait à peine croire sa chance. Si seulement elle pouvait se concilier les bonnes grâces de Lady Harrowden malgré sa personnalité de dragon, elle pourrait se sentir à l'aise.

Selena déballa sa valise. Ce n'est qu'à ce moment-là qu'elle réalisa que la bonne aurait dû penser à l'aider à retirer sa robe, et que Selena aurait dû penser à le lui demander. Elle avait grandi en s'habituant à être indépendante à cause de leurs moyens limités à la maison. Cependant, au moment où l'idée de demander de l'aide était venue à l'esprit de Selena, elle hésitait à rappeler la bonne. Méritait-elle les attentions que l'on portait à une invitée ? Selena était la fille d'un gentleman, après tout. Elle ne savait vraiment pas que penser.

Finalement, Selena ne sonna pas mais tendit la main dans son dos et défit les lacets du mieux qu'elle put. Puis elle retira son corsage, en le remplaçant par un nouveau, et grimpa dans le lit, en faisant remuer rapidement ses jambes nues jusqu'à ce que les draps froids commençassent à se réchauffer. Elle s'immobilisa, en regardant paresseusement le feu, qui dégageait de la chaleur et une belle lueur. En cet instant, Selena pouvait presque imaginer trouver du contentement dans sa vie ici. Pour la première fois en deux jours, c'est avec plaisir plutôt qu'avec inquiétude qu'elle s'endormit.

Le lendemain matin, Selena se réveilla lorsque la bonne apporta l'eau chaude et alla retourner les bûches dans l'âtre. Cette fois, elle n'allait pas oublier de requérir son aide.

— Bonjour, Hazel, dit-elle. Voudriez-vous m'aider à enfiler ma robe ?

— Tout de suite, miss. Je n'ai pas été éduquée pour être femme de chambre, cependant.

Hazel lâcha le tisonnier et vint à côté du lit où se tenait Selena. La bonne commença à tirer sur les ficelles accrochées à ses haubans.

— Peu importe votre éducation, répondit Selena sur un ton brusque. Je suis ici en tant que dame de compagnie, et je ne serai pas trop exigeante.

Lorsque Selena fut correctement habillée, elle demanda à Hazel si Mrs. Randall pouvait lui faire visiter la maison après qu'elle aurait mangé. Les monticules de neige à l'extérieur ne l'invitaient pas à la promenade, et elle pensait qu'il valait mieux partir tout de suite pour se familiariser avec les lieux.

— Je crois que Mrs. Randall est au courant, miss. Je vais voir quand elle sera disponible et j'enverrai un message à la salle du petit-déjeuner.

Hazel fit une révérence avant de partir, et Selena se tourna vers la coiffeuse et épingla ses cheveux en un simple chignon qu'elle savait devoir porter. Sa position n'exigeait pas d'avoir des cheveux élégants, ce qui était un peu dommage, car avec des papillotes, elle savait que ses cheveux étaient l'un de ses meilleurs atouts.

Selena s'examina dans le petit miroir, en essayant d'évaluer ce qu'elle ressentait, mais aussi d'évaluer son apparence et peut-être de s'imaginer l'impression qu'elle aurait pu donner au viril et sardonique Sir Lucius, qui avait étonnamment un côté tendre caché. Elle fronça les sourcils à cause de cette dernière pensée qui s'était insinuée en elle. *Tu es une fille ridicule.*

Une fois en bas, un laquais conduisit Selena jusqu'à la salle du petit déjeuner, où elle mangea en silence. Ensuite, elle entra dans le couloir et se tourna vers l'endroit où elle pensait qu'il pourrait y avoir des escaliers menant à la cuisine. Peut-être y trouverait-elle la gouvernante. Selena passa devant une porte ouverte dans le couloir quand le son de la voix d'un gentleman venant de l'intérieur de la pièce lui parvint.

— Miss ! Puis-je vous aider de quelque manière que ce soit ?

Selena revint sur ses pas jusqu'à ce qu'elle regardât à nouveau par la porte d'une bibliothèque où se tenait un jeune homme, vêtu à la toute dernière mode. Les vêtements élégants penchaient vers l'extravagance, et bien que son visage fût assez beau, ses lèvres avaient un air pétulant. Il haussa les sourcils en observant son apparence et la chaleur monta aux joues de Selena. Elle avait abandonné la robe de la veille avec l'ourlet boueux pour mettre la seule robe de rechange de sa valise, qui était une robe en coton de couleur marron terne qui avait commencé à s'estomper. Même sa plus belle robe n'aurait pas fait l'affaire pour cette rencontre.

— Bonjour, monsieur, dit-elle en cachant son désarroi. Je suis Miss Lockhart et je suis la dame de compagnie de Lady Harrowden. Je ne savais pas qu'elle avait d'autres invités.

Selena marqua une pause, en pensant que ce n'était peut-être pas son affaire de savoir s'il y aurait ou non d'autres invités. Elle aurait aimé avoir un manuel sur la façon d'être une dame de compagnie, pour savoir ce à quoi elle avait droit et ce qu'elle devait ou ne devait pas faire.

— Je ne suis pas un invité, répondit-il en souriant alors qu'il faisait un pas vers elle.

Le sourire changea son apparence et le rendit plus attirant.

— C'est probablement pour cette raison que vous n'étiez pas au courant, poursuivit le gentleman, mais permettez-moi de me présenter, dit-il en s'inclinant. Je suis Lord Harrowden, neveu de

Lady Harrowden, et le comte depuis la mort de mon oncle il y a deux ans.

Selena fut très surprise. Il n'y avait eu aucune mention de personne en résidence autre que Lady Harrowden, et il ne lui était pas venu à l'esprit de se demander qui avait hérité du titre.

— Je vous prie de bien vouloir m'excuser, monseigneur. Je ne savais pas que Lady Harrowden vivait avec quelqu'un d'autre. Résidez-vous ici en permanence ? Si… si une telle chose n'est pas trop audacieuse à demander.

— Je résidais à Londres et j'avais laissé mon régisseur s'occuper de ce domaine, en permettant à ma tante de continuer à vivre ici aussi longtemps qu'elle le souhaitait. Mais je suis arrivé il y a une semaine pour m'installer. Depuis récemment, je suis absorbé par les affaires du domaine et je dois passer du temps ici pour mieux comprendre comment il est géré.

Lord Harrowden fronça les sourcils puis ajouta :

— Je n'avais pas été informé que ma tante avait engagé une dame de compagnie.

Selena reçut cette nouvelle avec perplexité. Pourquoi Lady Harrowden n'aurait-elle pas informé son neveu de quelque chose d'aussi important que cela ?

— Peut-être que votre femme était au courant, monseigneur, suggéra-t-elle.

— Peut-être qu'elle aurait été au courant si j'avais été marié, répondit Lord Harrowden avec un sourire empreint d'ironie. Cependant, je n'ai pas encore trouvé de femme pour occuper ce poste.

Selena jeta un coup d'œil dans le couloir puis son regard revint vers lui alors qu'elle réfléchissait à la meilleure façon de répondre. Cela était certainement une situation inconfortable et une chose à laquelle elle n'avait pas été préparée, vivre dans une telle proximité avec un homme célibataire. Elle se demanda si Lady Harrowden avait oublié de le mentionner. Mais ensuite, elle se souvint que Lady

Harrowden l'avait fait venir avant que son neveu n'eût élu domicile au domaine.

— Eh bien, je suis en route pour trouver Mrs. Randall afin qu'elle puisse me faire visiter la demeure. Je vous souhaite une bonne journée.

Selena fit la révérence et se retourna, en espérant s'échapper, mais le comte se précipita pour lui tenir la porte.

— S'il vous plaît, permettez-moi, dit-il. Je serais ravi de vous montrer ma maison et mes terres, et je n'ai rien d'important qui ne puisse attendre.

Selena ne pouvait pas refuser sans sembler revêche, mais elle ne souhaitait pas passer plus de temps seule avec un étrange gentleman si elle pouvait l'éviter.

— Je... euh.

Elle chercha l'inspiration pour savoir comment décliner son invitation, mais rien ne vint.

— Très bien, finit-elle par dire. Cependant, la bonne a averti Mrs. Randall de mon souhait de lui parler, et je détesterais l'idée qu'elle m'attende. Permettez-moi de l'informer de mes intentions, et peut-être qu'elle pourrait plus tard me montrer ce qui relève davantage de son domaine.

— Je pense que vous n'avez pas à vous soucier de Mrs. Randall. Une fois qu'elle apprendra que je vous ai emmenée faire le tour de l'endroit, elle trouvera cela parfaitement naturel, car je suis le maître de maison.

Selena se retrouvait maintenant dans une impasse. Elle était d'une certaine manière sous le pouvoir de ce gentleman, étant employée dans sa maison, mais son aversion pour tout ce qui relevait d'un manque de bienséance la fit s'immobiliser, en même temps qu'une nouvelle peur qui venait de la saisir. Elle ne voulait pas que Mrs. Randall pensât qu'elle outrepassait ses prérogatives.

— Venez, exhorta Lord Harrowden, en attrapant ses gants qui reposaient sur la table d'appoint à côté de la porte. Je n'ai peut-être pas quelque chose de plus important à faire pour le moment, mais cela ne veut pas dire que j'ai toute la journée à ma disposition.

Son ton était assez amical, mais il y avait une teneur dans ses propos que Selena n'aimait pas. Elle s'écarta et le laissa avancer, son cœur se serrant alors qu'elle le suivait.

CHAPITRE CINQ

Lucius se réveilla trop tôt à son goût. De faibles rayons de soleil perçaient à travers les rideaux de sa chambre et le feu n'avait pas été attisé. Il ne se souvenait pas de la dernière fois où il s'était réveillé avant l'arrivée de son serviteur. Lucius alla attiser le feu lui-même quand il réalisa qu'il pouvait voir son souffle dans la pénombre.

Il n'arrivait pas à oublier les événements de la veille. Sa rencontre avec Lady Harrowden, pour la première fois en près de deux ans, lui avait rappelé combien il avait failli à la promesse faite à son mari de veiller sur la comtesse après la mort du comte. En partie par compassion pour Miss Lockhart, car elle ne semblait pas du tout à l'aise lorsqu'il l'avait quittée, mais également à cause de son sentiment de culpabilité, il avait eu la tentation d'aller lui rendre visite.

Cependant, Lucius n'était pas habitué à écouter sa propre conscience, et il décida plutôt de s'habiller et de prendre le petit déjeuner. Le sentiment passerait sûrement tôt ou tard.

Il venait de terminer son petit-déjeuner paisible et il parcourait *The London Gazette* tout en buvant sa deuxième tasse de café lorsqu'il entendit l'écho sourd du heurtoir à l'entrée. *Qui est-ce cette fois ? Un homme ne peut-il pas avoir de répit dans sa propre demeure ?*

Briggs entra un instant plus tard.

— Monsieur, il y a deux hommes qui souhaitent livrer une malle appartenant à la jeune femme qui est venue ici hier soir, Miss Lockhart.

Lucius leva les yeux avec surprise.

— Eh bien, j'espère que vous leur avez dit de l'apporter au domaine de Harrowden puisque c'est là qu'elle devrait être.

— J'ai essayé de le faire, monsieur, répondit Briggs, mais ils ont dit que la route était bloquée et qu'ils n'avaient d'autre choix que de laisser la malle ici.

Lucius se trahit avec une réplique hâtive.

— S'ils placent la chose devant ma porte, c'est précisément là qu'elle restera.

Son majordome s'apprêtait à quitter la pièce quand Lucius changea d'idée. C'était la malle de Miss Lockhart, et elle ne devait pas souffrir du manque de diligence des hommes ou de sa colère.

— Restez une minute, Briggs. Je vais m'occuper de la malle.

À la porte se trouvait ce qui semblait être le cocher de la diligence avec sa cape et son grand chapeau perché sur la tête. Il était accompagné d'un deuxième homme que Lucius reconnut comme un valet d'écurie de The Songbird, une auberge voisine.

— Qu'est-ce qui vous amène ? leur demanda-t-il. Miss Lockhart ne vous a-t-elle pas donné d'instructions pour sa malle ?

L'article en question, un coffre en cuir marron rigide avec un couvercle arrondi et de fines lanières maintenues en place par des goujons métalliques, était posé entre les hommes sur le sol. Il semblait trop petit pour transporter tous les effets personnels d'une femme qui établissait sa résidence permanente dans un nouveau lieu.

— Il y a un arbre qui est tombé la nuit dernière à cause du vent violent, monsieur, le long de la route. Nous nous sommes dit que la jeune femme était peut-être encore ici.

— C'est mon pavillon de chasse, et c'est une dame, répondit Lucius avec un certain degré d'exaspération. Bien sûr qu'elle n'est pas ici.

Les hommes ne semblaient pas savoir quoi penser de cela et regardèrent la malle avant de regarder leur modeste véhicule. Lucius s'immobilisa un instant. Cela était peut-être la façon du destin de lui dire qu'il devait faire son devoir envers la comtesse et voir comment elle allait, et cette fois en restant et en conversant avec elle. Il était curieux de savoir si Miss Lockhart était dans de meilleures dispositions aujourd'hui qu'elle ne l'était la nuit dernière. Elle avait été humiliée devant la comtesse, bien qu'elle eût pris soin de le cacher. Elle lui avait fait savoir précisément ce qu'elle pensait de son accueil. Le souvenir fit sourire Lucius.

— Très bien, dit-il. Vous pouvez la laisser ici. Je veillerai à ce qu'elle soit rendue à Miss Lockhart.

Les hommes ne perdirent pas de temps pour déposer la malle devant sa porte d'entrée et se retourner pour monter dans leur cabriolet comme s'ils craignaient qu'il ne les rappelât. Lucius les regarda faire avancer l'attelage et partir dans la direction d'où ils étaient venus, qui devait être la portion non encombrée de la route menant à The Songbird. Il tourna son visage vers l'endroit où devait se trouver la diligence, mais sa vue était cachée par les arbres. Ils n'avaient plus eu de neige, et il ne serait pas difficile d'apporter la malle ce matin. Il accéderait à Harrowden par le chemin privé qu'il avait emprunté la nuit dernière.

Lucius resta un moment à regarder la modeste malle. Il pourrait aussi bien s'en occuper maintenant. Alors il en aurait fini avec sa course et pourrait retourner à sa solitude.

— Finn, attelez le phaéton. Je dois partir.

Son palefrenier était arrivé devant le domaine quand Lucius parlait avec les hommes, et il se dépêcha d'exécuter les ordres de son maître. Lucius monta pour mettre plus de couches car l'air était encore plus froid aujourd'hui sans la chute de neige.

Il roulait en silence, en appréciant la route qui serpentait dans le bois, puis dans la prairie. Il pouvait encore voir ses traces dans la neige de la nuit précédente. Tout était presque silencieux à part le bruit des sabots des chevaux et le grincement du phaéton lorsque les roues passaient sur les ornières gelées. L'air vif qui le mordait à travers sa cape était revigorant.

Lucius se demanda quand il avait perdu ce sentiment d'enchantement qui venait du plein air, de l'amitié, de la famille et des petits plaisirs que la vie pouvait offrir. Il lui semblait que depuis qu'il avait hérité du titre il y a huit ans, sa vie était davantage centrée sur toutes les choses qu'il avait à faire, et donc il y avait toujours ce confus désir enfoui de vouloir s'échapper. Il passa près d'un arbre à feuilles persistantes avec des baies rouges disposées joliment sur un fond de neige blanche, et alors qu'il le dépassait, la grande branche au-dessus de sa tête renversa un monticule de neige sur le dos de l'un des chevaux, en faisant accélérer les deux chevaux alors que le vent recouvrait le dos de Lucius de flocons. Un ricanement silencieux lui échappa alors qu'il essuyait la neige de son visage avec sa main libre.

Il était en train de remonter la route menant au domaine de Harrowden lorsqu'il aperçut deux silhouettes marchant le long du chemin qui venait des jardins. Le couple était assez loin de la maison, ce qui était étrange. Avec cet air glacial, ce n'était pas une journée pour se promener.

Ce fut la cape rouge de Miss Lockhart qui attira ensuite son attention. Quel gentleman aurait pu être assez imprévoyant pour proposer une promenade alors qu'il faisait si froid ? En s'approchant, il vit qu'il s'agissait bien de Miss Lockhart, accompagnée du nouveau comte, que Lucius ne connaissait que de visage et de nom. Harrowden était plus jeune que lui de six bonnes années et, par conséquent, ils n'avaient pas d'amis en commun.

Lucius s'arrêta devant eux et trouva Miss Lockhart presque transie de froid.

— Bonjour, Harrowden. Miss Lockhart, dit-il en croisant son

regard. Votre malle a été livrée à ma porte, et je suis venu vous l'apporter.

— Vous êtes bien aimable, monsieur.

Le sourire de Miss Lockhart était quelque peu figé, et Lucius se demanda si cela était simplement dû au froid, ou s'il y avait quelque chose de plus sombre derrière, comme de la peur. *Pourquoi est-elle ici* ? Il répondit à son instinct qui lui disait que Miss Lockhart avait besoin d'aide, même si cela était simplement pour la mettre rapidement au chaud.

— Harrowden, je suis sûr que cela ne vous dérangerait pas que je fasse monter Miss Lockhart dans la voiture pour qu'elle puisse s'occuper de sa malle.

Une sorte d'agacement passa sur les traits de Harrowden, mais il s'inclina brièvement.

— Oui, bien sûr. Faites donc, je vous en prie. Miss Lockhart, nous pourrons terminer notre visite à un autre moment car nous n'avons pas encore visité les vergers.

Miss Lockhart lui fit une révérence qui semblait rigide, puis contourna la voiture. Lucius se demanda ce que le comte avait espéré accomplir avec cette promenade. Il avait l'intention de le savoir dès qu'ils seraient partis. Harrowden se tenait là pendant que Miss Lockhart évaluait la voiture, puis leva la main pour en saisir le côté.

— Peut-être pourriez-vous aider Miss Lockhart, suggéra Lucius, en cachant soigneusement son irritation.

Il ne servirait à rien de provoquer quelqu'un qu'il ne connaissait pas, et qui n'agissait pas de manière habituelle pour un gentleman.

— Bien sûr, répondit Lord Harrowden sur un ton tout aussi poli.

Il offrit à Miss Lockhart une main gantée et, avec quelques difficultés probablement dues au froid, elle monta dans la voiture.

Lorsque Miss Lockhart fut installée à côté de Lucius, il la mit solidement sous les couvertures que son palefrenier avait pensé à lui fournir, en s'arrêtant assez longtemps pour les mettre autour d'elle. Elle semblait avoir encore plus froid que la nuit dernière. Il tira sur les rênes.

— Qu'est-ce qui vous a amenée si loin du domaine ?

Il sentit Miss Lockhart frissonner à côté de lui, et elle répondit en claquant des dents.

— Lord Harrowden a insisté pour me montrer les terres. Il n'arrêtait pas de m'éloigner du domaine, même si je lui ai dit que je n'étais pas bien habillée pour le froid. Il n'a pas semblé m'entendre, et je n'ai pas osé lui refuser puisqu'il est, en quelque sorte, mon employeur.

— Ma chère Miss Lockhart, Lord Harrowden n'est pas votre employeur, et par conséquent vous n'avez pas besoin de faire quoi que ce soit qu'il suggère à moins que cela ne soit conforme à vos propres souhaits. Lady Harrowden est votre employeur. Votre salaire découlera de sa confiance.

Miss Lockhart se tourna vers lui avec surprise, et Lucius fut saisi par l'éclat de ses yeux gris clair, la couleur mise en valeur par ses joues roses, et le blanc qui les entourait. Son estomac se noua d'une manière inhabituelle. En se retournant, Lucius était content qu'elle fût confortablement assise à côté de lui, car il lui aurait fallu une bonne demi-heure pour retourner au domaine, et le comte n'avait même pas commencé à la ramener en direction de la maison.

— Je ne suis pas très familière avec mon rôle, admit Miss Lockhart en ayant le regard dirigé vers la maison dont ils s'approchaient rapidement. Je ne sais pas précisément ce que je dois à Lady Harrowden. Dans quelle mesure dois-je répondre à ses souhaits et dans quelle mesure pourrais-je rester ma propre maîtresse ? Dans quelle mesure dois-je faire ce que les autres me demandent ?

Elle parlait d'une manière songeuse, comme s'il n'y avait pas de réponses claires.

— Qui est votre père ? demanda Lucius.

La question avait quitté ses lèvres avant qu'il n'y eût réfléchi. Cela ne lui ressemblait pas de poser une question aussi personnelle. Son seul but était généralement de garder une certaine distance, car il avait suffisamment de famille et d'amis pour l'occuper sans en rajouter, mais il persista :

— Vous n'êtes pas née pour ce rôle.

— Je suppose que non, mais cela est désormais mon rôle.

Miss Lockhart regarda devant elle et poursuivit :

— Mon père était John Lockhart de Kingsbury dans le Warwickshire, il était un gentleman mais pas un noble.

— Et votre mère ?

Lucius jeta un nouveau coup d'œil à son profil et la vit serrer la mâchoire. Bien que la manière inhabituelle dont ils s'étaient rencontrés eût mis un terme à la superficialité des convenances de la société mondaine, il la pressait pour des détails qu'il préférait généralement laisser de côté.

— Ma mère s'occupe de mes trois jeunes sœurs, qui vivent à Bedford où elle a grandi. Elle a rencontré mon père, comme de coutume, pendant une saison de Londres. La fin de leur mariage a mis ma mère dans une situation inconfortable, alors je fais de mon mieux pour l'aider. Nous sommes une famille ordinaire avec une histoire ordinaire, je suppose.

— Je ne crois pas qu'il existe de familles ordinaires, dit Lucius en tirant doucement sur les rênes. J'imagine que votre situation doit parfois être difficile à supporter. J'imagine que ce n'était pas facile pour vous de quitter votre famille et de venir à Harrowden ?

Ils étaient maintenant arrivés au domaine et Miss Lockhart ne répondit pas tout de suite. Lucius attendit avant de sauter de la voiture, curieux d'entendre sa réponse. Il ne serait certainement pas dérangé d'être un peu éloigné de sa famille, mais elle avait probablement dû puiser dans ses forces pour laisser sa mère et ses sœurs et regretter la nécessité de devoir les quitter.

— Oh, cela ne sert à rien de penser à ce qui aurait pu être, n'est-ce pas ? Il s'agit plutôt de regarder vers l'avant. Après tout, l'avenir est tout ce qui nous reste.

Miss Lockhart eut l'air peinée, et il vit qu'il l'avait poussée trop loin.

Lucius hésita, en se demandant s'il devait s'excuser d'avoir été intrusif, mais finalement il ne dit rien alors que le garçon d'écurie s'avançait vers eux. Il lui tendit les rênes et arrêta le laquais qui se dirigeait vers la voiture pour aider Miss Lockhart.

— Je vais l'aider à descendre. Vous... prenez la malle de Miss Lockhart et faites-la envoyer dans sa chambre.

Lucius fit le tour de la voiture et tendit la main pour aider Miss Lockhart à descendre. Elle ne bougea pas tout de suite, et il se demanda si ce n'était pas ses questions indiscrètes qui la rendaient hésitante.

Elle le surprit alors d'un sourire, ses yeux francs tournés vers lui en le regardant d'en haut, comme si elle était placée sur un piédestal.

— Cela est certainement ridicule, mais j'ai presque commencé à dégeler sous ces couvertures et je n'ai aucune envie de les quitter, même s'il fait plus chaud dans la maison.

— Je crois que vous souhaitez simplement me punir en me faisant souffrir du froid pendant que j'attends que vous soyez disposée, répondit Lucius avec le coin de sa bouche relevé. Venez. Vous serez bien mieux avec une tasse de thé chaud assise devant le feu. Je vais vous accompagner à l'intérieur. Je souhaiterais revoir Lady Harrowden.

Il y avait une lueur d'humour dans les yeux de Miss Lockhart alors qu'elle soutenait son regard, et d'un geste rapide, elle rejeta les couvertures et se précipita pour descendre. Il lui serra le bras tout en l'entraînant à l'intérieur.

— Mon Dieu, quelle heure est-il ? demanda-t-elle.

Ses dents claquaient à nouveau, alors qu'ils montaient les

marches de pierre pour se diriger vers la porte qui s'ouvrait pour eux de l'intérieur.

— Je dois me présenter à Lady Harrowden à onze heures.

— Il est onze heures passées. Je vais lui expliquer la raison de votre retard, dit-il. J'espère que le lien entre nos familles l'obligera à m'écouter. En plus, vous n'êtes pas responsable de tout cela.

— Cela est très gentil de votre part, monsieur. Même si je suis sûre qu'elle vous écouterait, je crois que je dois d'abord me présenter à elle. Elle ne doit pas encore avoir quitté sa chambre.

Lucius leva la tête alors que le majordome se dirigeait vers eux.

— Peut-être avez-vous raison. Mullings, si vous voulez bien me faire entrer dans le salon, j'attendrai que Lady Harrowden me reçoive. J'ai envoyé un laquais apporter la malle de Miss Lockhart qui est arrivée à ma porte aujourd'hui.

Le majordome s'inclina et Lucius se tourna vers Miss Lockhart.

— Vous avez votre malle maintenant. Cela devrait vous apporter le nécessaire pour vous changer.

— Vous avez raison. Mes bottes sont trempées. Mais je dois me dépêcher.

Fidèle à sa parole, Miss Lockhart ne perdit pas de temps à partir, alors que Lucius était introduit dans le salon de Harrowden, dans lequel il n'avait pas mis les pieds depuis deux ans, sauf la nuit dernière. Le feu dans la pièce dégageait une chaleur inefficace, et le seul bruit à l'intérieur était le tic-tac de l'horloge sur l'étagère, le doux crépitement des bûches qui brûlaient et des pas lointains dans une autre pièce. Cela ne prit que cinq minutes dans un tel silence avant que Lucius ne commençât à se demander ce qui l'avait poussé à venir pour ce qui ne pouvait être décrit que comme une quête insensée.

CHAPITRE SIX

Selena se précipita dans sa chambre où la malle l'attendait, et elle dénoua les sangles. Elle ne changerait pas de robe, il n'y avait pas assez de choix. Cependant, elle pourrait trouver quelque chose de sec pour ses pieds.

Selena changea ses bottes, tirant sur les lacets avec des doigts maladroits qui brûlaient en se réchauffant dans la pièce chaude. Ce à quoi elle aurait dû réfléchir, c'était à ce qu'elle allait dire à Lady Harrowden. L'horloge sur la cheminée indiquait onze heures et demie et Selena redoubla d'efforts. Ce n'était pas un bon début pour son emploi.

Elle frappa doucement à la porte de Lady Harrowden. Lorsqu'il n'y eut pas de réponse, elle frappa de nouveau et entendit une voix sèche.

— Entrez !

Les rideaux s'ouvrirent et la pièce fut inondée de lumière. Lady Harrowden était toujours au lit et la tasse de chocolat vide était posée sur la petite table à côté d'elle. Les cheveux gris de la comtesse avaient conservé des nuances de roux, et ils étaient éparpillés sur son épaule contre l'oreiller. Son visage était pincé d'irritation alors qu'elle attendait que Selena parlât.

— Madame, je vous prie de bien vouloir pardonner mon retard. Lord Harrowden a souhaité me montrer les terres et n'a pas tenu compte de mon avertissement quand je lui ai dit que cela me mettrait en retard pour me présenter à vous. Heureusement, Sir Lucius est venu livrer ma malle...

Les yeux de Lady Harrowden s'écarquillèrent, arrêtant Selena net.

— Pourquoi Sir Lucius avait-il votre malle ? demanda-t-elle.

Selena s'arrêta, décontenancée. Cela ne s'annonçait pas bien, et l'étrangeté de cette situation ne lui était pas venue à l'esprit jusqu'à présent.

— Le... le cocher de la diligence l'a apportée chez lui, et il m'a aperçue en train de marcher avec le comte et m'a conduite tout de suite à vous avec sa voiture.

— Alors Lord Harrowden a cherché à faire votre connaissance, n'est-ce pas ? dit la comtesse en étudiant attentivement le visage de Selena. Et comment trouvez-vous mon neveu ? Il est agréable à regarder, me dit-on, et son titre ne fait qu'ajouter à son attrait.

Comment Selena pouvait-elle répondre à une telle question ? Le titre de Lord Harrowden ne l'intéressait absolument pas. Et comme elle n'était pas une candidate appropriée pour lui, il était inutile d'envisager une telle chose. Cependant, à vrai dire, il avait réveillé en Selena son instinct de survie. Il semblait déterminé à lui rappeler qu'elle était sous son pouvoir, même par le plus subtil des indices. Le découvrir au domaine avait donné un sentiment de péril à Selena qui était plus que ce qu'elle avait négocié.

Elle choisit ses mots avec soin.

— Je peux comprendre pourquoi Lord Harrowden suscite l'intérêt des membres de la société mondaine, car il est certainement charmant. Quant à moi, je souhaitais seulement lui témoigner le respect qui lui était dû en tant que seigneur du domaine et c'est pour cela que j'ai accepté de l'accompagner. Même s'il se faisait tard, je n'osais pas m'opposer à lui en rentrant à la maison contre son gré.

— Alors il vous a forcée à marcher avec lui ?

Le ton de Lady Harrowden était un mélange de curiosité et d'agacement.

— Pas exactement.

Comment pouvait-elle répondre à cela ? Selena essaya à nouveau :

— J'avais espéré visiter le domaine avec Mrs. Randall, comme vous l'aviez suggéré. Mais quand Lord Harrowden a insisté, je n'ai pas pu refuser. Heureusement, Sir Lucius est arrivé, comme je l'ai mentionné plus tôt, et je dois dire que son arrivée a été providentielle, car non seulement j'ai tardé à venir vous retrouver, mais j'étais à moitié gelée.

— Et où est Sir Lucius maintenant ? S'est-il précipité vers son pavillon de chasse, ou tout du moins, à l'endroit où il réside actuellement ?

— En réalité, non, madame. Il a dit qu'il souhaitait vous parler et attend dans le salon pour savoir si vous avez du temps à lui accorder pour cela.

Lady Harrowden renifla et regarda par la fenêtre.

— Alors il sollicite une audience avec moi, n'est-ce pas ? Enfin !

Selena commençait à s'habituer aux questions rapides de Lady Harrowden, qui n'appelaient pas toutes une réponse. La comtesse rejeta ses couvertures et se leva d'un mouvement vif pour quelqu'un de son âge. Selena se précipita pour l'aider.

— Je ne suis pas si invalide que cela, dit sèchement Lady Harrowden. Sonnez et faites venir Morgan ici. Elle saura exactement comment s'occuper de mes cheveux.

Selena fit ce que l'on lui avait demandé, et pendant qu'elles attendaient l'arrivée de la femme de chambre, Selena s'aventura :

— Madame, peut-être auriez-vous la bonté de me dire ce que vous attendez de moi. Je voudrais être une dame de compagnie qui vous soit utile, mais je n'ai aucune expérience.

Lady Harrowden s'assit devant la coiffeuse et croisa le regard de Selena dans le miroir.

— Vous découvrirez assez facilement ce dont j'ai besoin, car je ferai clairement part de mes souhaits en toutes circonstances. Cependant, dit la comtesse en serrant les lèvres, j'attends de vous que vous soyez à l'heure. J'attends de vous que vous évitiez toute forme de scandale.

Selena déglutit convulsivement. La comtesse faisait-elle allusion à la disgrâce de sa famille ou anticipait-elle un futur scandale ?

Lady Harrowden poursuivit :

— Je m'attends à ce que vous ne divulguiez rien de personnel me concernant à mon neveu. Je ne veux pas qu'il sache quand je vais me coucher ou quand je me lève. Je ne veux pas qu'il sache de quoi je parle ou encore ce que j'aime et n'aime pas. En fait, cela m'irait très bien de rester un véritable mystère à ses yeux. Oh, je ne doute pas qu'il ait cherché à vous plaire. Il se distrait en votre compagnie, car il n'a pas d'autre jeune fille plus digne d'attention sous la main.

Les mots lui firent mal, même si Selena aurait dû être armée pour les affronter à présent. Elle avait reçu assez d'insultes, voilées ou directes, par le passé.

Lady Harrowden se tourna pour faire face à Selena.

— Je suis également certaine que Lord Harrowden souhaite entrer dans vos bonnes grâces dans le but de découvrir des choses sur moi qu'il n'apprendrait pas autrement. Je serais extrêmement mécontente si j'apprenais que vous l'aviez obligé.

Selena décida de ne plus jamais déplaire à Lady Harrowden. Elle ne pouvait pas se le permettre. En refoulant la pique qui accompagnait le rappel de sa condition inférieure, Selena se concentra plutôt sur les implications du discours de Lady Harrowden.

— Alors, vous n'êtes donc pas en bons termes avec votre neveu.

— Mon neveu est ce qu'ils appellent un séducteur, déclara Lady Harrowden avec une certaine impatience. Il est ce que moi j'appelle un sacripant.

— Un séducteur... vous voulez dire de la même façon que Sir Lucius est un séducteur ? demanda Selena.

Peut-être qu'elle marchait sur des œufs en rappelant à Lady Harrowden les mots qu'elle avait utilisés, mais elle avait qualifié Sir Lucius en ces termes la nuit dernière. Et Sir Lucius et Lord Harrowden n'étaient pas de la même étoffe, d'après ce que Selena pouvait voir. Lord Harrowden ignorait ses souhaits, en rappelant à Selena sa vulnérabilité. Au contraire, et malgré des débuts peu prometteurs, Sir Lucius semblait respecter un comportement de gentleman, et au-delà de cela, elle devait admettre, il apparaissait plus à son avantage à chaque rencontre.

— Je suis en colère contre Lucius.

Cela fut tout ce que la comtesse daigna dire, comme si cela répondait à la question. Elle évita de croiser directement le regard de Selena.

Morgan entra dans la pièce et Selena s'écarta pour la laisser aider Lady Harrowden à s'habiller.

— Est-ce que Sir Lucius m'attend toujours ? demanda Lady Harrowden à sa femme de chambre.

— Je ne sais pas, madame. Je ne savais pas qu'il était ici.

Morgan continuait de tirer sur les haubans de la comtesse.

Lady Harrowden étudia Selena dans le miroir, puis baissa les yeux sur la tenue vestimentaire de Selena, son expression montrant un mécontentement croissant.

— Le bal de la Twelfth Night sera une bonne occasion de voir comment vous vous comportez. Je vous donnerai une avance sur votre salaire, afin que vous puissiez acheter du tissu pour une robe.

Elle plissa les yeux devant la robe marron égyptien de Selena, qui était à la fois usée et démodée de plusieurs années.

— Je peux vous l'assurer : vous en aurez besoin.

— Merci. C'est gentil de votre part.

Le regard de Selena se détourna et elle se mordit la langue plutôt que de dire à sa maîtresse qu'elle n'avait pas besoin d'instructions sur la manière de se comporter en société. Elle avait été éduquée en ce sens et avait reçu autrefois des piles d'invitations. Mais l'avance de salaire était effectivement nécessaire, car elle manquait cruellement de toilettes, et elle ne prendrait pas le risque d'irriter la comtesse.

Selena prit une inspiration et regarda Lady Harrowden dans les yeux, en décidant de mettre au moins une chose au clair.

— En dépit de… la disgrâce de mon père, je sais comment me comporter. Vous n'aurez pas à avoir honte de moi.

Lady Harrowden s'offusqua.

— Descendez, et si par miracle Sir Lucius est toujours là, dites-lui que j'arriverai en temps voulu.

Selena quitta la comtesse et se rendit directement au salon, en pensant qu'il serait tout bonnement étonnant que Sir Lucius fût toujours là, car il ne semblait pas être un homme à se laisser facilement incommoder.

Néanmoins, quand elle entra dans le salon, Sir Lucius se tenait devant le feu, et il se retourna au bruit de ses pas. Selena éprouva un curieux sentiment de réconfort en le voyant se tenir là. Elle réalisa brusquement qu'elle en était venue à associer Sir Lucius à la protection, ce qui était en effet une chose très étrange, puisqu'il semblait égoïste et résolu à faire ce qu'il voulait.

Cependant, il lui avait ouvert sa porte, enfin il avait fini par lui ouvrir, quand elle s'était perdue, et il l'avait entourée de couvertures pour la protéger du froid et l'avait amenée en toute sécurité à destination. Puis il était revenu le lendemain, en apportant sa malle qui contenait tous ses biens, l'avait arrachée des mains d'un gentleman qu'elle n'appréciait pas, et l'avait de nouveau entourée de couvertures. Un bouclier de chaleur contre le froid glacial.

Elle devrait protéger son cœur.

Cette pensée fut suivie d'une prise de conscience et lui procura un remède efficace contre une tournure d'esprit trop romantique. Cela était insensé de penser que Sir Lucius lui accorderait son attention, et elle ne se couvrirait pas à nouveau de ridicule en livrant son cœur à un membre de la société mondaine.

— Qu'y a-t-il ? demanda Sir Lucius.

Ses yeux s'étaient adoucis alors qu'il la regardait, en menaçant sa forteresse soigneusement construite de s'écrouler. Seigneur, elle devait être en train de le fixer.

Selena s'éclaircit la gorge et s'avança.

— Lady Harrowden a dit qu'elle descendrait et viendrait vous voir, dit-elle en s'autorisant un petit sourire. Elle m'a fait comprendre qu'elle n'était pas satisfaite de vous en ce moment. Bien que je ne sois pas certaine de ce que vous auriez pu faire pour mériter son mécontentement.

— Je peux répondre à cela.

Sir Lucius se tourna pour regarder le feu, comme s'il était plus confortable de se confesser aux flammes plutôt qu'à elle.

— Mon grand-père a acheté le pavillon de chasse près de Harrowden, parce qu'il était ami avec feu Lord Harrowden. Je viens ici pour chasser depuis que je suis enfant, et les Harrowden m'ont vu grandir. Lorsque Lord Harrowden était sur son lit de mort six ans après la mort de mon propre père, il m'a chargé de m'occuper de sa femme. Ils n'avaient pas de fils à eux, et bien qu'il n'ait pas prononcé ces mots, je crois qu'il pensait que son neveu n'aurait pas à cœur les meilleurs intérêts de Lady Harrowden. Il m'a chargé de veiller sur elle.

Sir Lucius se tourna vers Selena, les lèvres serrées et l'expression dure, il continua :

— Je ne l'ai pas fait. Je ne suis allé la voir qu'une seule fois depuis que son mari est mort il y a deux ans.

Selena étudia son visage. Regrettait-il vraiment d'avoir failli à son devoir ? Ou était-il comme tous ceux qu'elle avait rencontrés dans la société mondaine ? Un homme inconstant ?

— Pourquoi n'avez-vous pas tenu votre parole ?

Sir Lucius marcha du tour de cheminée jusqu'à venir se tenir à ses côtés, la voix rauque quand il répondit :

— Cela était de l'égoïsme, je crois.

Une telle honnêteté obligea Selena à croiser son regard. Elle était étrangement soulagée.

— Et c'est là votre repentir ?

— Je peux au moins essayer.

Sir Lucius leva les yeux lorsque la poignée de porte tourna, et Selena, en réalisant combien ils se tenaient près, recula d'un pas.

CHAPITRE SEPT

Ce n'est que lorsque Miss Lockhart s'éloigna de lui que Lucius prit conscience de leur proximité. Cela était impossible, même si elle invitait la confiance d'un homme avec son élégance et ses manières douces. Il espérait que sa gentillesse ne la conduirait pas à se retrouver dans d'autres situations inconfortables, comme suivre Harrowden lors d'une autre promenade de plaisance dans le froid mordant.

Harrowden venait d'entrer dans la pièce. En les voyant ensemble, il écarquilla les yeux et, en se forçant à prendre un ton cordial, dit :

— Sir Lucius, vous êtes toujours là ?

Avant que le comte ne pût s'adresser à Miss Lockhart, elle prit congé.

— Lady Harrowden m'a demandé de parler à la gouvernante. Je dois m'en charger.

Sans un mot de plus, elle se retourna et alla rapidement vers la porte, comme pour s'échapper.

Lorsque la porte se referma derrière elle, Lord Harrowden se dirigea vers le feu où se tenait Lucius et se positionna dos à lui, face à la pièce.

— Votre arrivée était bien opportune ce matin, Sir Lucius. Miss Lockhart a pu ainsi éviter d'avoir à rebrousser chemin à pied, et je suis sûr qu'elle vous en était reconnaissante. Mais je vous assure que ce n'était pas nécessaire. Nous n'avons pas marché longtemps avant d'avoir à faire demi-tour, et il faudrait qu'elle devienne plus robuste si elle veut servir ma tante en tant que dame de compagnie.

L'arrogance de Harrowden piqua Lucius au vif, au-delà de ce qu'il pouvait supporter, et sa résolution de ne pas lui chercher querelle s'évanouit.

— À quoi pensiez-vous en emmenant une femme dehors par un temps pareil avec rien de plus qu'une fine cape pour la garder au chaud ? Elle était presque transie de froid quand je me suis approché d'elle.

Harrowden marqua une longue pause puis ses lèvres s'étirèrent en un sourire crispé.

— Peut-être avez-vous raison, même si je maintiens mon affirmation selon laquelle elle devrait être d'une autre trempe. J'étais disposé à lui montrer les terres de Harrowden, et comme elle sera ici pendant un certain temps, j'ai pensé qu'elle devrait tout visiter. Je suppose qu'elle a eu le temps de se réchauffer entretemps.

Lucius regarda vers la porte, en se demandant ce qui retenait la comtesse.

— Sûrement, dit-il en s'appuyant contre le tour de cheminée.

Harrowden se dirigea vers l'écritoire et se mit à fouiller dans les lettres qui s'y trouvaient.

— J'imagine qu'un homme comme vous a beaucoup à faire. Qu'est-ce qui vous retient ici ? dit-il en jetant un coup d'œil à Lucius avant de détourner à nouveau le regard.

— J'avais promis à votre tante que je viendrais lui rendre visite, et je ne l'avais pas encore fait. Je souhaite simplement réparer mon erreur.

Harrowden se mit à rire.

— Pourquoi ? Je ne peux pas imaginer de quoi vous et ma tante pourriez discuter.

— Sûrement rien qui puisse vous intéresser.

Lucius haussa un sourcil. Il laisserait Harrowden être rongé de curiosité. D'une part, cela ne le concernait pas. D'autre part, Lucius ressentait par instinct qu'il ferait mieux de ne rien confier à cet homme.

Harrowden jeta un coup d'œil à la porte, qui restait fermée. Après une autre minute, il croisa les bras et riva son regard sur le sol.

— Eh bien, je pense que je ne vais pas vous importuner plus longtemps, alors.

Il attendit, et quand Lucius ne répondit pas, il ajouta :

— Je suis certain que ma tante va descendre d'un moment à l'autre.

— Sans aucun doute, dit Lucius.

Il était reconnaissant que Harrowden quittât la pièce. Le frère de Robertson avait été à l'école avec lui, lui semblait-il. Il écrirait aujourd'hui à son ami pour découvrir ce qu'il y avait à savoir sur le jeune comte. Lucius pensait qu'il y avait quelque chose de déroutant... quelque chose de faux en lui.

Lorsque Miss Lockhart revint quelque temps plus tard, elle s'arrêta sur le seuil comme pour s'enquérir de l'absence de Lord Harrowden. Ses joues étaient teintées de rose parce qu'elle avait monté des escaliers, ou peut-être avait-elle éprouvé d'autres émotions. Lucius aurait aimé savoir de quoi il s'agissait. Il était évident pour lui que Miss Lockhart était une femme séduisante, mais à la douce lumière hivernale qui pénétrait dans le salon par les fenêtres, il trouva qu'elle l'était plus que d'ordinaire.

— Lady Harrowden va bientôt arriver, dit Miss Lockhart. Et Mrs. Randall a promis de faire envoyer le thé. Je suis désolée, je crains de vous avoir laissé attendre trop longtemps.

— Pourquoi vous excusez-vous ? Ce n'est pas de votre fait, il me semble, dit Lucius.

La plupart des gens commettent assez de fautes sans avoir à s'excuser pour celles d'autrui.

— Je suppose que non, quand vous le présentez de cette manière.

Miss Lockhart s'avança dans la pièce et lorsqu'elle arriva là où il se tenait, elle lui sourit timidement en disant :

— Les choses sont ainsi. Ou du moins cela est ma...

Sa voix s'estompa.

— Votre quoi ? insista-t-il quand elle ne continua pas. Votre manière de vous excuser pour des choses qui ne sont pas de votre faute ?

Elle pinça les lèvres.

— Peut-être. Je crois que les femmes ressentent souvent le besoin de faire ainsi. Pour apaiser et calmer, bien que, effectivement, dit Miss Lockhart en grimaçant, la raison pour laquelle nous le faisons reste une énigme.

— Oui, pourquoi est-ce comme cela ?

Lucius haussa les épaules et posa son bras sur le tour de cheminée.

— Cela est un concept qui m'est totalement étranger, ajouta-t-il.

Miss Lockhart se mit à rire.

— Oh, très bien, monsieur, dit-elle avec les yeux pétillants. Je vais m'inspirer de vos paroles. Je ne m'excuserai pas pour un désagrément que je n'ai pas causé.

— Cela me paraît très juste, répondit gravement Lucius.

La porte s'ouvrit, et, finalement, la comtesse entra.

— Bonjour, madame, dit-il en s'inclinant. Puis-je vous accompagner jusqu'à votre fauteuil ?

— Je n'ai pas besoin d'être escortée dans ma propre maison, dit Lady Harrowden sur un ton acide.

Il ignora ses mots et vint à ses côtés, et elle posa sa main dans le creux de son bras sans autre remontrance et en le laissant l'emmener jusqu'au fauteuil le plus proche du feu.

Une fois assise, elle se tourna vers Miss Lockhart.

— Vous pouvez disposer maintenant. J'ai des choses à dire à Sir Lucius.

Miss Lockhart hocha la tête et se tourna vers Lucius pour prendre congé.

— Je vous remercie encore pour tout ce que vous avez fait pour moi, monsieur.

Elle fit la révérence et se tourna pour partir.

Lucius refusa de laisser ses yeux la suivre jusqu'à la porte, en sachant qu'il serait sûrement sous le regard d'aigle de Lady Harrowden. Cependant, ses pensées s'attardèrent sur Miss Lockhart, et il sentit qu'ils n'avaient pas eu assez de temps pour parler. Il ressentait cette étrange tentation de revenir et de la revoir. Bien sûr, il le ferait avec une bonne raison pour éviter des ennuis. Il était impensable pour lui d'agir de manière si inhabituelle en rendant visite à Harrowden avec pour seul but de la voir. Il n'était pas du genre à vouloir se marier et ne souhaitait pas lui donner une fausse impression.

Cela étant dit, il serait désolé de ne plus la revoir. *Elle sentait la pomme quand elle est entrée dans la pièce.* Elle avait dû en chaparder une dans la cuisine. Cette idée lui donna envie de rire.

Son sourire s'éteignit rapidement lorsqu'il vit que Lady Harrowden étudiait son visage et que rien ne lui avait échappé. Il apparaissait clairement que le cheminement de ses pensées n'avait pas été aussi discret qu'il l'aurait souhaité.

— Vous n'êtes pas en train d'appâter des femmes démunies à votre âge, n'est-ce pas ? demanda-t-elle sur un ton sec.

Il devait rapidement la débarrasser de cette idée.

— Non, madame. Mon cœur est intact.

— Bien, dit Lady Harrowden en enroulant son châle plus fermement autour de son épaule. Cela est suffisant que mon neveu ait commencé à s'intéresser à Miss Lockhart. Si j'avais voulu trouver des candidates éligibles au mariage au lieu d'une dame de compagnie, j'aurais considéré un rang supérieur.

— Et pourtant, c'est la fille d'un gentleman, et une parente, déclara Lucius qui ne put s'empêcher de répondre.

— Seulement très éloignée.

Lady Harrowden tira sur le mouchoir qui était serré dans ses mains.

— Mais je ne me suis pas assise avec vous pour parler de cela. Je vois que vous avez finalement décidé de me rendre visite après tout ce temps. Qu'est-ce qui vous a amené ici, si ce n'était pas Miss Lockhart ?

Il ne la flatterait pas. Elle ne l'apprécierait pas, et cela était contre sa nature.

— Sa malle, dit-il en soulevant une botte pour la réchauffer près du feu. Et mon sentiment d'avoir manqué à mon devoir est ce qui m'a retenu ici, je pense.

— Vous avez manqué à votre devoir, dit Lady Harrowden en plissant les yeux avec un air irrité. Vous aviez donné votre parole. Harrowden me l'a dit avant de mourir.

Lucius n'aimait pas être réprimandé, mais il méritait le reproche. Elle avait raison. Sa parole devait avoir une valeur, et il ne l'avait pas jugée assez digne pour l'honorer. En gardant le contrôle de son humeur, née de son embarras, il dit :

— Je vous présente mes sincères excuses, madame. Je me rendrai plus disponible.

Lady Harrowden fronça les sourcils et se redressa.

— Je ne désire pas votre pitié.

— Je ne vous offre pas ma pitié.

Lucius étudia son visage vieillissant et s'adoucit en poursuivant :

— Nos familles ont une longue histoire commune, et je suis ici pour arranger les choses. Comment puis-je vous être utile ?

Lady Harrowden l'évalua un instant puis posa les mains sur l'accoudoir de son fauteuil.

— Dans quelle mesure êtes-vous capable de lire les documents juridiques et ceux relatifs à l'entail ? Vous avez suivi les cours pour devenir avocat, il me semble.

Lucius avait étudié le droit, mais il n'avait pas aimé cela. Il avait seulement voulu acquérir suffisamment de connaissances pour que cela fût utile dans son domaine.

— Je ne comprends que les grandes lignes. Pourquoi ? Y aurait-il un problème avec vos documents ?

Il quitta sa position près du feu et vint s'asseoir à côté de Lady Harrowden.

— C'est mieux, dit-elle. Je ne peux pas supporter que les gens soient debout et au-dessus de moi.

— Vous auriez dû dire quelque chose. Je me serais assis, répondit Lucius sur un ton doux.

— Comme si vous aviez déjà fait autre chose que ce que vous aviez précisément eu envie de faire, rétorqua la comtesse.

Lucius garda sagement le silence.

Quand elle vit qu'il ne mordrait pas à l'hameçon, elle poursuivit :

— Je crois que mon neveu, comme s'il n'en avait pas assez avec tout le domaine, je crois qu'il essaie d'empiéter sur mon douaire.

Cela semblait mesquin de prendre de l'argent à une veuve alors que Harrowden en avait tant. Lucius réfléchit aux possibilités. Harrowden n'aurait sûrement aucune raison de le faire. Et la plupart des testaments étaient sans faille. Il ne devait y avoir guère de marge pour tromper la comtesse.

Lucius s'appuya sur l'accoudoir et se frotta le menton en l'étudiant.

— Qu'est-ce qui vous amène à croire qu'il fait une telle chose ?

— Il m'encourage toutes les fois où il le peut à m'installer dans la maison douairière, bien qu'il ne se soit pas encore trouvé une femme. Il dit qu'il suffit de la peindre, mais il le dit depuis plus d'un an, et je ne crois pas qu'un peintre ait mis les pieds dans cette maison, dit-elle en joignant les mains dans un geste montrant son impatience. L'idée était saugrenue quand Richard séjournait à Londres. Qui se serait occupé du domaine ? Mais maintenant qu'il est revenu et qu'il semble que son séjour sera prolongé, ou peut-être indéfini, bien qu'il n'y ait pas de Lady Harrowden pour le moment, j'ai rapidement compris que je ne pourrai pas vivre sous le même toit qu'un tel freluquet. Je crois que je vais devoir déménager. Il n'a pas tardé à m'assurer qu'il m'y aiderait, ajouta-t-elle avec une voix chargée d'ironie.

Lucius croisa les jambes.

— Cela semble davantage être une preuve de sa générosité que de son infamie.

— Peut-être, si ce n'était du fait que mes comptes semblent plus maigres qu'ils ne devraient l'être, et je me demande si mon neveu ne gère pas son domaine avec ma part. Après tout, l'avocat de la succession supervise les deux comptes. J'aimerais que vous trouviez un comptable qui n'a eu aucune interaction avec mon neveu. Lorsque vous l'aurez trouvé, amenez-le-moi à l'insu de Richard, et je lui ferai examiner les chiffres de mes revenus pour voir comment ils sont utilisés.

— Votre neveu a-t-il accès à vos fonds ? demanda Lucius. Je ferai ce que vous voudrez, bien sûr, mais il semble étrange qu'il ait pu avoir les moyens de réduire vos revenus sans votre consentement ni que cela soit porté à votre connaissance.

— Richard s'occupe de mes factures et de mes comptes, déclara Lady Harrowden en soupirant avec agacement. Le régisseur et l'avocat ont tous deux dit que cela était l'arrangement le plus naturel. Pourtant, l'on me dit régulièrement que ma part ne peut pas permettre telle ou telle dépense. Je ne peux pas croire que mon mari m'ait laissé des ressources aussi restreintes. Je ne peux que penser que ces deux-là sont sous son pouvoir.

Elle se pencha en avant et poursuivit :

— En plus du comptable, j'aimerais que vous me trouviez un avocat qui n'est pas employé par le domaine. J'ai besoin de quelqu'un qui puisse m'aider à protéger mes intérêts. Puis-je compter sur vous ?

— Je peux le faire pour vous, répondit Lucius, vaguement conscient que sa volonté avait quelque chose à voir avec le fait de voir Miss Lockhart plus régulièrement. Je ne peux pas me rendre à Londres avant la fin de la Twelfth Night, ce qui sera probablement nécessaire si je veux trouver un avocat digne de confiance. Je proposerais le mien s'il n'était pas déjà surmené. Mais je vais m'efforcer de trouver un comptable local d'ici là, et j'en ai un en tête qui pourrait faire l'affaire.

Lucius prit congé de Lady Harrowden et se dirigea vers la porte d'entrée. Il n'y avait aucun laquais. Il lui faudrait attendre pour faire venir sa voiture ou se rendre lui-même aux écuries. Il se tourna alors que Miss Lockhart entrait dans le couloir depuis le petit salon.

Quand il la vit, un sourire se forma au coin de ses lèvres et il s'inclina.

— Je m'apprête à prendre congé, Miss Lockhart.

Elle fit la révérence, ses yeux gris étaient sombres, en dépit du sourire qu'elle lui rendit.

— Je vous ai déjà remercié peut-être une fois de trop, mais je sens que je dois le refaire. Votre arrivée était opportune.

Lucius s'immobilisa, frappé par ses traits et sa contenance digne. Plus il passait de temps en sa présence, plus il lui était difficile de l'imaginer dans ce rôle. Elle convenait mieux à celui de comtesse, si le comte n'avait pas été si indésirable.

— Je vous en prie, répondit-il, en essayant de maîtriser ses pensées qui commençaient à se perdre. Et si vous avez besoin d'aide, n'hésitez pas à me faire parvenir un billet. Je ne suis pas loin. Ma sœur, Maria, m'a forcé la main et je pense que nous nous reverrons au bal de la Twelfth Night. Enfin, si Lady Harrowden est assez bien pour y aller.

— Nous verrons, dit Miss Lockhart. À tout événement, et où qu'elle soit, je serai là.

Les mots étaient prononcés à la légère, comme s'il s'agissait d'une plaisanterie, mais ils semblaient empreints de tristesse.

Lucius regarda le laquais, qui était entré dans le couloir et se tenait maintenant devant l'entrée. Il tourna le dos au domestique et se pencha vers elle en disant d'une voix calme :

— Miss Lockhart, puis-je vous suggérer de garder votre porte fermée durant la nuit ?

Il ne faisait pas confiance à Harrowden et n'était pas assez certain qu'il fût un gentleman et que Miss Lockhart fût en sécurité dans la même maison que lui.

Elle pâlit en entendant sa suggestion et, après une pause, elle hocha la tête.

— Je le ferai, alors.

Miss Lockhart eut l'air de vouloir parler à nouveau mais serra les lèvres et fit un autre signe de tête avant de se retourner pour entrer dans le salon. Lucius jeta un coup d'œil dans le couloir au mobilier austère de l'entrée principale, le haut plafond n'offrant aucune chaleur, et souhaita, de la façon la plus irrationnelle qu'il fût, pouvoir emmener Miss Lockhart loin de là.

Le lendemain matin, Selena entra dans la salle du petit-déjeuner et son cœur se serra lorsqu'elle vit Lord Harrowden assis à table. Elle avait espéré qu'il ne serait pas matinal. Ses yeux s'écarquillèrent d'intérêt quand il leva les yeux de son assiette et l'aperçut. Même si le sourire qu'il lui adressa transformait ses beaux traits pour lui donner une expression aimable, elle savait qu'il ne fallait pas lui faire confiance. Il avait l'air d'un homme qui souffrait de lassitude, à la recherche d'une distraction qui perdrait rapidement de son attrait.

— Bonjour, Miss Lockhart. Vous semblez fatiguée, dit Lord Harrowden en lui donnant un sourire satisfait. J'espère que ma tante n'est pas trop difficile.

Selena marqua une pause avant de se servir un petit pain et de s'asseoir à table. Elle devrait mettre de côté ses sentiments de malaise et faire la conversation.

— Lady Harrowden et moi avons passé une journée très agréable hier.

Elle se versa une tasse de café et beurra son petit pain. Plus vite elle finirait son petit-déjeuner, plus vite elle pourrait échapper à Lord Harrowden.

— J'imagine que cela vous pèsera avec le temps. Vous êtes jeune, et être liée à une vieille dame ne peut pas vous plaire. Vous devez sûrement aspirer à plus.

Il s'appuya contre le dossier de sa chaise, en se mettant à l'aise pour une longue conversation, semblait-il, alors qu'elle ne voulait rien de plus que s'éloigner de lui.

Selena avala son pain.

— Je suis satisfaite de mon rôle, déclara-t-elle. Il me suffit de peu pour me contenter.

Elle réfléchit une minute, puis ajouta à son intention :

— Le respect, un toit au-dessus de ma tête et une simple distraction me suffisent.

— Êtes-vous allée à une saison de Londres ? demanda le comte. Je ne me souviens pas de vous avoir vue à Londres, mais j'imagine que vous n'évoluiez pas dans les meilleurs cercles. Et notamment pas celui d'Almack.

Selena lui offrit un sourire fugace. Sa famille avait eu des tickets réguliers pour celui d'Almack avant que la chute catastrophique de son père dans sa carrière de joueur ne devînt publique. Cependant, elle ne s'abaisserait pas à gonfler son importance, d'autant plus qu'elle n'en avait plus maintenant.

— Je pense. Je suis allée à Londres, mais c'est grand. Et, comme vous l'avez souligné, nous n'étions pas susceptibles d'évoluer dans les mêmes cercles.

— Si vous y êtes allée, alors apparemment aucune offre n'a été faite.

Lord Harrowden leva les yeux après avoir étudié ses ongles, ses yeux perçants la scrutant.

— Je ne cherche pas de mari, répondit Selena. Mon souhait est de subvenir à mes besoins et à ceux de ma famille. Je n'ai pas besoin de mariage.

Elle ne dévoilerait certainement pas ses sentiments et ses désirs pour qu'il se moquât d'elle.

Comme s'il pouvait lire dans ses pensées, Lord Harrowden lui adressa un sourire enjôleur.

— Vous avez sûrement des désirs d'affection dans votre cœur, insista-t-il. Je ne peux pas imaginer que vous désiriez vraiment une vie de vieille fille.

Selena réprima un frisson en entendant ses paroles, qui prenaient un ton sinistre lorsqu'elles étaient associées à son sourire moqueur. Elle se souvint qu'il n'était pas son employeur et reprit du courage.

— Je considère votre question impertinente, monseigneur.

Il haussa les sourcils et son sourire nonchalant apparut à nouveau.

— Vous déraisonnez. Je ne cherche que vos propres intérêts.

Selena termina la dernière bouchée de son pain. Elle toussa quand elle but le café trop rapidement et le liquide chaud lui brûla la gorge. Ce fut probablement le petit-déjeuner le plus rapide qu'elle eût jamais mangé, et il lui pèserait certainement sur l'estomac. Elle posa sa serviette sur la table et se leva.

— Je vous souhaite une bonne journée, monseigneur. J'ai rendez-vous avec la gouvernante pour me familiariser avec le domaine.

— Pourquoi est-ce que je ne vous le montrerais pas ? dit Lord Harrowden. Je promets que nous ne quitterons pas la chaleur de cette maison, et je peux vous raconter l'histoire de chacune des pièces, de vieilles histoires dont la gouvernante ne sera pas au courant.

Oh certainement pas. Je ne me laisserai pas berner.

— Vous êtes très aimable et j'apprécie votre offre, mais je vais devoir la décliner. Il est important pour moi d'être en bons termes avec la gouvernante, et je ne repousserai pas notre entrevue une seconde fois. Bonne journée.

Selena réussit à s'enfuir.

Mrs. Randall avait fait preuve de froideur lorsque Selena était allée s'excuser la veille. Mais aujourd'hui, alors qu'elle voyait Selena descendre les escaliers et entrer dans la cuisine juste au moment où elle avait promis de venir, le sourire de la gouvernante était plus chaleureux.

— Je vais remettre le service en porcelaine dans son placard, et je serai libre de vous faire visiter la maison.

Mrs. Randall rangea la tasse de thé qu'elle avait inspectée et termina de ranger le reste de la porcelaine qui avait été étalée pour l'inventaire.

Il y avait vingt-sept pièces, et puisqu'elles étaient disposées de manière ordonnée, Selena ne pensait pas qu'il serait difficile de se rappeler comment s'orienter. Elle prit note de l'endroit où se trouvait la chambre de Lord Harrowden et fut soulagée de voir que la sienne se trouvait dans l'autre aile, beaucoup plus proche de celle de Lady Harrowden. Si elle appelait, la comtesse l'entendrait sûrement.

Mrs. Randall en savait beaucoup sur l'histoire du domaine, il s'avérait donc que l'atout de Lord Harrowden n'était que de la vantardise. Alors qu'elles terminaient leur tour, la gouvernante dit :

— J'ai entendu dire que le jeune Sir Lucius était ici. Cela fera du bien à Lady Harrowden de le revoir. Les familles étaient proches avant la mort du comte.

— Peut-être qu'il viendra plus souvent, maintenant que Lady Harrowden et lui ont... renoué les liens familiaux, déclara Selena.

Elle n'était pas certaine que le terme *renoué* correspondît le mieux aux réprimandes acerbes que la comtesse avait adressées à Sir Lucius. Elle espérait cependant qu'il viendrait plus souvent.

— C'est un homme bon. J'espère que vous n'êtes pas heurtée que je vous donne mon opinion.

Mrs. Randall regarda Selena pour avoir sa confirmation, et celle-ci secoua la tête. En fait, elle était très intéressée d'entendre l'opinion de Mrs. Randall sur Sir Lucius. Et apparemment, Selena, une simple dame de compagnie, pouvait être mise dans la confidence de la gouvernante. Elle était contente, car elle aurait besoin d'amis ici.

— Mon mari était le jardinier de l'ancien baronnet, et j'ai vu Sir Lucius grandir. Chaque fois qu'il est présent, vous pouvez être sûre que les choses seront faites comme elles le devraient. Cela est très étrange que sa famille compte sur lui de cette manière. Sa mère l'a persuadé de l'accompagner aux eaux thermales pour trouver un remède, bien qu'elle ne semble pas souffrir d'une quelconque affection, et Miss Philippa et Mr. George se retrouvent toujours dans des situations ennuyeuses. C'est malheureux que…

Mrs. Randall sourit et ferma les lèvres.

— Mais de quoi suis-je en train de parler ? Je n'ai pas besoin de divaguer, reprit-elle.

— S'il vous plaît, continuez, déclara Selena. Je suis intéressée.

— Eh bien...

Mrs. Randall réfléchit un instant.

— Lorsque l'ancien Lord Harrowden était en vie, poursuivit-elle, ainsi que Sir John, le grand-père de Sir Lucius, les deux amis passaient beaucoup de temps ensemble, et les deux familles étaient souvent en compagnie l'une de l'autre. Les choses étaient paisibles à Woolmer Green.

Elle soupira et haussa les épaules avant de continuer :

— Je suppose que lorsque le neveu de Lord Harrowden est devenu comte…

Il y eut une longue pause avant qu'elle ne dît :

— Mais je ne devrais pas parler de mon employeur de cette façon.

Mrs. Randall fit un geste vers l'avant et Selena la suivit vers la cage d'escalier menant à l'étage inférieur.

Elle pouvait déduire du commentaire de Mrs. Randall et de ce qui était resté tacite, ainsi que de son instinct, qu'avec le nouveau comte, les choses n'étaient pas aussi paisibles.

CHAPITRE HUIT

Trois jours après son arrivée, Selena entra dans la chambre de Lady Harrowden et la trouva en train de lire une lettre dont les pages étaient étalées sur les couvertures. La comtesse était tellement absorbée par son contenu qu'elle n'accorda pas un regard à Selena.

— Bonjour, madame.

Selena vint se tenir à son chevet, en se demandant s'il serait impertinent de poser des questions sur la lettre. Lorsque la comtesse ne lui parla pas ni même ne la regarda, Selena décida de prendre le risque.

— Vous avez reçu des nouvelles ?

Lady Harrowden leva enfin les yeux.

— Tirez cette chaise, ma fille. J'ai en effet eu des nouvelles, et comme cela vous concernera, je ferais mieux de vous en informer immédiatement.

Selena fit ce qu'on lui avait demandé, et Lady Harrowden retourna la lettre, en louchant sur la signature à la fin de la missive.

— J'ai reçu une lettre du tuteur de ma pupille indiquant qu'il n'y avait plus de place pour elle dans l'école dans laquelle elle résidait. J'imagine que Rebecca s'est mal comportée. Le tuteur me demande ce que je compte faire ensuite, et je suis d'avis qu'elle vienne ici.

Lady Harrowden lança un regard rusé en direction de Selena.

— Maintenant que vous êtes là, vous pouvez tout aussi bien assumer le rôle de préceptrice et de dame de compagnie. Il vous sera plus divertissant d'avoir une autre jeune fille à la maison que de n'avoir rien d'autre à faire que de servir une vieille dame.

Selena garda une expression neutre. Toute jeune fille renvoyée de l'école causerait probablement plus de problèmes qu'il n'en fallait.

— Ce sera comme bon vous semble, madame. Je suis ici pour être à votre service, dit-elle en joignant les mains sur ses genoux. Avez-vous décidé du moment où elle arrivera ?

Lady Harrowden jeta de nouveau un coup d'œil à la lettre en réfléchissant.

— Nous ferions mieux de répondre à cette lettre sans délai. On me fait comprendre que la situation est grave et qu'il faut lui trouver une place au plus vite. L'école est dans l'Essex, et elle peut arriver ici en deux jours.

— Si tôt ? demanda Selena en haussant les sourcils. Y aurait-il quelque chose que je puisse faire pour vous ?

— Veuillez informer Mrs. Randall immédiatement, afin qu'elle puisse préparer la chambre tapissée de rose. Elle saura de laquelle il s'agit. Et même si cela est contre nature, je suppose que je devrais en informer mon neveu, dit Lady Harrowden en fronçant les sourcils. Nous allons répondre tout de suite, et ensuite vous enverrez un laquais pour demander à Richard de nous rencontrer au salon.

Selena écrivait ce que lui dictait Lady Harrowden avec une écriture soignée, et une fois que la lettre fut sablée, elle la plia et écrivit l'adresse qu'on lui indiqua. Sur les instructions de la veuve, elle sonna pour que Morgan aidât Lady Harrowden à enfiler sa robe du matin, puis apporta la lettre avec elle pour qu'elle fût affranchie. Elle promit d'attendre la comtesse au salon.

Lord Harrowden était déjà dans la pièce lorsqu'elle entra, et elle espérait que la comtesse ne tarderait pas à venir, pour que Selena ne fût pas forcée à rester seule avec Lord Harrowden trop longtemps. Elle s'avança, la mâchoire serrée. Le comte serait-il sur son dos pendant tout son séjour ?

Rien n'échappait à ses yeux perspicaces.

— Vous avez une lettre à affranchir ?

Selena hocha la tête.

— Il s'agit d'une lettre que Lady Harrowden souhaite envoyer, et elle sera là pour vous en parler d'un moment à l'autre, car l'affaire vous concerne.

— Ce sera à son bon plaisir.

La voix de Lord Harrowden dégoulinait d'ironie.

Selena s'assit aussi loin que possible de Lord Harrowden sans paraître impolie, et leur silence dura assez longtemps pour qu'elle remuât sur sa chaise, nerveuse à l'idée de ne pas être ailleurs.

— Vous n'avez pas besoin d'être si tendue, ma chère.

Le comte prit une boîte de tabac à priser dans sa main et ouvrit et ferma le couvercle sans en prendre.

— Avez-vous terminé la visite de la maison avec Mrs. Randall ?

— Oui, j'ai tout visité, donc je saurai m'orienter. J'espère apprendre mon rôle rapidement et être au service de Lady Harrowden.

Selena réussissait presque à s'ennuyer elle-même. Margaret Winter venait de rentrer à Bedford lorsqu'elle avait dit que Selena ne pouvait travailler comme dame de compagnie que si elle était capable de tenir une conversation. Une dame de compagnie n'était utile que si elle était en mesure d'apporter de la distraction.

Selena fronça les sourcils. Cela était étonnant de constater combien l'on perdait vite l'art de converser quand on ne fréquentait plus la société mondaine.

Lord Harrowden se leva et se dirigea vers le sofa près de l'endroit où elle était assise.

— Je n'en doute pas, mais je pense toujours que ce sera un travail ennuyeux pour vous.

Le manque d'espace entre eux rendit Selena encore plus tendue, et elle regarda droit devant elle.

Il s'assit et appuya son menton sur sa main tout en la fixant.

— Si vous le souhaitez, je peux vous inviter à quelques-uns des événements locaux lorsque ma tante se sera retirée pour la nuit, afin que vous puissiez vous divertir. Si vous vous occupez d'elle quand elle a besoin de vous, elle n'aura rien à dire sur ce que vous faites durant votre temps libre.

Selena ne pouvait penser à rien qui l'attirait moins que de passer plus de temps avec Lord Harrowden. Il regardait son visage et sa silhouette d'une manière telle qu'il semblait vouloir s'en emparer, et cela la répugnait. Selena s'efforça de répondre d'une manière qui ne serait pas offensante.

— Vous êtes très prévenant, monseigneur. Cependant, il ne serait pas convenable pour moi d'aller quelque part sans être chaperonnée.

Il rit doucement, avec une expression incrédule.

— Miss Lockhart, je pense que vous devrez bientôt changer de ton en apprenant ce que c'est que d'être une dame de compagnie. Vous devez satisfaire le plaisir de ceux qui vous emploient. N'espérez pas avoir la même considération que l'on montrerait à une femme plus aisée.

L'insulte fit rougir ses joues de colère. Cela ne pouvait pas rester sans réponse, mais que pouvait-elle dire ? Selena avait vu de ses propres yeux combien une femme aux moyens modestes était peu considérée. Finalement, elle ne pouvait que lutter contre sa propre impuissance car elle n'avait aucune arme dans son arsenal qui pourrait constituer une réponse appropriée.

La comtesse entra dans la pièce et Selena se tourna vers elle avec soulagement.

— Richard, vous êtes précisément la personne que je souhaitais voir.

Lady Harrowden marchait à pas rapides, en s'appuyant sur une canne en bois qu'elle utilisait parfois.

Lord Harrowden se leva avec une certaine réticence alors que sa tante avançait dans la pièce.

— Eh bien, cela illustre un certain changement, dit-il. Car vous semblez toujours prendre soin de m'éviter.

— Certaines conversations ne peuvent être évitées, déclara la comtesse sur un ton sinistre.

Elle se tourna vers Selena.

— Lui avez-vous fait affranchir la lettre ?

Selena secoua la tête.

— S'il vous plaît, faites-le. Richard, je souhaiterais vous informer que nous allons accueillir quelqu'un dans cette demeure, ou du moins l'accueillir ici jusqu'à ce que je puisse déménager dans la maison douairière. Ma pupille vivra avec moi.

Lord Harrowden haussa les sourcils.

— Votre pupille ? J'ignorais que vous en aviez une. Elle doit avoir un fonds fiduciaire convenable si vous voulez vous occuper d'elle et également m'informer de son séjour. Après tout, vous ne m'aviez pas dit que Miss Lockhart viendrait.

— Je ne vous dis pas tout, et sa dot ne vous concerne pas. Miss Lockhart lui servira de préceptrice jusqu'à ce que nous trouvions un arrangement plus approprié pour elle.

Lord Harrowden retroussa la lèvre en se tournant vers Selena.

— Votre rôle continue de croître avec exaltation.

— Voudriez-vous affranchir ceci maintenant, monseigneur ? demanda Selena en décidant qu'il valait mieux qu'elle ignorât son impertinence.

Le comte apporta la lettre au bureau dans le coin et l'affranchit. Selena se tourna vers la comtesse, désireuse d'échapper au regard cynique de Lord Harrowden.

— Madame, dois-je donner ceci à Mullings maintenant ?

Lady Harrowden leva la main.

— Attendez, et vous pourrez m'accompagner ensuite au petit salon. J'ai quelque chose que je souhaite dire à Richard.

La comtesse avança encore de quelques pas jusqu'à ce qu'elle se tînt devant lui.

— Je pense que je n'ai pas besoin de vous rappeler de laisser ma pupille tranquille. Elle n'a pas la lignée digne de faire une bonne épouse pour vous, et je sais combien cela est important pour vous. Et elle n'est pas sans protecteurs.

Lord Harrowden lança à sa tante un regard déterminé.

— Je ne sais pas ce que vous pensez de moi, ma tante. Naturellement, une jeune femme sous mon propre toit doit être protégée.

La mâchoire de Selena tomba sous le choc et elle la referma rapidement. Elle n'arrivait pas à croire qu'il eût eu l'audace de dire cela alors qu'il avait raconté un tout autre discours quelques instants avant que Lady Harrowden n'entrât dans la pièce.

— Naturellement, dit Lady Harrowden avec un soupçon d'ironie.

Elle se tourna vers Selena.

— Venez. Le thé va nous être servi.

Selena l'accompagna jusqu'à la porte, heureuse de tourner le dos à Lord Harrowden.

LA JEUNE pupille arriva deux jours plus tard, comme Lady Harrowden l'avait prédit. Au moment où Selena entendit la voiture s'arrêter, elle ferma le livre qu'elle lisait à haute voix et regarda la comtesse.

— Allez voir, dit Lady Harrowden. J'imagine que cela doit être

Rebecca.

Selena alla à la fenêtre et vit le laquais ouvrir la porte de la voiture et tendre la main pour prendre celle, gantée, qui en sortait.

— Il me semble que c'est elle, déclara Selena. Dois-je vous l'amener ?

Au signe de tête de Lady Harrowden, Selena se précipita dans le couloir. Elle atteignit la porte d'entrée et sortit dans la lumière aveuglante du soleil qui se reflétait sur la neige. Elle pouvait voir la silhouette colorée d'une jeune femme se dirigeant vers les marches, suivie de sa femme de chambre, mais il faisait trop clair pour distinguer ses traits jusqu'à ce qu'elle se rapprochât.

Selena descendit quelques marches pour rejoindre la jeune fille, dont le visage était caché par sa capote alors qu'elle examinait le terrain et la façade du domaine à sa droite.

— Je suis Miss Lockhart, dit Selena d'une voix amicale.

La jeune fille se retourna pour lui faire face. Selena se sentit blêmir alors qu'elle fixait la même jeune femme qui était apparue sur le pas de la porte de Sir Lucius il n'y a pas une semaine.

— Vous.

Le visage de Rebecca n'exprimait pas le choc ressenti par Selena, mais elle avait réussi à montrer beaucoup d'agacement en un seul mot.

— Miss Woodsley, n'est-ce pas ? demanda Selena.

Ses pensées tournaient dans sa tête. Sir Lucius savait-il qui elle était ? Comment pouvait-elle, en tant que pupille de Lady Harrowden, avoir perdu toute convenance en essayant de séduire un gentleman ? Car Rebecca ne pouvait pas avoir eu d'autre dessein cette nuit-là.

Rebecca avait croisé les bras sur sa poitrine et Selena s'efforçait de paraître totalement naturelle malgré cette situation étrange.

— Je crois me souvenir que c'était votre nom quand nous... nous nous sommes rencontrées.

Elle regarda autour d'elle pour s'assurer qu'aucun des serviteurs ne leur prêtait attention. Il valait mieux qu'elle ne claironnât pas les manquements de Miss Woodsley devant les quelques serviteurs réunis.

— Je dois être votre préceptrice jusqu'à ce que vous soyez correctement introduite dans la société, poursuivit Selena avec un ton dont elle espérait qu'il revêtît de l'autorité.

Rebecca avait pris une expression entêtée, comme si elle était sur le point d'avoir une crise de nerfs, et Selena avait bien l'intention d'éviter cela.

— Je vais vous emmener rencontrer Lady Harrowden.

— Une préceptrice ? demanda Rebecca, en refusant de bouger. L'on ne m'a pas dit que j'aurais une préceptrice.

Selena fronça les sourcils.

— Qu'imagineriez-vous qu'il se passerait lorsque vous avez été renvoyée de l'école ? Nous discuterons des circonstances de ce renvoi à un autre moment. Quelqu'un doit s'occuper de vous.

Et je sais mieux que quiconque combien vous en avez besoin.

Rebecca dépassa Selena pour gravir les escaliers de l'entrée principale. Une fois à l'intérieur, elle fixa la rampe menant à l'étage, en se penchant en arrière pour regarder le haut plafond.

— Je pensais que Lady Harrowden s'occuperait de moi quand mon oncle m'a dit qu'elle m'avait fait venir. Après tout, je suis presque adulte.

— Quel âge avez-vous ?

Selena lui donnait dix-sept ans tout au plus, et Lady Harrowden n'avait pas vraiment été ouverte concernant la situation de sa pupille.

— J'ai seize ans, répondit Rebecca, en regardant le reste du couloir d'un coup d'œil rapide. C'est une très belle maison. Je ne sais pas pourquoi Lady Harrowden ne m'a jamais invitée à séjourner ici auparavant. Si elle l'avait fait, j'aurais pu rencontrer Sir Lucius dans le cours ordinaire des choses. Maintenant, nos chemins vont forcément se croiser.

Lorsque Selena retrouva sa voix, ce fut seulement pour dire :

— Seize ans, cela est encore assez jeune.

Une jeune fille de seize ans avec une apparence si féminine et insensible à l'embarras qui aurait dû la frapper après avoir été prise dans une situation compromettante, avait nécessairement besoin d'une préceptrice. Elle souhaitait que Lady Harrowden réussît à la convaincre de cette nécessité sans que Selena eût à l'incriminer.

Selena se tourna vers la gouvernante, qui était venue à l'entrée principale.

— Mrs. Randall, peut-être pourriez-vous veiller à ce que le laquais apporte la malle de Miss Woodsley dans sa chambre pendant que je l'emmène rencontrer Lady Harrowden ?

La jeune fille serait installée dans la chambre adjacente à celle de Selena, comme Lady Harrowden l'avait décidé à l'avance. Cela était pour le mieux. Malgré son appréhension quant à sa capacité à faire changer Rebecca, Selena aurait besoin de garder un œil sur elle. Elle la précéda dans le petit salon où la comtesse était assise.

— Eh bien, dit Lady Harrowden en évaluant sa pupille. Vous avez eu quelques ennuis. J'espère que vous ne songez pas à en causer ici.

— Non, madame.

Rebecca fit la révérence devant Lady Harrowden.

— Comment avez-vous pu fuir votre école ? lui demanda sévèrement la comtesse.

Rebecca toucha son réticule, ses lèvres boudeuses la faisant paraître plus jeune.

— Je n'ai pas fui. J'étais partie avec mon frère pour un court séjour.

— Sans permission, lui rappela Lady Harrowden. Où est votre frère ? Quand aura-t-il atteint sa majorité ?

— Dans six mois, madame.

L'attention de Rebecca avait commencé à décliner et ses yeux erraient dans la pièce. Selena pouvait imaginer que Lady Harrowden finirait bientôt par perdre patience avec elle.

— Eh bien, il est censé prendre soin de vous quand il aura atteint la majorité, et j'espère, dans son intérêt, que vous ne lui causez pas tant de problèmes.

Rebecca se retourna vers la comtesse avec les yeux écarquillés.

— Mon frère devrait s'occuper de moi ? Cela est ridicule. Il arrive à peine à prendre soin de lui.

Lady Harrowden serra les lèvres.

— Eh bien, cela est ainsi que votre père l'a précisé dans son testament. Et il n'est pas surprenant que vous vous retrouviez tous les deux avec des ennuis jusqu'au cou, en déménageant si souvent. J'ai essayé de suggérer à votre oncle de vous trouver un foyer plus stable, mais il n'a pas écouté. Et bien sûr, je ne pouvais pas vous accueillir.

Comme si elle était irritée par son propre échec à avoir pris correctement part à l'éducation de sa pupille, Lady Harrowden se hérissa soudainement de colère.

— Et une autre chose encore, votre oncle a dit que l'école avait écrit que plus d'une rencontre illicite avait eu lieu.

— Non, madame. Je n'ai parlé qu'aux gentlemen de l'assemblée où l'on nous conduisait pour pratiquer la danse. L'un d'eux m'a emmenée dans les jardins pour prendre l'air.

— Vous êtes une enfant imprudente, rétorqua Lady Harrowden. Il aurait pu vous pervertir.

Rebecca posa de grands yeux innocents sur la comtesse.

— Mais comment ?

Selena résista au désir de lever les yeux au ciel.

Cela prit Lady Harrowden au dépourvu.

— Eh bien, si vous voulez vraiment le savoir…

Elle ne semblait pas savoir comment continuer.

— C'est pour cette raison qu'il serait une bonne chose pour vous d'avoir une préceptrice, dit fermement Selena.

Quand elle vit le regard mutin de Rebecca, elle jeta un coup d'œil à Lady Harrowden et ajouta :

— Pas pour très longtemps, remarquez. Mais assez pour apprendre les usages du monde.

Selena devrait jouer aussi finement que Rebecca. Plutôt que de la réprimander pour ce qui s'était passé chez Sir Lucius, il serait préférable et plus efficace d'essayer de ramener la jeune fille à la raison et d'orienter ses pensées vers un chemin plus noble, bien que Selena fût déterminée à en connaître davantage sur la façon dont Rebecca était arrivée là-bas.

Il vint à l'esprit de Selena de demander à Rebecca quelles étaient ses ambitions.

— Qu'est-ce que vous souhaiteriez faire maintenant que vous avez quitté l'école ?

Rebecca fronça les sourcils.

— Je crois que j'aimerais me marier et devenir une très grande dame, dit-elle en regardant autour d'elle. Et vivre dans une grande maison.

— Vous contracterez une alliance respectable avec votre fortune, déclara Lady Harrowden. Mais il ne faut pas espérer plus. Vous êtes sans naissance pour cela.

— Hum.

Rebecca croisa les bras et leva un sourcil.

— Devrais-je emmener Rebecca dans sa chambre ? s'enquit Selena.

Au signe de tête de Lady Harrowden, elle se tourna vers sa nouvelle protégée, en ajoutant :

— Vous désirerez changer de robe, j'en suis sûre.

— Oh, oui, partons tout de suite, dit Rebecca. Je n'ai pas encore porté ma robe primevère, dont Alice m'assure qu'elle est la plus seyante.

Elle se tourna pour la suivre, et Selena s'arrêta pour parler à Lady Harrowden.

— Je vais l'installer dans sa chambre et je reviendrai vous voir dès que possible.

Lady Harrowden la renvoya avec deux doigts et Selena conduisit Rebecca vers la porte.

Elles étaient seules dans le couloir lorsque Rebecca dit d'une voix basse et pétulante :

— J'imagine que vous voulez raconter à Lady Harrowden tout ce qui concerne notre première rencontre.

Selena n'eut pas la chance de répondre. Alors qu'elles traversaient la cage d'escalier, Lord Harrowden sortit de la salle de billard et s'arrêta brusquement en voyant Rebecca.

— Qu'est-ce donc ? Êtes-vous déjà arrivée, Miss Woodsley ?

Comment se faisait-il que Lord Harrowden connût le nom de famille de la pupille alors que la comtesse ne l'avait pas dit à Selena ? Elle s'en serait sûrement souvenue et aurait été mieux préparée à appréhender leur entrevue.

Le comte poursuivit :

— Je ne m'attendais pas à trouver une jeune femme aussi charmante.

Il s'approcha et s'inclina vivement, en faisant apparaître une lueur de reconnaissance sur le visage de Rebecca et sombrer le cœur de Selena. Voici une autre tentative de badinage rusée pour manœuvrer sa nouvelle protégée avec prudence.

Rebecca lui laissa prendre sa main dans la sienne et s'incliner.

— Vous êtes trop aimable, monsieur. Et qui êtes-vous ?

Elle retira sa main et lui sourit.

— Je sais que vous serez avec nous pendant un certain temps, ce qui devrait rendre mon séjour infiniment plus agréable, je vous l'assure. Je suis Lord Harrowden, à votre service.

— Oh, haleta-t-elle. Vous êtes le comte. Vous êtes si jeune.

Il fit semblant de froncer les sourcils.

— Pas si jeune que cela. J'ai bientôt vingt-six ans. Je dois bien avoir dix ans de plus que vous.

Elle hocha simplement la tête, toujours souriante, et Selena se demanda si elle était la seule à pouvoir discerner l'expression déterminée du regard de Rebecca. Il toucha légèrement le menton de la pupille, en obligeant Selena à s'éclaircir la gorge.

Lord Harrowden jeta un bref coup d'œil à Selena avant de dire :

— Eh bien, je suis sûr que nous allons grandement nous divertir maintenant que vous êtes arrivée. Si vous avez besoin de quoi que ce soit, vous n'avez qu'à demander. Je suis le maître ici, et je veillerai à ce que l'on obéisse à vos souhaits.

Rebecca gloussa, et Selena lui prit le bras et la tira vers l'escalier, en adressant au comte un signe de tête poli, qu'il ne rendit pas. Il était rapidement passé à une proie plus attirante.

Lorsqu'elles atteignirent la chambre où séjournerait Rebecca, Selena fut surprise de voir la malle posée sur le sol près du lit sans personne pour commencer à la déballer. Cela était une opportunité inespérée, et Selena la saisit.

— Vous m'avez demandé si je divulguerais la façon dont nous nous sommes rencontrées, et la réponse est non. Cependant, j'aimerais savoir comment vous vous êtes retrouvée chez Sir Lucius, car cela était très certainement à dessein.

Rebecca hocha la tête, en tentant d'éluder la question. Selena croisa les bras, et quand Rebecca vit qu'elle attendait une réponse, elle dit :

— En fait, j'avais jeté mon dévolu sur lui, et je savais que j'étais suffisamment jolie et riche pour réussir si seulement la malchance ne vous avait pas amenée à ce moment précis.

Ce souvenir lui fit prendre un air renfrogné.

— Mais comment l'avez-vous rencontré ? Vous avez dit que vous n'aviez jamais été invitée à séjourner chez Lady Harrowden.

Les circonstances dans lesquelles sa tutrice était la voisine de Sir Lucius semblaient trop incroyables pour que les présentations se fussent déroulées d'une autre manière, mais il ne semblait pas que Sir Lucius connût Rebecca.

— Lady Harrowden ? Hum ! Non. Si jamais elle m'a déjà invitée à rester ici, je ne m'en souviens pas. J'ai vu Sir Lucius une fois à Brighton quand j'étais là-bas pour rendre visite à mon amie, et j'ai demandé qui il était. Tout le monde sait qu'il est un célibataire endurci qui n'a tout simplement pas encore posé les yeux sur la bonne femme, alors j'ai décidé de prendre les choses en main, expliqua Rebecca. Ce fut un jeu d'enfant pour obtenir l'aide de mon frère. Il n'avait plus d'argent puisqu'il avait déjà épuisé sa rente de ce trimestre, alors j'ai promis de rembourser certaines de ses dettes les plus pressantes.

Elle haussa les épaules.

Cela était beaucoup de machinations pour quelqu'un de si jeune. Selena se demandait si Rebecca pouvait apprendre les règles de la bienséance ou s'il était trop tard. Selena continua de recueillir les parties manquantes.

— Donc, votre frère a découvert où vivait Sir Lucius et a ourdi le plan, dit Selena en inspirant brusquement alors qu'une prise de conscience la frappa. Cela était un sacré risque de s'engager dans une telle...

Elle ravala les mots qu'elle avait manqué de prononcer, *quête licencieuse*, et termina avec plus de modération :

— ... un tel plan alors que votre tutrice était si proche.

— J'ai failli mourir de peur quand Sir Lucius a mentionné son nom, je vous assure, dit Rebecca. Je ne connaissais pas son adresse, puisque nous ne correspondons pas de manière régulière. Et, à vrai dire, je ne m'en serais pas souvenue si cela avait été le cas. Néanmoins, le jeu aurait été terminé, dit-elle en se mordant la lèvre. Je suppose qu'il valait mieux que mon frère arrive à ce moment-là.

— Oui, je suppose...

Les mots de Selena moururent. Elle ne savait pas si le fait d'être dans la confidence profiterait ou non à Rebecca, si la nature de la jeune fille était déjà pervertie ou non. Mais elle savait ce que valait une bonne réputation, et ce n'était pas elle qui causerait la chute d'une autre, même si elle trouvait la jeune fille au mieux ennuyeuse et au pire dénuée de moralité.

Rebecca l'étudia en silence, et Selena finit par dire :

— Cela est une chance pour vous de prendre un nouveau départ. Je ne ferai rien pour y faire obstacle. En fait, je vous souhaite vivement d'avoir la vie dont vous rêvez et je vous aiderai à y parvenir.

Rebecca s'esclaffa, le visage rouge et l'expression moqueuse.

— Comment pourriez-vous m'aider ? Vous êtes une préceptrice. Avec une robe des plus horribles. Vous n'avez rien à m'apprendre.

Selena inspira par les narines, en faisant appel à toute son éducation pour répondre de la manière digne d'une dame.

— Peut-être. Mais en tant que votre préceptrice, je vais vous donner des conseils pour faire un bon mariage, car cela semble être votre but. Je peux vous apprendre à vous y prendre d'une façon appropriée, et qui ne vous donnera aucune raison de rougir de vos actions. Et je vais faire ce que je peux pour vous aider à trouver un mari qui vous plaise.

Selena se promit qu'elle améliorerait les qualités morales de Miss Woodsley ou qu'elle entraverait toute tentative de séduction qui pourrait nuire à un jeune homme candide.

Rebecca sourit, avec un sourire sincère pour une fois.

— Vous êtes déterminée à m'aider à trouver un mari ? Bien ! Dans ce cas, vous pouvez m'arranger une nouvelle rencontre avec Sir Lucius.

Selena se figea en entendant les paroles de Rebecca et elle en perdit le souffle. Le sentiment de terreur qui l'envahissait était certainement dû au fait que Rebecca n'avait manifestement rien appris de sa récente mésaventure, et qu'elle n'avait pas non plus pris à cœur les paroles de Selena. Ou alors, le cœur de Selena se serrait parce que Sir Lucius serait troublé de trouver une coquette obstinée à deux pas de sa demeure.

Cela ne pouvait pas être parce que Selena voulait garder l'attention de Sir Lucius sur elle-même.

CHAPITRE NEUF

— Mrs. Holbeck est ici pour vous voir, monsieur.

Briggs s'écarta pour laisser la sœur de Lucius entrer dans le bureau, car elle n'attendait généralement pas d'y être invitée. Lucius laissa tomber sa plume sur le bureau, en éclaboussant d'encre sa correspondance.

— Maria, dit-il en fronçant les sourcils et en se demandant s'il serait obligé d'avoir à tout recopier ; probablement. Tu n'es pas du genre à annoncer tes visites à l'avance, n'est-ce pas ?

— Pourquoi devrais-je le faire alors que je sais que tu feras en sorte de trouver une excuse pour ne pas être présent ?

Maria dénoua les rubans de sa capote en velours.

— Je suis venue livrer l'invitation promise pour le bal de la Twelfth Night.

— Depuis quand ai-je besoin d'une invitation formelle ? Et si j'en avais eu besoin, tu aurais pu t'épargner la peine de venir et envoyer un domestique pour la délivrer.

Résigné, Lucius se leva pour saluer sa sœur avec un baiser sur la joue.

— Allons, cela ne serait pas suffisant. J'aime mieux entendre une acceptation de ta bouche qu'un refus poli de ta plume.

Elle regarda le majordome qui s'en allait et ajouta :

— Voudrais-tu commander du thé ? Il ne fait pas chaud dehors.

Lucius fit signe à Briggs de faire envoyer du thé.

— Tu devras le préparer, alors. J'en prends avec parcimonie.

— Non, je sais ce que tu bois l'après-midi, rétorqua-t-elle. Mais le thé est vraiment meilleur pour toi, tu sais.

— Indubitablement. Alors, est-ce que ce sera une visite prolongée ?

Lucius s'assit en face d'elle et lui adressa un regard longanime qui fit rire sa sœur. Il valait mieux qu'elle pensât qu'il ne faisait que plaisanter, bien qu'en vérité, il ne fût pas d'humeur à avoir de la compagnie.

— Non, je vais te laisser à tes affaires très importantes, mais je suis venue te dire que Lady Harrowden a fait venir sa pupille. J'étais juste là pour rendre visite à la comtesse aujourd'hui et je l'ai rencontrée, dit Maria en lui envoyant un regard entendu. C'est une jeune fille séduisante, apparemment très riche, la fille d'un roturier dont la femme peut revendiquer un lien lointain avec la comtesse.

Lucius scrutait attentivement sa sœur.

— Tu ne prévois pas d'entremise matrimoniale, j'espère. Pourquoi venir me le dire ?

— Eh bien, ce ne serait pas le pire arrangement que tu puisses obtenir. Elle est encore jeune et serait suffisamment malléable pour que tu puisses en faire le genre d'épouse que tu pourrais souhaiter. Et même si tu prétends ne pas t'inquiéter de l'avenir de Mardley, le temps de ces deux dernières années, avec le froid, la pluie et le gel précoce, ne nous a pas donné la récolte dont nous avions besoin pour entretenir nos domaines de la manière à laquelle nous sommes habitués. Imagine que cela continue ainsi ! Nous serions ruinés.

— Garde ton cabotinage pour Holbeck. Nous sommes loin

d'être ruinés. De plus, je ne souhaite pas avoir une ingénue sans conversation, alors sors cette idée de ton esprit.

Maria serra les lèvres et remua sur la chaise.

— Sa dot n'est pas à dédaigner. Mais, vois par toi-même. Je ne te forcerai pas la main. Comme je l'ai dit, je suis venue livrer mon invitation, et avec elle les dernières nouvelles, comme le font les voisins.

— Comme le font les causeuses, dit-il brutalement.

— Tu as vécu reclus trop longtemps. Cela ne te fera pas de mal d'avoir une idée de ce qui se passe à Londres ou dans le Hertfordshire, l'adjura Maria.

Après une pause, elle continua avec le sujet qui l'intéressait le plus.

— Miss Lockhart prendra en charge la pupille, et je crois qu'elle sera très occupée avec celle-ci, si charmante, avec un visage qui doit enchanter les membres du sexe opposé. Elle semble impatiente de faire ses débuts et ne manquera pas de prétendants, cela est certain.

Lucius leva les yeux à la mention du nom de Miss Lockhart.

— Alors, la pupille n'est pas malléable. La jeune fille est gâtée, il me semble. Exactement ce dont Miss Lockhart a besoin pour rendre sa position encore plus intolérable.

— Pourquoi devrais-tu te soucier de la situation de Miss Lockhart ? Elle n'est qu'une dame de compagnie, et maintenant une préceptrice. Tu dois penser à ton propre mariage et protéger la succession pour le reste de la famille. Tu as trois frères et sœurs plus jeunes qui seront laissés pour compte si quelque chose devait t'arriver. Et si tu penses qu'il suffit de laisser hériter George, tu te trompes. Il dilapidera rapidement l'héritage et nous ruinera tous.

Maria n'avait pas d'enfants, et il supposait que c'était ce qui lui permettait de penser qu'elle pouvait se mêler de la vie de tout le monde. Elle n'avait certainement aucune raison de s'inquiéter pour le domaine de Mardley, car elle s'était assez bien mariée et la succession de Lucius ne la concernait plus. Et même s'il s'inquiétait parfois de la façon insouciante dont son jeune frère envisageait la vie, il ne pouvait pas supporter que Maria parlât de George d'une manière aussi sombre.

— Tu étais en train de dire quelque chose à propos de cette pupille, lui rappela-t-il.

— Oui. En toute honnêteté, je ne pense pas qu'elle soit gâtée. Elle ne se met pas du tout en avant. Mais il y a quelque chose de candide en elle qui est assez attrayant sans sa prétendue fortune, qui, selon Lady Harrowden, représente…

Maria se pencha en avant et soupira lourdement avant de terminer :

— … un peu plus de trente mille.

Lucius cacha son irritation. Comment se faisait-il que sa sœur ne le connût pas encore assez bien pour s'apercevoir qu'il ne partageait pas son inclination pour l'argent ? Cela ne servirait à rien de le lui rappeler, cependant.

— Trente mille, cela est en effet un prix intéressant, déclara-t-il.

Maria afficha un sourire victorieux.

— Comme je suis heureuse de te l'entendre dire. Je n'aime pas savoir qu'elle réside dans la même maison que Lord Harrowden et je pense que quelqu'un devrait veiller sur elle. Quel malheur si elle se laissait séduire par son titre. Je suis sûre que tu me diras qu'en tant que gentleman, Lord Harrowden garderait la lignée...

— Je suis loin d'être sûr d'une telle chose. En fait, j'étais juste en train de répondre à une lettre que j'ai reçue de Robertson. Tu te souviens qu'il a passé la Saint Michel avec nous en 1809. Il a dit que Harrowden avait failli ruiner son frère durant l'époque où ils étaient à Londres. Harrowden continuait de décliner, mais certains soirs, il semblait être particulièrement chanceux. Il était à The Cocoa Tree la nuit où le frère de Robertson a failli perdre une fortune. Harrowden le poussait à placer un autre pari lorsque l'ami de Robertson, Sam Buntling, a demandé que les dés soient changés. L'insulte a failli conduire à un duel...

Lucius marqua une pause à ce moment crucial avec un sourire cynique.

— Mais je t'ennuie sûrement avec ce qui se passe dans les clubs de gentlemen.

Les yeux de Maria étaient captivés.

— Tu me taquines. Continue.

Il se pencha en arrière et croisa les jambes.

— L'ami de Robertson a réussi à éviter le duel grâce à un phrasé adroit et une bonne dose d'humour. La chance de Robertson a tourné à ce moment-là et Buntling l'a convaincu de s'éloigner de la table au bon moment. Cette affaire était près de prendre une autre tournure.

— Alors tu crois que Harrowden est… quoi ? Un joueur coquin et habile ? Il est vrai qu'il est connu pour étaler sa richesse, bien qu'il n'ait hérité de sa fortune qu'il y a deux ans. Il doit vivre de quelque chose.

Maria fronça les sourcils, en réfléchissant probablement à combien cet élément pourrait entraver ses plans concernant le mariage de Lucius et de la pupille. Une entreprise infructueuse, si seulement elle pouvait être amenée à la raison.

L'inquiétude de Lucius ne concernait pas la pupille mais sa préceptrice.

— Je pense que ses affaires sont douteuses et je ne serais pas surpris si le respect de l'étiquette du gentleman ne le concernait pas le moins du monde. Robertson a ajouté quelques autres détails avec lesquels je ne t'ennuierai pas, mais il ne serait pas surprenant qu'il soit à la recherche d'une héritière, compte tenu de ses nombreuses relations ces derniers temps.

Il se frotta le menton tandis que Briggs apportait le thé et le posait sur la table entre eux. Maria le prépara et tendit une tasse à Lucius. Il but, en se demandant si sa sœur avait dit tout ce qu'elle était venue dire et combien de temps il lui faudrait avant de retrouver sa paix solitaire. Pourquoi son grand-père n'avait-il pas acheté un pavillon de chasse à une plus grande distance en voiture de sa famille ?

— Alors tu feras des visites à Harrowden ? finit-elle par demander. Pour garder un œil sur les choses ? Ta présence rappellera à Lord Harrowden que la jeune femme n'est pas entièrement dépourvue de protecteurs.

Maria regarda son frère au-dessus de sa tasse, et heureusement, en taisant le reste. *Et pour rappeler à Lord Harrowden qu'il n'est pas le seul en quête de sa main.*

Il rencontra le regard de Maria, l'esprit plein de pensées qu'il ne partageait pas.

— Je crois, en tout cas, que je le dois à Lady Harrowden.

CE MÊME APRÈS-MIDI, Lucius arriva au domaine de Harrowden et envoya sa carte à la comtesse. Lorsqu'il entra dans le salon, Miss Lockhart se tenait devant Lady Harrowden, à côté d'une jeune femme qui faisait dos à Lucius. En les observant toutes les deux côte à côte, Lucius ne put s'empêcher de comparer la silhouette gracieuse et féminine de Miss Lockhart à celle, juvénile et robuste, de la jeune fille, qui devait être la pupille.

Un mouvement vers sa droite attira son attention, et Lucius se tourna pour voir Harrowden se diriger vers lui.

— Sir Lucius, dit Lord Harrowden, en n'ayant pas l'air content de le voir.

Lucius le salua cordialement. Il ne pouvait pas aimer cet homme. Il chercha le regard de Miss Lockhart, qui s'était enfin tournée et avait levé ses yeux gris et froids vers les siens. Il y avait de l'appréhension dans ces yeux, et Lucius essaya de deviner ce qui avait pu la troubler depuis qu'il l'avait vue pour la dernière fois. La pupille se tourna également, et Lucius prit une profonde inspiration.

Heureusement, une bûche dans le feu se fissura et roula vers l'avant, si bien que Harrowden fut obligé de s'en occuper. Même si Miss Lockhart avait dû s'y attendre, personne d'autre ne sembla remarquer la réaction de Lucius en voyant Miss Woodsley, sauf Miss Woodsley elle-même, qui croisa son regard avec le sourcil relevé. Il comprenait maintenant l'appréhension de Miss Lockhart. Quel embarras ! Ses questions venaient plus vite qu'il ne pouvait y répondre.

— Bonjour, Sir Lucius, dit Lady Harrowden. Puis-je vous présenter ma pupille, Miss Woodsley ?

Lucius salua la comtesse, puis s'inclina devant les femmes.

— Enchanté de faire votre connaissance, Miss Woodsley.

Il jeta un coup d'œil à Miss Lockhart, dont le sourire était plein de sous-entendus, puis se tourna pour étudier la pupille. Tenir à distance une coquette aussi déterminée, maintenant qu'ils étaient voisins, mettrait à l'épreuve sa subtilité, d'autant plus qu'il avait promis de s'occuper des affaires de Lady Harrowden.

Lady Harrowden appela le majordome et se mit à parler à voix basse. Miss Lockhart combla le silence.

— Miss Woodsley résidera ici pour le moment, et je m'apprêtais à l'emmener jusqu'à la serre, à la demande de Lady Harrowden, pour composer des bouquets de fleurs séchées afin qu'ils décorent le gala de charité la semaine prochaine.

— Un noble dessein, dit Lucius.

Son esprit tournait, mais il prit une rapide décision. Il ne mentionnerait pas leur précédente rencontre, d'autant plus que cela pourrait l'impliquer d'une manière qui pourrait le piéger. Il n'était pas sûr des plans de Lady Harrowden concernant sa pupille. Cependant, il donnerait n'importe quoi pour converser en privé avec Miss Lockhart.

— Je crois que je vais vous accompagner jusqu'à la serre, intervint Lord Harrowden, les yeux rivés sur Miss Woodsley. J'avais l'intention de sortir, et il fait trop froid pour chevaucher.

Harrowden avait manifestement trop de temps libre s'il

pouvait se permettre de courtiser les femmes. Lucius devrait découvrir ce qu'il en était le concernant, d'abord en s'informant auprès de la comtesse, puis, s'il pouvait s'emparer de quelques instants seul avec elle, auprès de Miss Lockhart. Harrowden lui causait-il beaucoup d'ennuis ?

— Madame, si vous n'êtes pas occupée, je suis venu vous voir au sujet des affaires, dit Lucius.

— Eh bien oui, maintenant que vous êtes là, vous pourriez aussi me donner les dernières nouvelles de votre famille.

Lady Harrowden désigna la chaise à côté d'elle.

Les pas de Lord Harrowden s'étaient arrêtés devant la porte. Il était sûrement pris de curiosité au sujet des affaires dont Lucius souhaitait s'entretenir avec la comtesse. *Il devra rester dans l'ignorance*, pensa Lucius avec une certaine satisfaction.

— La visite de Mrs. Holbeck n'a-t-elle pas été suffisante pour vous informer, ma tante ? Elle est certainement restée assez longtemps ici.

Le ton mordant de Lord Harrowden envahit la pièce avant qu'il ne se ressaisît :

— Cependant, cela ne me concerne pas. Mesdames, devrions-nous y aller ?

Quand ils furent partis, Lucius s'assit à côté de Lady Harrowden.

— Je n'avais aucune idée que vous aviez une pupille. Résidera-t-elle ici de manière permanente ?

La comtesse fit un signe de la main vers le cordon de cloche accroché au mur.

— Appelez si vous souhaitez qu'on vous apporte à boire. Je suis sûre que vous voudrez prendre quelque chose après votre route jusqu'ici. Quant à moi, je ne veux rien.

— Non merci, madame. J'ai pris le thé avec ma sœur avant de partir.

Lady Harrowden pinça les lèvres.

— Vous avez vu Maria, n'est-ce pas ? Je suppose que c'est ce qui vous a amené ici et non pour me donner des nouvelles concernant mon neveu.

Lucius masqua son impatience. Il espérait que Lady Harrowden ne se joignît pas à la liste des mères entremetteuses, ou tutrices, dans son cas. Elle serait déçue.

— J'ai des nouvelles de votre neveu, en fait, mais rien que je puisse confirmer, et toujours rien de concret concernant vos revenus, dit-il. Souhaitez-vous que j'organise un entretien avec votre avocat lorsque j'amènerai le comptable ? Cela pourrait lui faire prendre peur et l'obliger à rectifier tout ce qui n'est pas tout à fait conforme.

— Non, répondit Lady Harrowden. Trouvez-moi quelqu'un de nouveau. Je souhaite conserver ce qui m'appartient, et je ne veux pas d'un avocat qui ait peur de devoir faire ce qui est juste.

Quand Lucius resta silencieux, elle tapota l'accoudoir.

— Je voudrais connaître la situation en détail, et alors je saurai quoi faire, quelles sont mes possibilités ? demanda-t-elle.

— Je suis curieux, répondit Lucius. Pourquoi ne faites-vous pas vous-même en sorte que la maison douairière soit peinte, afin que vous puissiez y emménager ? C'est sûrement votre droit de le faire, et la maison douairière associée à Harrowden est plus grande que la plupart d'entre elles, et sera confortable. Il y aurait de la place pour Miss Lockhart et Miss Woodsley. Et elles seraient hors de portée de Harrowden.

— Un déménagement de cette ampleur nécessite de l'aide, et je n'en ai pas. L'on ne peut pas s'attendre à ce que je supervise l'activité des domestiques pour m'assurer que tout est bien fait. Je ne suis plus de toute jeunesse, dit Lady Harrowden en triturant d'un air maussade la frange de son châle. C'est pour cela que la lettre de Miss Lockhart était opportune. Je n'avais personne pour veiller sur mes intérêts jusqu'à présent.

Lucius éprouva une sorte de sursaut de conscience inconfortable. Il n'avait pas été disponible pour conseiller Lady

Harrowden dès le début, comme il l'avait promis à son mari. Il était déterminé à aller jusqu'au bout maintenant.

— Je serais heureux de vous aider et de me rendre utile, madame. Si un déménagement à la maison douairière vous est profitable, ainsi qu'aux deux jeunes femmes qui vivent avec vous, alors votre déménagement n'est pas une chose si difficile à accomplir. Avec votre permission, j'irai inspecter la maison moi-même.

Lady Harrowden hocha la tête et serra les lèvres, en se retenant sans doute de lui faire le reproche qu'il méritait.

— Oui allez-y. Je suppose que j'attendais qu'une nouvelle Lady Harrowden s'installe avant de déménager dans la maison douairière, mais je commence à penser que ce serait plus confortable pour nous toutes, Miss Lockhart, Miss Woodsley et moi-même, si je prenais cette initiative sans délai. Qu'avez-vous découvert sur mon neveu ?

Les coins de la bouche de Lucius tombèrent. Cela ne lui faisait pas plaisir de confirmer les présomptions de sa tante.

— L'on m'a dit qu'il avait fait de mauvaises affaires. Il est fréquemment dans les cercles de jeux, ou tout du moins, il l'était jusqu'à ce qu'il parte se reposer au calme. Je ne connais pas l'étendue de sa fortune, mais il semble qu'il ait subi de lourdes pertes, et c'est peut-être pour cela qu'il a choisi de prendre sa retraite ici.

Lady Harrowden pâlit.

— Une partie importante du domaine n'est pas sous entail. Mon neveu n'a sûrement pas dépensé toute sa fortune, celle que mon mari a bâtie consciencieusement tout au long de sa vie, n'est-ce pas ? Il n'a pas contracté d'hypothèque sur le domaine ?

Lucius ne put que hausser les épaules. Tout ce qu'il savait venait de la lettre de Robertson.

— Je pense que cela ne devrait pas être difficile à découvrir, mais rien ne peut être appris tant que nous n'avons pas fait appel à un comptable extérieur, et même dans ce cas, nous ne pourrons savoir que si votre propre part a été détournée pour couvrir certaines des dettes du domaine.

Lady Harrowden se redressa, les lèvres pincées par une grimace.

— Tout le travail acharné de mon mari... Le domaine fonctionnait magnifiquement bien entre ses mains, et il s'est donné beaucoup de mal pour le laisser en meilleur état qu'il ne l'avait reçu. Et dire que maintenant tout cela est laissé à un *imbécile*, dit-elle en soupirant fortement. Je ne sais pas comment je pourrais supporter d'être dans la même pièce que Richard.

Lucius ne sentit pas que ce fut un moment propice pour s'enquérir plus spécifiquement de la pupille. Après avoir promis d'engager un avocat dès que possible et de tenir Lady Harrowden informée de l'arrivée d'un comptable pour examiner ses comptes, Lucius prit congé de Lady Harrowden.

Il ne voulait pas avoir fait tout ce chemin et manquer une occasion de parler avec Miss Lockhart, même si cela était probablement trop espérer que de réussir à obtenir une audience privée avec elle. Cependant, lorsqu'il se dirigea vers les écuries, la chance fut de son côté.

Miss Lockhart jeta un coup d'œil par la fenêtre de la serre lorsqu'il passa, sa capote rigide encadrant un visage sérieux. Lucius lui fit un petit signe de la main, puis traversa le chemin et ouvrit la porte faite de bois et de verre. Il la trouva en train de nouer des bouquets pour les suspendre la tête en bas afin de les faire sécher. Elle le regarda alors qu'il entrait, un sourire aux lèvres, et cette vue le coupa dans son élan. Son sourire adoucissait ses yeux. Miss Lockhart devait sourire plus souvent.

Lucius regarda autour de lui. Au moins, Harrowden n'était pas là. Miss Woodsley n'était pas là non plus.

— Où est votre nouvelle élève ?

— Sa femme de chambre est venue la chercher en lui disant que la couturière était là, ce qui tombe bien, car elle peut maintenant prendre les mensurations de Miss Woodsley pour sa première robe de bal. Elle assistera au bal de la Twelfth Night, puisque votre sœur a eu la gentillesse de l'inclure.

Miss Lockhart rassembla quelques-unes des fleurs fraîches et les posa sur la table avec un large ruban en dessous.

— Je suppose que cela signifie que vous y assisterez également, même si Lady Harrowden n'y assiste pas ? demanda Lucius, l'idée du bal revêtant soudain un certain intérêt.

— Je suppose que oui, répondit-elle. Elle ne peut pas y aller seule, mais je ne peux pas le savoir tant que Lady Harrowden ne m'aura pas fait part de ses souhaits.

— Lord Harrowden n'est-il pas venu avec vous finalement ?

Lucius toucha le bout du ruban qu'elle tenait, alors qu'il étudiait son profil, puis il continua :

— Il a dit qu'il vous accompagnerait ici, mais peut-être qu'il s'est souvenu qu'il avait un domaine à gérer entre deux badinages.

Il haussa un sourcil et Miss Lockhart éclata de rire.

— À mon grand soulagement, il est parti peu de temps après Miss Woodsley, et je ne peux que lui être reconnaissante d'avoir détourné son attention de moi, car cela est très malvenu.

Elle retira le ruban de ses doigts alors qu'elle l'enroulait autour de son bouquet.

— Cela est un soulagement. Son attention est-elle définitivement tournée sur elle ?

Lucius ne pouvait que l'espérer, car cela laisserait Miss Lockhart en paix.

— Il a certainement flirté avec elle, déclara Miss Lockhart, quant à savoir si son attention est définitivement portée sur elle, je ne peux pas en être certaine.

Il ne serait pas profitable à Miss Lockhart que Harrowden s'enfuît avec la pupille, comme il le ferait probablement s'il était endetté comme Robertson l'avait laissé entendre. Il devrait peut-être donner à Miss Lockhart un mot d'avertissement.

— Bien que je sois convaincu que Miss Woodsley soit en mesure de supporter le badinage de Lord Harrowden, vous feriez bien de freiner ses attentions si vous le pouvez. Je suppose qu'il l'a suivie à l'intérieur ?

— Je ne crois pas, répondit Miss Lockhart en tournant vers lui son regard clair. Il pouvait difficilement l'accompagner pour un essayage de robe. Je crois qu'elle est en sécurité pour l'instant, et j'ai de quoi m'occuper avec Lady Harrowden. Je ne peux pas être partout à la fois.

Son ton était devenu plus tranchant et ses gestes étaient brusques lorsqu'elle se retourna vers les fleurs.

— Vous êtes piquée, dit Lucius après un moment de pause. Je vous promets que je ne m'intéresse qu'à votre bien-être. Je crains que tout méfait dont Miss Woodsley se rendrait coupable ne donne une mauvaise image de vous en tant que sa préceptrice.

— Ne pensez pas que j'ignore comment m'occuper de Miss Woodsley. Je n'ai peut-être jamais occupé un poste de préceptrice auparavant, mais j'ai certainement eu plus d'une préceptrice moi-même. Je sais comment faire en sorte que mon élève respecte les convenances.

Elle ne le regardait pas tandis qu'elle terminait d'enrouler le ruban autour des tiges de son bouquet et faisait un nœud.

— Pas si elle vous jette les règles de bienséance au visage, ce qu'elle est susceptible de faire, et ce qu'elle a déjà fait, répliqua-t-il, en devenant quelque peu irrité, même si ce n'était pas une réponse rationnelle.

Cela était particulièrement irrationnel qu'il voulût qu'elle le regardât.

— Vous sortez à peine de l'école vous-même, Miss Lockhart. Vous n'avez aucune idée de ce qu'un homme comme lui peut faire pour nuire à la réputation d'une jeune femme. Ou à son innocence, si tant est qu'elle en ait encore...

Miss Lockhart se tourna vers lui.

— Vous avez tort. Je sais exactement à quels dangers s'expose une jeune femme qui s'approche d'hommes qui ne sont pas des gentlemen, et je le sais mieux que vous ne le saurez jamais. J'ai fait face à ce genre de danger lorsque j'ai frappé à votre porte pour vous demander de l'aide.

Lucius serra les dents alors qu'elle avait fait mouche, mais Miss Lockhart n'avait pas fini.

— Je sais aussi qu'il y a des attentes envers moi de toutes parts. Les attentes de Lady Harrowden qui veut que je la distraie et fasse ses courses, pas que cela me dérange, ajouta-t-elle rapidement, comme si elle avait peur d'être entendue. Et puis, continua Miss Lockhart, il y a des attentes concernant le fait que je réussisse à guider une jeune fille vers la maturité, cette jeune fille pour qui la nécessité de se comporter dans le respect des bonnes manières ne semble pas être comprise. Et il y a des attentes à l'idée que je sois conciliante envers le seigneur des lieux, en prenant particulièrement soin de ne pas être une tentation pour lui ou de lui faire croire qu'en raison de ma condition inférieure, je suis une proie facile.

Les joues de Miss Lockhart avaient rougi quand elle se tourna de nouveau vers l'avant. Elle se mordit la lèvre et attrapa les roses avant d'inspirer avec un râle et d'examiner le trou dans son gant. Il était teinté de rouge.

— Venez, dit doucement Lucius, en prenant sa main blessée dans la sienne.

Ses derniers mots résonnèrent dans son esprit. *Proie facile.*

— Allons soigner votre blessure, poursuivit-il. Vous ne devriez pas être ici sans être accompagnée, même avec moi.

— Non, je ne devrais pas.

Miss Lockhart retira sa main de la sienne. En laissant son bouquet de fleurs sur la table de travail, elle passa devant lui et franchit la porte.

CHAPITRE DIX

Selena marchait aux côtés de Sir Lucius vers la maison, le vent froid traversant sa cape. Ni l'un ni l'autre ne disait rien, et Selena se demandait si elle devait encore tenter de justifier sa qualité de préceptrice, mais elle décida de ne pas le faire. Après tout, que pouvait-il savoir à ce sujet ? Sir Lucius avait mené une vie sans complication en tant que riche gentleman, avec une grande famille à proximité. Il ne pouvait pas comprendre l'incommodité de sa situation.

Selena serra les poings, son souffle sortant en nuages. Elle n'appréciait certainement pas que Sir Lucius remît en question ses actions. Pour être honnête, elle avait éprouvé quelques scrupules lorsque Lord Harrowden avait annoncé qu'il retournerait à l'intérieur juste après que Rebecca eut quitté la serre. Mais Rebecca avait été accompagnée de sa femme de chambre, et cela était sûrement une protection suffisante, n'est-ce pas ? Sans parler du soulagement ressenti par Selena de ne pas avoir à supporter la présence du comte pendant qu'elle terminait sa tâche.

De plus, ce que Sir Lucius ne pouvait pas comprendre, c'était que si Selena avait reçu une tâche à accomplir pour Lady

Harrowden, elle devait la terminer. La comtesse avait clairement indiqué que les arrangements floraux devraient être préparés aujourd'hui pour que le serviteur les envoyât à temps à la foire du village, et seule une dame avait le savoir-faire pour préparer les bouquets de la manière qui conviendrait le mieux pour rendre hommage au domaine. Selena était prise entre deux obligations, et il était naturel qu'elle cédât sa place à la femme de chambre de Rebecca afin que Selena pût terminer sa tâche pour la comtesse. Comment pouvait-elle savoir que Lord Harrowden la suivrait directement ? Ce n'était pas comme si elle pouvait courir après lui pour lui demander ses intentions.

Comment Sir Lucius a-t-il osé me faire remettre en question mes actions ? Quel homme impudent !

— Je crois que je vous ai irritée, dit Sir Lucius.

Les demi-bottes à semelles fines de Selena ne faisaient pas de bruit sur le chemin enneigé, et celles de Sir Lucius émettaient une sorte de craquement alors qu'il marchait à ses côtés.

— Non, pourquoi pensez-vous cela ? C'est simplement que je suis silencieuse.

— Sans aucun doute fatiguée d'avoir à courir après une jeune fille si épuisante.

Sir Lucius saisit doucement son bras, en arrêtant sa progression.

Selena se tourna vers lui à contrecœur mais évita de croiser son regard. Ce serait mieux pour elle si elle ne le fixait pas trop longtemps. Son visage était marqué de rides profondes, mais ses yeux étaient si chaleureux qu'elle avait presque l'impression qu'elle pouvait lui faire confiance. *Cela* ne serait jamais possible. Elle ne savait que trop bien combien son visage pouvait être dur et cynique, puisqu'il portait cette expression habituellement avec tout le monde, semblait-il... sauf parfois. Mais l'expérience lui disait que ce n'était qu'une question de temps avant qu'il ne la traitât, elle aussi, avec indifférence, ou pire, avec mépris.

Comme pour affaiblir davantage sa résistance, Sir Lucius l'étudia, un petit pli se formant sur son front.

— Je suis désolé d'avoir grondé. Je m'inquiète pour votre sécurité.

Selena avala une boule qui s'était formée dans sa gorge, puis se détourna de Sir Lucius et commença à avancer. Elle ne pouvait pas lui faire confiance, peu importait combien il semblait bien disposé en cet instant. À quel moment, lui aussi, lui rappellerait-il sa condition modeste et combien elle était faible ?

Ils approchaient de la maison, et Selena se mit en garde en se rappelant que leur différence de position ne permettait pas une conversation aussi intime, et qu'elle ferait bien de s'en souvenir.

Ce constat n'avait rien fait pour améliorer son humeur. Même lorsque sa famille avait quitté la société mondaine de Londres pour celle de Bedford, Selena avait été mise de côté et ignorée dès que leur situation avait été révélée à la noblesse locale. Il était encore moins probable que Sir Lucius, un membre de la haute société et un pair, oubliât une telle chose. Même s'il était sûrement conscient de ses faibles moyens, il ne savait pas que le père de Selena était décédé en laissant un certain nombre de dettes envers des gentlemen qui n'avaient pas été payés. Une fois que Sir Lucius aurait découvert cela…

Sans se rendre compte qu'elle guidait un invité par l'entrée des domestiques, Selena franchit le seuil d'une porte plus petite qui conduisait devant la bibliothèque et donnait sur le couloir principal.

Sir Lucius passa la porte et la suivit dans la maison, et le silence incita Selena à prendre conscience qu'elle n'avait pas encore répondu à son geste de bonté ni à ses paroles aimables. À l'intérieur, toutes les portes des pièces avec fenêtres étaient fermées, en bloquant les principales sources de lumière, et elle s'arrêta pour lui faire face dans le couloir sombre.

— Est-ce que vous... allez-vous prendre congé maintenant ?

Sir Lucius dirigea son regard vers elle, immobile.

— Je vais prendre congé de vous, Miss Lockhart, mais peut-être pourrais-je parler à Lady Harrowden en votre nom ? Si vous êtes vraiment surmenée…

— Non, c'est gentil de votre part, mais je pense que cela ferait plus de mal que de bien.

Selena détestait faire l'objet de pitié. Elle regarda son gant déchiré puis elle dit :

— Je vais bander mon doigt, puis aller parler à Lady Harrowden.

Sir Lucius se tourna pour partir mais s'arrêta avant d'avoir fait beaucoup de pas.

— Dites-moi quelque chose, dit-il en se retournant. Vous avez parlé de l'essayage de tenues de Miss Woodsley. Avez-vous une robe pour le bal que ma sœur organise ?

— Moi ?

Selena était surprise qu'il pense à le lui demander. Peut-être ne voulait-il pas qu'elle entachât le bal de sa sœur en apparaissant dans une robe miteuse. S'il l'avait connue il y a trois ans, il ne se serait pas demandé si elle arriverait non seulement dans une tenue correcte, mais aussi dans une toilette de la toute dernière la mode. Avec l'avance sur son salaire, Selena s'était procurée de la fine mousseline de batiste, et elle était maintenant en train de coudre sa robe. Elle n'était pas rapide avec l'aiguille, en plus d'être occupée, mais la terminerait juste à temps pour le bal.

— Je serai correctement vêtue, déclara Selena, en ne pouvant pas masquer son ton hautain. Vous n'avez pas à voir de craintes me concernant.

— Je n'ai aucune crainte du tout.

Sir Lucius s'inclina et sourit chaleureusement à Selena d'une manière qui coupa son irritation mais aussi ses défenses.

— Je suis convaincu que vous êtes une femme pleine de ressources, Miss Lockhart, ajouta-t-il.

Selena le regarda alors qu'il partait. Sa gentillesse lui apporta un certain réconfort. *Il la trouvait pleine de ressources !* Mais le réconfort ne dura pas longtemps. Il pensait que Selena était pleine de ressources mais… à quel titre ? En tant que préceptrice ? Serait-il à la recherche de candidates pour sa future progéniture ?

Mieux valait armer son cœur contre tout confort ou espoir qui ne manquerait pas de faire doublement mal une fois envolé. Non, Selena ne désirait pas son attention. Tout brin d'espoir qui tentait de fleurir se fanerait dès que le gel frapperait, et dans la société mondaine, il était certain que le gel frapperait.

Selena monta les escaliers, en décidant qu'elle ferait mieux d'aller voir Rebecca avant de signaler à Lady Harrowden qu'elle n'avait pas eu le temps de finir les bouquets. Quand elle entra dans la chambre de Rebecca, elle s'arrêta net. Il y avait Lord Harrowden dans le cabinet de toilette, assis sur la chaise en brocart dans le coin, en donnant son avis sur la robe que la couturière épinglait sur Rebecca.

— Monseigneur ! s'exclama Selena. Ce n'est pas du tout convenable que vous soyez ici. Je dois vous demander de partir immédiatement. Miss Woodsley est sous ma responsabilité, et il est impensable qu'elle ait un gentleman dans sa chambre.

Lord Harrowden fit un sourire affable.

— Miss Woodsley ne faisait que profiter de mes goûts plus expérimentés en matière de vêtements pour dames. Je n'ai rien vu de fâcheux à assister à l'essayage, d'autant plus que sa femme de chambre et la couturière sont là pour respecter les convenances. Je m'absentais de la chambre chaque fois qu'elle changeait de robe. Alors vous voyez, tout cela a été fait en observant les règles de bienséance.

— Pas tout à fait, monseigneur, dit Selena en lui lançant un regard noir et en ouvrant la porte en grand. Je vous serais très obligée si vous nous accordiez de l'intimité maintenant.

— Oh, non, dit Rebecca, la lèvre relevée. L'aide de Lord Harrowden a été si précieuse. Vous voyez ce tissu, monseigneur ?

Je vous avais dit que le rose pompadour m'irait à merveille, et cela est le cas.

Lord Harrowden la regarda puis jeta un œil à Selena avec un léger amusement, et se leva.

— Hélas, Miss Woodsley. Vous devrez faire sans moi.

Il vint devant Selena et lui fit une révérence moqueuse, les yeux insolents lorsqu'il les leva vers les siens.

Lorsque le comte fut parti, Selena se tourna vers la femme de chambre de Rebecca.

— Alice, comment avez-vous pu le laisser entrer ici ? Je comptais sur vous pour observer les règles de bienséance.

— Madame, je suis sûre que monseigneur ne pensait pas à mal. Il a été un parfait gentleman.

La femme de chambre tint les chaussures contre la robe pour voir si l'assortiment était heureux, en rencontrant à peine le regard de Selena.

— Et il avait un œil sur la façon dont le tissu devrait tomber et quelle couleur elle devrait porter, ajouta-t-elle.

La couturière continuait à épingler l'ourlet au bas de la robe, et intervint dans la discussion :

— Vous n'avez pas à vous inquiéter à ce sujet, car nous étions toutes présentes, et Miss Woodsley n'a pas été laissée seule avec lui un instant. Les conseils du comte étaient en effet les bienvenus.

Selena était sûre que la tolérance de la couturière était motivée par l'espoir de ventes ultérieures à la prochaine Lady Harrowden. Elle ne jugea pas utile de discuter avec la couturière, qui pouvait facilement être remplacée. Mais elle voyait avec une parfaite clarté qu'elle avait la tâche peu enviable de garder un œil plus sévère sur son élève si Alice ne le faisait pas.

Lorsque la robe fut bien ajustée, Selena regarda le corsage et se demanda s'il ne fallait pas le modifier pour donner plus de décence. Cela était peut-être acceptable pour une jeune femme qui avait participé à plusieurs saisons, mais c'était trop révélateur pour une jeune fille qui n'avait encore jamais fait son entrée dans le monde.

— Ne devrions-nous pas aller voir Lady Harrowden pour lui montrer votre robe ? demanda Selena, sa voix teintée de l'inquiétude qu'elle ressentait. Je crois qu'elle serait heureuse de donner son avis.

— Oh, je suis sûre que Lady Harrowden n'aura rien à dire à ce sujet, répondit Rebecca en se tournant pour examiner le dos de la robe dans le miroir. Nous avons déjà eu l'avis de Lord Harrowden, et il a dit que Madame Druard était réputée pour sa mode inventive. Je suis sûre qu'il ne serait pas opportun de déranger Lady Harrowden maintenant. D'ailleurs, ces épingles s'enfoncent d'une manière inconfortable. Madame Druard, aidez-moi à me déshabiller.

Selena resta là, impuissante. Que pouvait-elle faire d'autre que saisir l'enfant par le bras et la traîner devant Lady Harrowden ? Peut-être devrait-elle parler avec Madame Druard en privé et lui suggérer d'étendre le corsage pour la couvrir davantage, à condition que la couturière ne prît pas mal une telle suggestion. Le peu qu'elle connaissait de cette femme l'amenait à croire qu'elle le ferait.

Selena repoussa son irritation à l'idée qu'une enfant pût être si obstinée et gagner une dispute contre Selena qui avait vingt-trois ans.

Selena alla voir Lady Harrowden après avoir quitté Rebecca. Elle avait besoin d'avouer qu'elle n'avait pas fini de nouer les bouquets et d'expliquer pourquoi. Elle réfléchissait toujours à l'opportunité de discuter de la tenue vestimentaire de Rebecca pour le bal. Mais dans quelle mesure devrait-elle, seule, interférer avec Rebecca et dans quelle mesure devrait-elle se tourner vers la comtesse pour obtenir de l'aide ? Selena ne pouvait pas le dire.

Les yeux pâles de Lady Harrowden étaient tournés vers la cheminée et elle semblait fascinée par les flammes. Les coins de sa bouche étaient baissés. Regarder fixement le feu dans une sorte de contemplation maussade semblait être un passe-temps habituel pour la veuve. Il serait peut-être préférable que Selena l'encourageât à bouger un peu plus. Elle n'était pas si infirme après tout.

Lorsque Selena s'avança dans la pièce, Lady Harrowden leva les yeux.

— Où est la jeune fille ?

Selena vint s'asseoir sur le fauteuil vide à ses côtés.

— Elle vient de finir avec la couturière. Il va falloir faire un ourlet sur sa robe, mais elle est presque terminée.

— Bien, dit Lady Harrowden en faisant un signe de tête énergique. J'ai choisi le tissu et le motif moi-même. Je sais donc qu'elle sera belle dedans.

Lady Harrowden avait choisi le motif ? Selena était presque engourdie de soulagement. Dieu merci, elle ne s'était pas plainte du caractère inapproprié de la robe. Si Lady Harrowden pensait que cela ferait l'affaire, alors cela était sûrement elle qui savait le mieux.

Pourtant, le fait que Lord Harrowden eût été dans la pièce était une toute autre affaire, et elle aurait tort de ne pas en parler. Lady Harrowden ne faisait manifestement pas confiance à son neveu, et si Rebecca devait se retrouver dans une sorte de différend avec lui, il serait préférable que la comtesse sût tout maintenant.

— Quand je suis allée voir l'essayage... commença Selena avant de s'arrêter, nerveuse à propos de ce qu'elle devait révéler. J'ai trouvé Lord Harrowden dans la pièce en train de donner son avis sur la robe.

— Quoi ? Mon neveu était dans la chambre quand elle faisait ajuster sa robe ?

Lady Harrowden se tourna vers Selena, son visage reflétant une indignation inflexible.

— Oui, madame. J'avais pensé que la protection de sa femme

de chambre était suffisante, donc j'ai été pour le moins inquiète de le trouver là-bas.

Selena chercha un moyen d'exprimer le reste.

— Toutes les trois, Alice, Madame Druard et Rebecca elle-même, m'ont assuré qu'il n'y avait rien de fâcheux, et même qu'il était parfaitement naturel de l'avoir là. Rebecca a protesté quand je lui ai demandé de partir.

Lorsque la comtesse lui lança un regard désapprobateur, Selena protesta :

— Je sais qu'elle n'a que seize ans. Elle ne sait pas ce qui est le mieux, alors bien sûr je ne l'ai pas écoutée. Mais la couturière a aussi dit qu'il avait un goût irréprochable, et Alice m'a assuré qu'il avait quitté la pièce pendant que Rebecca se changeait, et que ce qui s'était passé n'avait rien de choquant. Tout ce que j'ai pu faire a été de m'assurer que Lord Harrowden partît immédiatement.

— Cela n'aurait jamais dû arriver en premier lieu, déclara Lady Harrowden. Pourquoi n'étiez-vous pas là avec elle quand elle faisait son essayage ?

Selena sentit la chaleur lui monter aux joues, accompagnée d'une once de colère, qu'elle refoula.

— Vous avez insisté pour que les bouquets fussent faits aujourd'hui, et je savais que si je participais à l'essayage alors qu'il y avait déjà une autre femme présente, je ne pourrais pas terminer la tâche que vous m'aviez confiée. C'est pour cette raison que je n'étais pas là.

— Avez-vous terminé ? demanda la comtesse.

— Non, je...

Comment Selena pourrait-elle expliquer cela sans avoir l'air d'une idiote ? Elle était capable de faire ce qu'on lui demandait, il fallait qu'elle en fût capable. Sa mère et ses sœurs dépendaient de ses revenus, et Selena ne voulait pas retourner à Bedford et vivre recluse, en ayant la vie que sa mère et ses sœurs menaient. Et si Selena devait quitter ce poste, elle ne pourrait pas facilement en obtenir un autre.

Il n'y avait pas d'autre moyen de contourner cela que de dire la vérité.

— Je n'ai pas pu finir de nouer les bouquets parce que Sir Lucius est passé à la serre et s'est arrêté pour me voir.

Lady Harrowden parut mécontente, encore plus mécontente qu'elle ne l'était déjà, si une telle chose était possible.

— Comment vous a-t-il trouvée ? Que voulait-il ?

Selena baissa les yeux sur ses mains.

— Je crois qu'il souhaitait simplement me mettre en garde contre les intentions du comte. Il craignait qu'elles ne fussent pas honorables.

Selena prit une inspiration et continua :

— Alors je suis retournée avec lui à la maison pour vérifier que Rebecca allait bien et ai laissé les bouquets inachevés. Je serais heureuse de sortir et de les finir après vous avoir quittée.

— C'est à ce moment-là que vous avez trouvé mon neveu dans la chambre avec Rebecca ? demanda la comtesse.

Selena hocha la tête.

Lady Harrowden prit une inspiration, sa mâchoire décidée.

— Savez-vous combien vaut ma pupille ?

Selena secoua la tête.

— Elle vaut trente mille livres, et elle n'est liée d'aucune façon. Il n'y a rien dans le testament qui stipule qu'elle doit avoir un certain âge avant de pouvoir y toucher. C'est pour cela qu’il est important de garder les coureurs de dot loin d'elle, et à l'heure actuelle, j'inclus mon neveu dans cette catégorie.

— Je ferai plus attention, madame… commença Selena.

— Je suppose que vous voulez savoir ce qu'elle fait ici. Quelle est ma relation avec elle ? dit abruptement Lady Harrowden.

Selena secoua rapidement la tête.

— Je ne songerais pas à poser une question aussi impertinente.

— Rebecca était la fille de ma cousine. Même si la famille de son mari possédait une richesse considérable, ils n'avaient pas le nom de famille pour l'introduire dans la haute société. Ma cousine m'a désignée comme marraine de Rebecca et m'a demandé si cela me dérangerait d'être l'une de ses tutrices si quelque chose devait arriver. Elle m'a assuré qu'ils ne m'ennuieraient pas s'ils étaient tous les deux vivants pour la faire entrer dans la société mondaine comme il se doit. J'ai apprécié la délicatesse de sa manière de m'aborder, et j'ai décidé d'accéder à sa demande.

Lady Harrowden poussa un soupir d'irritation, et poursuivit :

— Il s'est avéré que ma cousine est morte juste après que j'ai fait la promesse, et le père de la fille est décédé un an plus tard. Je ne peux que supposer que c'était le changement fréquent de foyer de Rebecca, et peut-être un manque de direction féminine, qui l'ont amenée à être expulsée de son école.

Selena pensa à la nature difficile de la pupille. Peut-être que la meilleure chose pour elle serait de bien la marier et le plus rapidement possible. Elle croisa le regard de Lady Harrowden.

— Serait-ce une si mauvaise chose si Lord Harrowden et elle devaient développer un lien d'attachement ? Après tout, elle a votre approbation et elle vient avec une grosse dot.

— Mon hésitation n'est pas de savoir si elle est assez bien pour mon neveu, même si je lui ai dit qu'elle n'avait pas la naissance pour faire de lui une épouse convenable, répondit Lady Harrowden. Je suis simplement consciente que mon neveu n'est pas assez bien pour elle. Ce n'est pas que j'ai beaucoup d'affection pour cette jeune fille. Je la connais à peine. Mais j'ai donné ma parole à ses parents de veiller sur son avenir.

Elle resserra son châle autour de ses épaules et Selena bondit pour l'aider, avant qu'elle ne continuât :

— Je voudrais à tout prix éviter un mariage aussi désavantageux pour Rebecca. Je n'ai rien vu chez Richard qui m'incite à croire qu'il ait une once de bonté. Sir Lucius…, dit-elle, j'espère que vous tiendrez votre langue sur ce que je vais dire...

Selena hocha la tête. Bien sûr qu'elle le ferait.

— Sir Lucius a promis d'examiner la question, poursuivit-elle. Mais je crains pour le sort de Harrowden à cause des jeux d'argent de mon neveu. Le domaine n'est pas venu avec une énorme fortune, mais il était assez fructueux lorsque mon mari s'en occupait. Et en deux ans, Richard semble avoir démoli tout ce que mon mari avait construit. Je ne veux pas qu'il réduise aussi la fortune de ma pupille, ce qui est précisément ce qu'il ferait en l'épousant.

Selena prit une profonde inspiration. Elle savait bien ce que les jeux d'argent ruineux entraîneraient pour les personnes concernées. La situation était pire qu'elle ne l'avait imaginé. Elle avait espéré que Rebecca, n'étant pas de naissance distinguée, ne fût pas une tentation pour Lord Harrowden, mais maintenant il semblait que la fortune de la jeune fille pût l'être. Et elle était d'accord avec Lady Harrowden. Peu importait combien Rebecca était une jeune fille que l'on pouvait blâmer, Lord Harrowden ne devait pas toucher à sa fortune.

Ayant sa propre expérience en la matière, Selena ne permettrait pas à Lord Harrowden de ruiner facilement la vie de quelqu'un d'autre. Elle écarta son inquiétude quant à l'idée que Rebecca courût elle-même à sa ruine.

CHAPITRE ONZE

Lucius se retrouvait avec une envie inhabituelle de rendre visite à sa sœur, et il ne pouvait que l'attribuer à une légère curiosité de savoir qui avait accepté de venir à son bal de la Twelfth Night. Il partit à cheval, car ce n'était pas loin et il avait besoin d'exercice pour lutter contre la fébrilité qui commençait à l'envahir. Le chemin menant à la porte des Holbeck était bordé d'arbres de chaque côté, et lorsque Lucius traversa la porte ouverte, la longue allée s'ouvrit sur la vue du manoir de sa sœur.

Charles Holbeck était de plusieurs années l'aîné de Lucius, et ils n'avaient jamais été particulièrement proches. Holbeck était le bienfaiteur de plusieurs députés à la Chambre des communes et aimait y faire preuve d'excès d'autorité. Il était très exigeant comme un homme du beau monde et ne s'entourait que de personnes qui, selon lui, lui donnaient de l'importance. Cela le rendait plutôt insipide. Cependant, Maria et lui semblaient bien s'entendre, et c'était un fardeau familial de moins dont Lucius devait s'inquiéter.

Maria sortit elle-même du salon pour le saluer lorsqu'elle l'entendit frapper.

— Eh bien, Lucius, quelle surprise de voir que tu sors du

confort de ta maison. Qu'est-ce qui t'a amené à visiter la mienne ? demanda-t-elle avant de s'arrêter net. Tout va bien avec Mère, j'espère ?

Lucius enleva son chapeau.

— Je n'ai aucune nouvelle de Mère, mais je ne doute pas qu'elle soit en bonne santé.

Tout autre discours s'interrompit lorsqu'il entendit des voix venant du salon, des voix familières. Il regarda sa sœur.

— Philippa et George sont là ?

Maria pencha la tête.

— Eh bien, que pensais-tu, Lucius ? Il était évident que j'allais inviter nos frères et sœurs au bal.

— Qui reste avec Mère, alors ? demanda-t-il en mettant sa cravache sous le bras. Je suis surpris d'apprendre qu'elle était disposée à se séparer d'eux pour Noël. Ou qu'elle n'a pas insisté pour venir elle-même, afin que nous puissions former une grande assemblée joyeuse. Cela ne lui ressemble pas.

Maria eut une lueur dans les yeux.

— Je crois que notre voisin, Mr. Hartley, exprime un certain intérêt pour notre mère.

Lucius eut une expression horrifiée.

— Hartley ! Ce vieil homme ? Il n'a sûrement plus l'âge de prendre une épouse. Et s'il le faisait, il aurait peut-être l'air plus jeune que notre mère. Les deux alternatives me révulsent.

— L'amour n'a pas d'âge, déclara Maria placidement.

— L'amour, dit Lucius en reniflant. Une très belle chose. Je peux juste les imaginer dans leurs peignoirs et leurs robes de chambre partageant un plat de bouillie pendant qu'ils comparent leurs douleurs. Cela est un non-sens total. J'espère que tu ne souhaites pas que je devienne romantique maintenant. Tu serais tristement déçue.

La porte s'ouvrit et Philippa et George sortirent comme deux poulains de l'enclos. Philippa, dont la fraîche innocence dissimulait un esprit de malice dont Lucius savait combien il pouvait être dangereux, parla la première.

— Lucius, je suis tellement contente que tu sois là, ainsi, je n'ai pas à attendre pour te le demander. J'ai finalement obtenu l'approbation de Mère pour aller à une saison de Londres cette année, et j'aurais besoin que tu m'héberges. Mère sera là, bien sûr. Mais nous avons besoin de ta maison à Londres. Elle est également assez grande pour accueillir un bal en mon honneur.

En n'ayant pas de réponse toute faite à une chose à laquelle il n'avait pas l'intention de dire oui, Lucius s'abstint de répondre et regarda George à la place.

— Quand retournes-tu à l'école ?

George lui rendit son regard d'un air penaud.

— Oh… j'ai été renvoyé pour le trimestre. Je n'y retournerai donc pas.

Lucius fit une pause en plaçant ses gants sur la petite table dans l'entrée.

— Tu ne m'as pas dit cela à Noël. De quoi s'agissait-il cette fois ? Tu t'es enfui pour voir un combat de boxe anglaise qui était expressément interdit et tu t'es fait prendre en train de revenir ?

George sourit et secoua la tête.

— Nous avons habillé une vache du coin avec la cape et le chapeau du directeur.

Philippa rit et Maria lança un regard noir à George avant de se tourner vers lui.

— Lucius, tu devrais vraiment faire quelque chose. Je te l'ai dit plus de fois que je ne peux le compter, George court droit vers les ennuis s'il continue ainsi.

Lucius aurait aimé voir un côté plus sérieux dans le comportement de George, mais il n'allait pas se joindre à sa sœur aînée pour le tourmenter. Il savait trop bien ce que cela était.

— Eh bien, George, comme je sais combien les livres vont te manquer, je ne manquerai pas d'engager un tuteur pour te garder occupé.

Alors qu'il le disait de son ton le plus sec, George se contenta de rire et de croiser les bras.

Philippa, toujours une enfant ravissante mais presque adulte maintenant, regarda Lucius. Elle était charmante avec ses yeux pétillants et ses cheveux coiffés en boucles serrées autour de son visage. Elle le prit par la main.

— Alors, quand déménagerons-nous à Londres, Lucius ? J'aurai besoin que tu achètes les robes qui doivent être commandées. Nous avons calculé avec Maman que j'aurais besoin de sept robes de jour et d'au moins deux tenues d'équitation. Je suppose qu'il n'y aura pas besoin d'une robe de cour maintenant que la princesse Charlotte est morte.

Elle s'arrêta comme si elle réfléchissait à l'idée du deuil, mais il savait qu'elle était trop jeune pour en être touchée et ne se souvenait même pas bien de son propre père. Philippa continua :

— Mais j'aurais besoin de plusieurs robes du soir et robes de bal, ainsi que de gants et de bas, et autres.

Elle vit l'expression affligée de Lucius et ajouta d'un ton enjôleur :

— Considère-le simplement comme un investissement. Si tu me rends honorable, je trouverai un mari à l'occasion de ma première saison de Londres et tu n'auras plus rien à faire avec moi.

— Tu es plus susceptible de rencontrer des problèmes lors de ta première saison, dit Lucius en s'avançant vers le salon. Pouvons-nous entrer, Maria ? Ou devons-nous rester ici et discuter de nos affaires de famille pour que tous les serviteurs puissent l'entendre ?

Maria prit Lucius par le coude et entra dans le salon. Quand tout le monde fut assis et que le thé fut commandé, Lucius se tourna vers Maria.

— Alors parle-moi de ce bal. Qui donc est susceptible de venir ?

— Tu es en train de te préparer, n'est-ce pas ?

Sa sœur claqua des doigts et fit signe à George de s'asseoir, ce qu'il fit à contrecœur.

— En un sens, oui. J'aimerais savoir de qui je devrais être à l'affût.

Lucius posa sa tasse de thé et croisa les jambes.

— Et tu as dit que nous aurons jusqu'à trente couples pour danser, ajouta Philippa, ses yeux impatients regardant tour à tour le visage de Maria et celui de Lucius. Tu as promis. Lucius, tu ne veux pas m'interdire de danser, j'espère. Après tout, ce n'est pas Londres. Et Maman n'a aucun problème à me laisser danser dans les assemblées locales.

— Non, je n'ai pas l'intention de te mettre des bâtons dans les roues, dit-il. Je te demande simplement de te comporter avec prudence. Je n'ai pas oublié comment tu as flirté avec Barnsworth lorsque nous les avons invités à dîner pour Noël.

George, qui se prélassait dans son siège, éclata de rire.

— Je n'ai jamais vu un pauvre imbécile aussi godiche. Il est déjà à moitié amoureux de toi et prêt à te faire une demande en mariage, je crois, mais tu t'es éclipsée avant qu'il ne pût rassembler son courage.

— Oh, à ce sujet, dit Philippa avec un regard méprisant. Comment peux-tu penser que je serais intéressée par quelqu'un comme Mr. Barnsworth ? Il était juste quelqu'un pour passer le temps.

Lucius l'arrêta d'un geste de la main.

— Et c'est précisément ce qui me préoccupe. En particulier, tu dois rester à l'écart de Lord Harrowden...

— Lord Harrowden ? répéta Philippa en roulant des yeux. Mon Dieu, que ne ferais-je pas pour trouver un moyen de discuter avec lui.

— Je suis prête à te laisser profiter du bal, intervint Maria, mais s'il te plaît, respecte les règles de bienséance et comporte-toi comme une dame du monde. Ne va pas flirter avec tous les jeunes gentlemen qui seront là-bas.

— Tu auras assez de temps pour faire cela pendant ta saison de Londres, dit Lucius, en souriant devant l'impatience juvénile de Philippa et en sachant qu'elle s'agaçait d'être dirigée par deux frères et sœurs plus âgés.

Heureusement, George et elle étaient trop proches en âge pour qu'il pût ajouter quelque chose.

Philippa joignit les mains.

— Alors, tu es d'accord pour m'héberger à Londres ?

Lucius lança un regard à sa sœur aînée.

— Maria pourra sûrement t'héberger. Holbeck a une grande maison à Londres, et même si l'endroit n'est pas aussi simple d'accès que le mien, il est parfaitement adapté au dessein. Et tu auras plus d'invitations en logeant chez une femme mariée que dans ma maison.

— Je ne pense pas, Lucius, corrigea Maria avec un regard acerbe.

— Oh, comment peux-tu penser cela ? En outre, Maman sera là, dit Philippa.

En affichant une expression enjôleuse, qui fonctionnait rarement avec Lucius, elle ajouta :

— Bien sûr, tu recevras plus d'invitations. Tout le monde veut t'inviter.

— Tu es toujours un *dandy* à Londres, même si tu n'es plus de première jeunesse, déclara George en riant. Tout le monde parle de tes exploits.

Lucius, sur le point de protester sur l'utilisation des mots *plus de première jeunesse,* se tourna finalement vers son frère.

— J'espère que tu corriges leurs préjugés.

— Non, je ne fais que dévoiler les parties manquantes, rétorqua George avec un large sourire.

— Que le diable t'emporte, répondit Lucius avec bonhomie.

— Pour répondre à ta question, Lucius, dit Maria, Holbeck n'acceptera jamais une saison entière à Londres, et je crois que tu le sais. Il est trop occupé par ses fonctions politiques. En tant que chef de famille, tu dois être celui qui hébergera Philippa.

Lucius voyait l'avenir avec appréhension, alors que le poids oppressant d'une saison entière à vivre dans la même maison que sa famille s'abattait avec force sur lui. Sa mère viendrait escorter Philippa, ce qui impliquerait d'amener également leurs deux frères et sœurs plus jeunes, qui étaient encore à l'école. Christopher tourmenterait Lucius pour lui demander de l'emmener partout, et Louisa l'ennuierait avec son bavardage inutile. Un sentiment de terreur envahit Lucius. Qu'est-ce qui l'avait poussé à venir rendre visite à sa sœur ?

Ses pensées avaient déjà commencé à s'égarer, et il ne s'attarderait pas. Cependant, il était venu avec le vague sentiment d'être en mission, même s'il ne pouvait pas se résoudre à poser directement des questions sur Miss Lockhart.

— Qui d'autre viendra à ton bal, Maria ? J'espère que Gregson n'y sera pas. Il s'est retiré à Londres, n'est-ce pas ?

— Oh non. Pas de chance, répondit doucement Maria. Mr. Gregson est de retour pour Noël, et je ne pouvais pas ne pas l'inviter, en risquant d'offenser le reste de sa famille.

Lucius pointa son doigt vers Philippa, en se faisant fortement penser à feu son père.

— C'est quelqu'un dont tu dois t'éloigner, je t'en prie. Il n'est qu'une source d'ennuis.

Quand George rit à nouveau, Lucius le pointa aussi du doigt.

— Et toi aussi, George. Pas question de s'asseoir aux tables de cartes avec lui.

Il commençait à se sentir vieux.

— Lucius, puisque tu l'as demandé, j'ai invité Miss Woodsley au bal. Ce sera pour toi l'occasion d'apprendre à mieux la connaître. Je suppose que tu as eu la chance de la rencontrer ?

Maria marqua une pause.

Quelle ironie. Lucius avait résisté à l'idée du mariage, parce qu'il craignait qu'une femme ne dévorât la précieuse, et rare, paix que sa vie lui offrait. Maria le poussait vers la seule jeune fille dont Lucius savait avec certitude qu'elle romprait sa paix. Cependant, il ne pouvait pas révéler la folie de Miss Woodsley à sa sœur, qui était la pire commère du comté. Il devrait laisser croire à Maria qu'il réfléchissait à sa proposition.

— Oui, cela semble être une idée intéressante, dit-il.

Il but son thé d'une traite et tenta de paraître nonchalant.

— Et Miss Lockhart viendra aussi, je suppose. Tu lui as envoyé une invitation, je présume.

Ce n'était pas une question, et il n'était pas préparé à ce que Maria se redressât.

— En parlant de Miss Lockhart… Oui, oui, je dois l'inviter. Elle est la dame de compagnie de Lady Harrowden, et maintenant elle doit s'occuper de Miss Woodsley, je crois. Cependant, j'ai appris des nouvelles. Quand j'ai mentionné Miss Lockhart à Charles, il a dit qu'il pensait qu'elle avait été fiancée à l'un des députés qu'il soutient. Pouvez-vous imaginer que Miss Lockhart ait été liée à une si bonne famille ?

Lucius posa sa tasse de thé sur la soucoupe, en luttant contre une montée irrationnelle de jalousie. Il ne supportait pas de penser à Miss Lockhart dans les bras d'un autre homme. Il se demanda qui était cet homme et quel genre d'allure il avait. Fiancée ! L'esprit de Lucius se mit à tourner. Cela avait été annulé, en tout cas.

Maria le regarda avec une attitude expectative, et il n'était pas d'humeur à jouer avec son sens du dramatique.

— Cela est choquant, bien sûr, dit-il de sa voix la plus ennuyée.

Les yeux de Maria pétillaient, alors qu'elle était prise par l'excitation de relayer des commérages.

— Mais ce n'est pas tout. Les fiançailles ont été rompues parce que le père de Miss Lockhart avait joué toute leur fortune.

Elle se pencha en avant et termina dans un murmure enchanté :

— Et puis la boisson l'a conduit à une mort prématurée.

Lucius resta silencieux, en rencontrant le regard de sa sœur avec une expression désintéressée, mais en gardant ses propres pensées cachées. Maria était bien trop contente de remplir le reste.

— Charles a dit que les Lockhart étaient très difficiles en ce qui concernait ceux avec qui ils s'associaient, c'est pour cette raison qu'il lui a fait sa demande. Mais cette façade est tombée immédiatement lorsque les pertes de Lockhart sont devenues impossibles à ignorer. Ils ont été bannis de la société mondaine du jour au lendemain.

Lucius se frotta le menton avec un air songeur.

— La pauvre, dit-il malgré lui.

Il ne pouvait pas imaginer ce que Miss Lockhart avait traversé. Elle avait gardé sa dignité malgré les épreuves qu'elle avait subies toutes ces années. C'était une force de caractère qu'il voyait rarement dans la haute société.

— La pauvre ? dit Maria avec incrédulité, en faisant lever la tête de Lucius. La pauvre ? Sa famille le méritait. Ils vivaient dans le mensonge, et la société mondaine n'est pas si clémente.

— Je le sais bien, répondit Lucius, en jetant un coup d'œil à George et Philippa, qui avaient tous les deux les yeux rivés sur lui.

Il semblait souvent que Maria n'eût pas de cœur, et il avait certainement été accusé de la même chose. Mais il n'était peut-être pas trop tard pour ses jeunes frères et sœurs.

— Peut-être que le père de Miss Lockhart le méritait, mais pas elle en revanche, ajouta-t-il.

Le regard de Maria se plissa.

— J'espère bien que tu n'es pas en train de développer de la tendresse pour Miss Lockhart. Elle est totalement inéligible. Et elle fait pâle figure à côté de Miss Woodsley en termes de beauté, de vivacité et de revenu.

— Mais pas en termes de caractère.

Lucius ne put s'empêcher de le dire. Bon Dieu, ce n'était pas son genre de se trahir ainsi, mais il ne put rester immobile quand Maria comparait les deux femmes et pensait que Miss Lockhart n'était pas à la hauteur.

— Que sais-tu du caractère de Miss Woodsley ? demanda Maria. Elle est charmante. Je prévois d'amener Philippa la rencontrer avant le bal car elles sont proches en âge.

Lucius en avait assez. Il se leva.

— Tu dois faire ce que tu juges être le mieux, Maria. George, viens me voir demain. J'ai peut-être une tâche à te confier puisque tu as maintenant beaucoup de temps libre. Au revoir, Philippa.

Il fit seller le cheval et partit, en laissant le balancement régulier calmer son esprit. Miss Lockhart avait laissé entendre de telles choses, son temps passé à Londres, sa fréquentation de la société mondaine, de grandes pertes et la mort de son père. Cela avait été difficile à supporter pour elle, mais beaucoup plus difficile qu'il ne l'avait imaginé. Sa famille était tombée bien bas dans la société. Cela avait été suffisant pour rompre des fiançailles. Il se demanda si elle avait aimé cet homme.

Après avoir cherché dans son esprit une excuse pour se rendre au domaine de Harrowden et n'en trouvant aucune, Lucius fit tourner son cheval vers la maison. En tout cas, cela était pour le mieux, car il avait des affaires en ville cet après-midi-là. Une fois qu'il aurait rencontré le comptable qu'il avait trouvé pour Lady Harrowden, il aurait une raison de lui rendre visite.

CHAPITRE DOUZE

Où est cette jeune fille ? Selena avait cherché Rebecca dans toutes les chambres possibles et imaginables, et elle avait finalement acculé sa femme de chambre qui sortait de la chambre de Rebecca.

— Avez-vous vu Miss Woodsley ? Nous devions aller au village en début d'après-midi pour acheter ses gants pour le bal. Lady Harrowden nous attend pour partir, et je ne la trouve nulle part.

— Oh, miss.

La femme de chambre corpulente serrait une pile de robes contre sa poitrine alors qu'elle était en chemin vers la buanderie.

— Miss Woodsley a dit qu'elle allait faire une promenade à cheval, répondit-elle. Je crois que le palefrenier de Lord Harrowden la suivait. Elle est partie il y a une heure, alors je pense qu'elle ne sera pas longue.

La première préoccupation qui vint à l'esprit de Selena fut de savoir si Lord Harrowden était parti avec elle. Au cours des trois jours qui avaient suivi l'arrivée de Rebecca, Selena les avait surpris deux fois ensemble, sans aucune sorte de chaperon, une fois ils étaient assis sur le même sofa devant le feu dans la bibliothèque et une fois ils remontaient de la cuisine, chacun mangeant un morceau de sablé. En plus de cela, la maison donnait l'impression d'être vide, car les domestiques se faisaient rares. Selena n'en croisait pas souvent, ce qui signifiait que Lord Harrowden et Rebecca n'étaient pas susceptibles d'en croiser non plus.

Selena s'inquiétait de leur intimité croissante, même si Rebecca avait une fois fait une remarque désinvolte en disant qu'il était dommage que le comte fût si jeune, car il ne serait pas un mari convenable avant de nombreuses années encore. Elle avait ajouté qu'il ne possédait pas l'expérience mondaine de Sir Lucius, et bien que cela n'augurât rien de bon que Rebecca eût oublié son engouement passager pour se tourner vers Sir Lucius, cela n'avait pas empêché Lord Harrowden d'importuner Rebecca non plus, cela était une chose désastreuse pour une jeune fille impressionnable.

Lord Harrowden sortit de la salle de billard et rencontra Selena dans le couloir, en dissipant au moins l'une de ses peurs.

— Eh bien, Miss Lockhart ? N'avez-vous rien de mieux à faire ?

Le sourire narquois qui accompagnait ces mots ne faisait rien pour adoucir l'agacement qui montait chaque fois qu'elle était en sa présence.

— Je cherche Miss Woodsley. Apparemment, elle est partie à cheval avec votre palefrenier. Étiez-vous au courant de quelque chose ?

— J'ai dit au palefrenier d'être à sa disposition chaque fois qu'elle souhaiterait monter à cheval. Je comprends que l'équitation est l'un de ses passe-temps favoris, et sa jument est finalement arrivée et est maintenant à l'écurie. Elle n'a pas besoin de me demander pour sortir son cheval.

Lord Harrowden continuait à arborer un sourire dont il devait savoir qu'il l'exaspérerait.

— Cependant, elle aurait dû me demander si elle avait la permission de sortir, déclara Selena. Je suis, après tout, sa préceptrice. Oui, elle doit être chaperonnée dans ce cas, elle n'a que seize ans.

— Si vous n'êtes pas en mesure de la maîtriser, il est naturel qu'elle vous échappe, dit Lord Harrowden en haussant les épaules. Elle est d'une nature tellement espiègle.

Bien que Selena sût très bien qu'elle n'avait pas à se justifier, les mots sortirent d'eux-mêmes.

— Je faisais la lecture à Lady Harrowden, et c'est pour cela que je n'ai pas pu savoir où se trouvait Miss Woodsley.

Son explication ne provoqua qu'un autre sourire irritant.

— Comme je vous avais prévenue, Miss Lockhart, votre position n'est pas facile. Hélas, il n'y a pas de remède, bien que je sois en mesure de vous offrir une certaine consolation.

Les seules insinuations de Lord Harrowden rendaient sa position intolérable, même sans son attention sur elle. Selena se retourna sans donner de réponse et partit pour trouver la comtesse, en craignant les reproches. La façon dont Lady Harrowden s'attendait à ce qu'elle gardât un œil sur Rebecca lorsqu'elle était constamment à la disposition de la comtesse relevait d'une véritable prouesse qui la dépassait. Elle ne pouvait tout simplement pas être à deux endroits à la fois.

Selena transmit l'information à Lady Harrowden selon laquelle Rebecca était partie, et la comtesse soupira et commença à retirer ses gants. Selena était trop mal à l'aise pour rester assise dans le salon avec une maîtresse furieuse, et elle alla dans le couloir pour attendre son élève. Elle s'assit sur un petit banc en bois sombre à côté du mur, et quand Lord Harrowden revint dans le couloir, elle lui tourna le dos plutôt que de quitter sa place.

— Alors c'est comme cela que vous voulez jouer ? demanda Lord Harrowden en éclatant de rire.

Il ne quitta pas le couloir, mais il n'essaya pas d'engager la conversation avec Selena, et de cela elle était contente.

Un quart d'heure plus tard, Rebecca franchit la porte d'entrée, les joues roses et le bout des oreilles rouge. Elle avait l'air fraîche et radieuse, et bien trop tentante pour le comte, qui n'était resté, semblait-il, que pour l'attendre.

Selena s'avança, en lui barrant le chemin.

— Rebecca, pourriez-vous s'il vous plaît me faire savoir quand vous irez à cheval la prochaine fois ? Lady Harrowden nous attend pour aller en ville. Ne vous rappelez-vous pas que nous étions censées partir ?

Rebecca haussa les épaules en retirant ses gants.

— Oh, quant à cela… Nous pouvons partir maintenant si vous voulez. Seulement j'ai besoin de manger quelque chose. Pouvez-vous me commander du thé ?

La bouche de Selena se transforma en une ligne fine. C'était une humiliation d'être traitée avec tant de désinvolture, surtout avec Lord Harrowden qui se tenait juste là.

— Allez vous changer et enfilez votre tenue de promenade, ordonna-t-elle. Je crois qu'Alice est dans votre chambre, et je vais faire monter du pain et du beurre. Sonnez immédiatement si elle n'est pas là, et je ferai en sorte qu'elle soit retrouvée. Nous ne voulons pas faire attendre Lady Harrowden.

Selena se retourna et se dirigea vers la cuisine d'un pas rapide. Heureusement, elle avait eu le temps de se lier d'amitié avec la cuisinière, qui n'était que trop contente de mettre la bouilloire en marche et de préparer quelques sandwichs pour l'élève de Selena. Elle trouva Alice à table dans la cuisine et l'envoya porter le thé qu'elle avait préparé, puis elle se précipita dans le salon pour faire savoir à Lady Harrowden qu'elles partiraient dans une demi-heure.

Cela n'aurait pas dû surprendre Selena, même si elle-même était de nature ponctuelle, mais plus d'une heure était passée au moment où Rebecca fut prête. Et bien que le visage de Lady Harrowden eût pris une expression dure d'impatience, Selena les fit avancer, en sachant que c'était leur seule chance d'obtenir ce dont elles avaient besoin pour le bal. Lorsqu'elles furent toutes montées dans la voiture, l'heure était déjà bien avancée, et elles n'avaient pas beaucoup de temps avant qu'il ne fît nuit.

Elles arrivèrent en ville après un court trajet, et Selena se tourna pour aider Lady Harrowden après que le laquais l'eut aidée à descendre de la voiture. Elle se retourna et vit la boutique où elle avait acheté son tissu quand elle faisait des courses en ville.

Le palefrenier conduisait la calèche et Selena indiqua la boutique de l'autre côté de la rue qui était partiellement bloquée par une voiture en train d'attendre.

— La voilà. Devons-nous attendre que ces chevaux passent ? Ensuite, nous pourrons traverser.

Selena prit Lady Harrowden par le bras. Rebecca était de l'autre côté, en train d'examiner son environnement, son attention concentrée sur tout sauf sur ce qu'elle pourrait faire pour aider sa tutrice. Elles commencèrent une lente progression, Selena prenant bien soin de ne pas laisser Lady Harrowden glisser sur la glace.

Un autre phaéton passa, en les empêchant de traverser, et les grosses roues éclaboussèrent Selena de boue glaciale. Un cri perçant monta dans sa gorge parce qu'elle était trempée à cause de la neige fondante mais avant que le son ne sortît, Lady Harrowden glissa et tomba lourdement en arrière.

— Oh !

Le halètement de Lady Harrowden se transforma en un grognement, et Selena put entendre la douleur dans sa voix.

Elle chercha de l'aide sur la route presque déserte, mais le palefrenier était déjà parti avec la calèche.

— Rebecca, j'ai besoin de votre aide, dit-elle.

Il fallait reconnaître que Rebecca avait l'air quelque peu préoccupée par la chute de Lady Harrowden, mais sa réponse n'aida pas.

— Que voudriez-vous que je fasse ? Je ne peux pas la soulever.

Selena résista à la tentation de s'en prendre à la jeune fille indélicate. Ne s'intéressait-elle qu'à elle-même ?

— Mettez une de vos mains sous son coude et nous la soulèverons en même temps.

Selena s'arc-bouta, car la route était verglacée, et si elle ne pouvait pas se tenir debout, quel espoir y avait-il pour aider cette femme plus âgée ?

Une prise ferme sur le bras de Selena la coupa dans son élan.

— Je vous en prie, laissez-moi faire.

La voix provoqua une palpitation dans le ventre de Selena, mais avant qu'elle ne pût se retourner ni répondre, Rebecca cria de joie.

— Sir Lucius !

Selena n'avait pas entendu autant de chaleur dans la voix de Rebecca depuis son arrivée, même avec Lord Harrowden. Sir Lucius l'ignora et mit ses mains sous les bras de la comtesse, en la remettant sur pied.

— Vous arrivez à point nommé, monsieur, dit Selena, un sentiment de soulagement l'envahissant.

Sir Lucius, qui soutenait toujours Lady Harrowden, croisa son regard avec une expression affligée.

— Vous ne diriez pas cela, Miss Lockhart, si vous saviez que c'est ma voiture qui vous a aspergée de boue.

— De boue glacée, corrigea-t-elle.

Selena vit maintenant le phaéton de Sir Lucius arrêté à quelques mètres avec son palefrenier à la tête des chevaux. C'est alors qu'elle prit conscience de combien elle avait froid et de combien son apparence devait avoir l'air effrayante.

— Ne restons pas ici, rétorqua Lady Harrowden. Emmenez-moi à l'auberge.

Selena échangea un regard avec Sir Lucius. La comtesse plissait les yeux comme si elle avait mal.

— Oui, Sir Lucius, pouvez-vous aider Lady Harrowden ? Cela lui fera du bien de se sécher devant un feu et de s'asseoir un moment.

— Mais qu'en est-il de mes gants ? dit Rebecca. Je suis vraiment désolée que vous soyez blessée, madame, mais c'est ma seule chance d'acheter des gants avant le bal.

— Cette jeune fille a raison, dit Lady Harrowden entre ses dents. Elle doit avoir ses gants. Le bal n'est que dans deux jours. Selena, emmenez-la à la boutique et achetez ce dont elle a besoin pendant que je reste assise avec Sir Lucius.

Selena enroula plus étroitement sa cape humide autour d'elle, en regrettant la chaleur du feu dont elle ne pourrait pas profiter.

— Comme vous le souhaitez. Nous y allons.

Elle traversa la route avec Rebecca à ses côtés, en veillant à ce qu'aucun autre cheval ne passât là pour les surprendre avec un bain glacé. Sir Lucius continua vers l'auberge avec Lady Harrowden, sa main sur un coude et son autre bras autour de son dos pour la guider.

La boutique était étonnamment grande pour la petite ville de Woolmer Green. L'un des commerçants s'avança vers le comptoir qui s'étendait d'un bout à l'autre de la boutique, et Rebecca discuta longuement avec lui des différents choix de gants qu'elle envisageait de commander. Selena, voulant retourner sans tarder auprès de Lady Harrowden, donna son avis, et la poussa vers le choix qui lui semblait le plus judicieux : les longs gants blancs en soie qui pourraient servir à plus d'une occasion si Rebecca prenait soin de ne pas les salir. Ceux-ci pourraient être confectionnés rapidement et livrés au domaine à temps pour le bal. Rebecca résista et continua de toucher une paire de longs gants verts qui pouvaient être achetés immédiatement et qui lui allaient, mais qui ne pouvaient pas être portés avec sa robe de bal. Elle n'avait pas eu la prévoyance d'apporter assez d'argent pour deux paires.

Selena, consciente de l'heure et sachant qu'elle avait encore des bas à acheter, déclara :

— Rebecca, vous avez cinq minutes pour vous décider avant

que nous ne retrouvions Lady Harrowden. Je vais aller m'adresser à l'un des autres commerçants pour mes besoins.

Rebecca hocha la tête d'un air absent et Selena se dirigea vers l'arrière de la boutique où un autre assistant était libre pour s'occuper d'elle. Il ne lui fallut pas longtemps pour faire un achat. Quand elle revint à l’avant, Rebecca parlait à Mrs. Holbeck, la sœur de Sir Lucius, qui était entrée dans la boutique. À ses côtés se trouvaient une dame et un monsieur plus jeunes qui avaient un air de famille.

— ... ces gants verts sont très jolis comme vous le dites, mais de quelle couleur est votre robe ? disait Mrs. Holbeck.

— Rose pompadour, répondit Rebecca.

— Je crois que c'est la couleur préférée de Sir Lucius, dit Mrs. Holbeck avec un sourire, mais bien sûr ces gants verts ne feront jamais l'affaire.

Rebecca ouvrit grand les yeux.

— Vous connaissez Sir Lucius ?

La séduisante jeune femme avec une profusion de boucles qui se tenait à côté de Mrs. Holbeck, rit et dit :

— C'est notre frère.

— Oh, Mrs. Holbeck, vous devez me présenter à vos compagnons, cria Rebecca.

Selena, estimant qu'il serait impoli de ne pas se faire connaître à ce moment de la conversation, s'avança.

— Bonjour, Mrs. Holbeck.

Selena reçut une révérence froide en retour et se demanda ce qu'elle avait fait pour mériter un accueil aussi glacial. Mrs. Holbeck se tourna vers les deux personnes debout à côté d'elle.

— Miss Woodsley, permettez-moi de vous présenter mes jeunes frères et sœurs : Mr. George Clavering et Miss Philippa Clavering. Vous avez presque le même âge.

Selena se tendit en se sentant insultée. Elle n'avait pas été considérée comme digne d'être présentée.

— Je crois que vous avez raison, Mrs Holbeck, dit Rebecca, en ramenant l'attention de Selena sur le sujet en question, avant de se tourner vers le commerçant. S'il vous plaît, faites-moi confectionner les gants blancs et envoyez-les au domaine de Harrowden.

Au moins quelqu'un avait pu lui faire entendre raison.

— Nous nous retrouverons au bal dans trois jours, alors, déclara Philippa.

Son frère, aussi brun que sa sœur était blonde, resta silencieux, et Selena fut soulagée de voir qu'il n'avait pas l'air particulièrement intéressé par l'héritière, et Rebecca n'avait pas regardé plus d'une fois dans sa direction non plus.

— Nous dirons à Sir Lucius que vous êtes ici, déclara Selena dans une tentative de déplacer Rebecca vers la porte.

— Lucius est ici ? demanda Mrs. Holbeck en haussant les sourcils de surprise. Je n'ai pas vu sa voiture.

— Il est à l'auberge en train d'aider Lady Harrowden à se remettre d'une chute, et nous ne devons pas tarder à les retrouver.

Selena prit Rebecca par le coude pour la diriger vers la porte et échapper à la présence désagréable de Mrs. Holbeck, mais Mrs. Holbeck fut la première à bouger.

— Nous vous accompagnons.

Elle prit Rebecca par le bras et s'enquit davantage de sa famille. Selena se retrouva derrière avec Philippa et George Clavering.

Alors qu'ils sortaient de la boutique, Philippa se retourna et chuchota à Selena :

— Et vous êtes Miss Lockhart, je crois. Je suis désolée pour ma sœur.

Selena invoqua un sourire qui disparut avec le reste de ce que Philippa avait à dire.

— Je pense que ce qui vous est arrivé à Londres était parfaitement affreux et n'est pas votre faute.

Elle vit George lancer un regard d'avertissement à sa sœur, et

Philippa se tourna à nouveau vers l'avant, en mettant fin à sa confidence murmurée. Selena, froide et mouillée, avançait péniblement, le cœur serré. Sir Lucius devait tout savoir maintenant.

La route était toujours glissante, mais l'auberge les appelait avec la lumière qui sortait des fenêtres à guillotine face au ciel d'hiver qui s'assombrissait. Quand ils entrèrent, ils furent accueillis par la chaleur et l'odeur d'une tarte à la viande hachée qui cuisait au four. Un coup d'œil à Lady Harrowden indiqua à Selena qu'elle allait déjà beaucoup mieux. Sir Lucius était assis à côté d'elle, en train de la distraire avec des histoires, et il fit même rire la vieille comtesse. La scène était si douillette que le cœur de Selena fit un étrange bond.

Sir Lucius leva les yeux vers Selena, son sourire atteignant ses yeux.

— Avez-vous fini vos achats ?

Puis son regard tomba sur ses frères et sœurs.

— Ah. Vous êtes ici aussi ?

— Une joyeuse réunion de famille.

Cela venait du frère de Sir Lucius, George, et était dit sur un ton ironique qui imitait celui de son frère aîné mais avec une gaieté plus espiègle.

— George, va trouver le palefrenier de Harrowden et dis-lui d'apporter la voiture, dit Sir Lucius, en ignorant ses plaisanteries.

Il se tourna vers Lady Harrowden et demanda :

— Puis-je vous faire quelque chose pour vous avant que vous ne retourniez au domaine ?

Lady Harrowden secoua la tête.

— Rien. Maria, votre frère est arrivé au bon moment. Ne me dites pas qu'il s'agit de Philippa, elle est si grande.

La sœur cadette de Sir Lucius lui adressa un sourire, qui faisait apparaître ses fossettes, et fit une révérence à la comtesse.

— Il s'agit bien de moi, madame. Comme cela est merveilleux de vous voir en si bonne forme.

— Hum. Très approprié. Je suppose que vous êtes toujours

prête à faire toutes sortes de bêtises avec votre frère George, qui a bien grandi aussi, je vois.

Mrs. Holbeck et Rebecca se déplacèrent pour se joindre à la conversation pendant que Philippa et Lady Harrowden parlaient, et Selena se mit sur le côté pour leur donner de la place. Trop tard, elle réalisa que c'était là que se tenait Sir Lucius, et elle devait avoir donné l'impression que le geste avait été prémédité. Du coin de l'œil, elle pouvait voir que l'attention de Rebecca était partagée entre la famille de Sir Lucius et Sir Lucius lui-même.

Lorsqu'il s'approcha et se tourna pour faire face à Selena, elle dit à voix basse :

— Je ne sais pas ce que nous aurions fait si vous n'aviez pas été là pour nous aider. Je dois vous remercier.

— Qu'est-ce que *nous* aurions fait ? Ou qu'est-ce que vous auriez fait ? Avouez.

Le sourire de Sir Lucius était comme une caresse.

— Vous étiez dépassée parce que votre élève ne voulait pas lever le petit doigt, poursuivit-il.

Selena jeta un coup d'œil derrière lui pour voir où se tenait Rebecca. Elle avait les yeux rivés sur eux, mais Selena ne pensait pas qu'elle pût les entendre. Sir Lucius lui tournait le dos et sa voix était basse.

— Vous avez probablement raison, fut tout ce que Selena confierait, mais elle lui rendit son sourire.

Elle regarda à nouveau au-delà de Sir Lucius et vit que Mrs. Holbeck les regardait également. Son sourire s'évanouit.

Sir Lucius l'étudia avec des yeux si chaleureux qu'elle ne put soutenir son regard.

— Cela ne fait aucun doute, murmura-t-il. Miss Woodsley est une créature éprouvante. Cependant, vous savez que je n'avais pas d'autre choix que de m'arrêter et d'aider, après avoir causé la chute, selon toute vraisemblance. Je m'étais arrêté pour laisser passer un carrick et je ne vous avais pas vues, dit-il en lui adressant un sourire contrit. Je suis désolé d'avoir sali votre robe.

— J'ai une garde-robe si grande qu'une robe n'a guère d'importance, déclara-t-elle d'une voix atone.

Il rit et secoua la tête.

— Je suis tout à fait sûr que cela n'est pas vrai et je vous prie de m'excuser d'avoir été si négligent.

— Oui, eh bien, si je meurs de froid, je m'attends à ce que vous escortiez Miss Woodsley et Lady Harrowden au bal à ma place, dit-elle. Un échange dont je suis sûre qu'au moins l'une d'entre elles sera plus que satisfaite.

— Oh, mon Dieu, dit-il en la regardant et en feignant l'horreur. Je n'obtiendrai que ce que je mérite.

Ils se retournèrent tous les deux quand la porte s'ouvrit et George entra.

— Le palefrenier s'est arrêté dehors. Lady Harrowden, puis-je vous aider ?

— Comme je suis contente de voir que vous avez trouvé vos manières, jeune homme.

Lady Harrowden laissa Sir Lucius et son frère la prendre par chaque bras. Elle pouvait marcher mais semblait un peu raide. Ils l'aidèrent à monter dans la voiture, puis George se tourna pour aider Rebecca et Sir Lucius tendit la main à Selena.

— Miss Lockhart.

Il s'inclina et aida Selena à monter dans la voiture avec un sourire qui semblait n'être destiné qu'à elle. Cela lui serra le cœur d'être traitée avec tant de gentillesse, et elle lui retourna le sourire, et en même temps regarda du côté où se tenait Mrs. Holbeck.

Elle n'avait pas l'air ravie.

Selena retira rapidement sa main et se glissa dans la voiture, en s'adossant aux coussins rembourrés, lui permettant ainsi de se cacher dans l'ombre. L'expression sévère de Mrs. Holbeck était un rappel que Selena ne représentait pas une rencontre bénéfique pour la famille d'un baronnet. Cela était un rappel dont elle avait grandement besoin avant de laisser libre cours à son imagination.

CHAPITRE TREIZE

Lucius n'avait pu rendre visite au comptable qu'après avoir fait monter Lady Harrowden, Miss Lockhart et son élève dans leur voiture. Il avait seulement informé la comtesse de son rendez-vous et promit que, si le comptable s'avérait digne, il l'amènerait rencontrer Lady Harrowden le lendemain.

Lors de leur rencontre, il découvrit que le comptable était trop inexpérimenté pour qu'on lui confiât une affaire aussi délicate et que son associé principal ne serait pas encore disponible avant une semaine, mais Lucius se rendit à Harrowden pour l'en informer. On l'emmena dans le salon pour attendre Lady Harrowden, et tous les espoirs qu'il aurait pu avoir de passer quelques minutes agréables en compagnie de Miss Lockhart furent anéantis lorsque Miss Woodsley entra seule dans la pièce, vêtue d'une tenue d'équitation avec un liseré rouge.

— Oh, alors vous êtes là, dit-elle, en entrant dans la pièce avec un sourire carnassier. J'ai cru entendre votre voix, Sir Lucius. J'espérais croiser votre route lors de l'une de mes expéditions à cheval, mais cela ne s'est pas encore produit. J'y vais toujours avec l'espoir de vous rencontrer.

Lucius eut un mouvement de recul face à un autre signe d'un

comportement si cavalier. Elle n'avait manifestement rien appris de sa première tentative qui avait été déjouée.

— À moins que ce ne soit dans le but de présenter vos excuses pour avoir troublé ma tranquillité lors de notre première rencontre, je ne vois pas comment votre dessein pourrait porter ses fruits.

— Oh, vous pensez encore à notre première rencontre ? demanda Miss Woodsley en secouant légèrement la tête et en levant la main. Je peux vous assurer que de mon côté je n'y pense plus. Je vois maintenant que ce stratagème n'aurait pas du tout marché. Je suis plus sage...

— Cela fait seulement un peu plus d'une semaine, l'interrompit sèchement Lucius.

— ... et je ne veux pas commettre la même erreur. Heureusement, le destin nous a rapproché l'un de l'autre. Si j'avais su que c'était aussi simple que cela, j'aurais demandé à Lady Harrowden de m'accueillir bien plus tôt.

— Je dois vous détromper de l'idée que le destin a quelque chose à voir avec notre rencontre, dit-il durement. C'est par pure ruse de votre part que nous nous sommes rencontrés, et par pure malchance de la mienne que je sois situé si près de votre tutrice.

Miss Woodsley s'était rapprochée de quelques pas jusqu'à ce qu'elle fût à portée de main de Lucius, puis elle battit lentement des cils et plissa ses lèvres charnues dans ce qu'elle pensait probablement être une pose séduisante. Il croisa les bras sur sa poitrine pour résister à l'envie d'étrangler la jeune fille.

— Et laissez-moi vous encourager, ajouta-t-il, à vous laisser guider par Miss Lockhart, qui est un modèle de bienséance et d'élégance. Dans l'état actuel des choses, le chemin que vous empruntez ne vous mènera qu'à une seule fin, et ce n'est pas celle que je souhaiterais à une jeune femme.

Cette fois, la bouche de Miss Woodsley s'infléchit sérieusement.

— Vous pensez que Selena est un modèle d'élégance ? Elle est sans intérêt. En plus de cela, elle est vieille. Et puis, Mrs. Holbeck a dit qu'elle aimerait particulièrement me présenter à vous. Elle, au moins, semble penser que nous serions assortis.

Miss Woodsley avait réduit la distance entre eux et mis sa main sur le bras de Lucius comme pour l'inciter à l'étreindre.

Lucius prit fermement sa main dans la sienne et la retira de son bras.

— Ma sœur ne choisit pas les femmes que je fréquente, et elle ne le fera jamais.

Avant qu'il ne pût relâcher la main de Miss Woodsley, la porte s'ouvrit, et Lady Harrowden entra. Lucius recula d'un pas et croisa directement le regard de la comtesse. Il refusait d'être blâmé pour une scène qu'il n'avait pas participé à créer. Lady Harrowden haussa un sourcil et s'avança, en s'appuyant lourdement sur sa canne jusqu'à ce qu'elle vînt s'asseoir.

— Rebecca, vous pouvez nous quitter maintenant, dit-elle avec un geste de la main pour la congédier.

Le visage de Miss Woodsley était rouge, en montrant qu'elle possédait au moins une certaine sensibilité. Lucius avait commencé à penser qu'elle n'en avait pas. Elle était certainement plus impertinente que la simple innocence ne pouvait l'expliquer.

Quand Lady Harrowden et lui furent seuls, il s'assit sur la chaise à ses côtés, en espérant qu'il ne serait pas amené à expliquer ce dont elle venait d'être témoin.

— Je suis venu vous dire que j'ai trouvé un comptable qui sera discret, un certain Mr. Samuel Abbott du village, mais il ne sera disponible que dans une semaine.

Lucius s'appuya sur l'accoudoir et se tourna pour pouvoir voir le visage de Lady Harrowden et poursuivit :

— Ce qui est un avantage encore plus grand à ce choix particulier, c'est que son père a travaillé avec votre mari pendant un certain temps jusqu'à ce que Mr. Abbott père déménageât à Bath pour la santé de sa femme. Après la mort des parents de Mr. Abbott, il est retourné à Woolmer Green. Le comptable a déclaré qu'il avait toujours les notes de son père empaquetées et qu'il lui demanderait la permission de voir quelles informations restaient sur Harrowden. Si une copie des comptes est toujours là, comme il le pense, Mr. Abbott pourra examiner quel pourcentage de la part de votre douaire est utilisé pour couvrir les dépenses du domaine.

Il ajouta :

— Vous serez peut-être intéressée de savoir que le comptable de votre neveu n'est pas très apprécié par ses pairs. Même le comptable qui m'a rencontré hier a pu me le dire.

Lady Harrowden hocha la tête comme si elle s'attendait à une telle chose.

— Abbott. Je connais ce nom. Il a travaillé pour mon mari avant que mon neveu ne le rejetât en faveur de Mr. Chancey, en disant que cet homme était hautement recommandé. Cela est peut-être vrai, mais ce n'est que depuis qu'il a repris les comptes du domaine qu'il semble que mes revenus soient insuffisants pour couvrir mes dépenses personnelles. C'est dommage que Mr. Abbott ne puisse pas avoir accès à tous les comptes de Harrowden comme autrefois.

Lucius n'attendait qu'un ordre, et Lady Harrowden le donna avec résolution.

— Très bien. Amenez-le-moi dès que vous le pourrez.

Elle le regarda avec mécontentement, et il sut ce qui allait suivre.

— Et maintenant, peut-être pouvez-vous me dire quelles sont vos intentions concernant ma pupille, dit-elle.

— De la garder à distance, répondit Lucius, en se penchant en arrière dans son siège et en croisant mes jambes.

— Donc, ses trente mille livres ne sont pas assez attrayantes pour vous ? demanda Lady Harrowden en lui lançant un regard incrédule.

— Non, répondit-il sèchement. J'ai suffisamment de ressources pour ne pas me vendre aussi bon marché.

Un peu tard, il réalisa l'impression que cela donnait de sa pupille et ajouta :

— Je vous demande pardon, mais je me devais d'aller tout droit au but sans user de moyens détournés.

Lady Harrowden gardait un œil sur lui.

— Je vous ai vu, installé confortablement dans l'auberge, avec Miss Lockhart. C'est peut-être elle qui vous inspire, et en elle que vous voyez une future épouse.

— Je n'ai aucune intention de me marier pour le moment, répondit Lucius, et je ne vous inviterai pas dans la confidence quand je le ferai.

Il se leva, pressé de partir.

— J'enverrai une note lorsque Mr. Abbott aura du temps pour venir discuter de vos comptes.

— Très bien, dit Lady Harrowden en le congédiant d'un geste irritant.

Il ne savait pas comment Miss Lockhart pouvait vivre avec elle.

LE BAL de la Twelfth Night avait lieu le lendemain, et vers minuit, Selena était encore en train de coudre le dernier morceau de liseré argenté sur le corsage de sa robe bleu acier, une couleur que le commerçant appelait *Mexican*. Il lui avait assuré que c'était la dernière mode, et cela faisait certainement de nombreuses années qu'elle n'avait pas porté cela. Le tissu était assez joli pour compenser le fait qu'il était confectionné simplement.

Selena jeta un coup d'œil à sa pile de liseré restant sur la petite table et se demanda si elle devait le coudre sur l'ourlet. Elle en avait commandé assez, même si elle n'était pas sûre d'avoir le temps. Cela prendrait probablement une heure de plus, mais cela donnerait une touche élégante à la robe à laquelle elle ne pouvait pas résister. Le coin de ses lèvres se retroussa. Ce serait si bon de porter à nouveau quelque chose de beau.

Selena retourna la robe, en laissant le corsage tomber au sol et la jupe s'étendre sur ses genoux. Elle ramassa la jupe et l'examina attentivement. Il lui sembla que l'ourlet d'une partie n'avait pas été correctement cousu, et alors qu'elle l'examinait, elle ramassa la chandelle de suif et la tint plus près pour voir la couture plus nettement dans la pénombre.

Un soudain sentiment de terreur l'envahit lorsqu'elle réalisa que la coupelle de suif était inclinée, et elle regarda le sol où la cire fondue s'accumulait sur le côté droit du corsage.

— Oh !

Selena posa rapidement la bougie, en prenant soin de ne pas renverser plus de cire. Elle retourna la robe pour que le corsage fût à nouveau dans ses mains et regarda avec horreur la cire fondue qui avait laissé une tache sombre sur le tissu.

En se précipitant vers sa malle, elle sortit quelques vieux chiffons qu'elle y gardait et essaya d'éponger la cire pour enlever l'excédent, mais au contraire, cela ne fit qu'empirer les choses. Selena se creusa frénétiquement la tête pour trouver une solution. Avec le bal qui aurait lieu le lendemain, Selena n'aurait ni l'occasion d'acquérir une nouvelle robe ni le temps d'en coudre une autre.

La fatigue des derniers jours où elle avait été occupée à coudre pendant tout son temps libre l'oppressait comme un poids lourd sur ses épaules, et Selena posa la robe sur son lit. Les poings serrés, elle se dirigea vers le manteau de la cheminée et l'attrapa à deux mains puis le frappa de façon répétée. Ses larmes ne cessaient pas de couler.

Que dois-je faire maintenant ? Elle avait assuré à Lady Harrowden qu'elle savait comment s'habiller et se tenir, qu'elle ne ferait pas honte à la comtesse. Et elle avait voulu prouver à Sir Lucius…

Selena expira et se dirigea vers le lit, en étant en difficulté pour trouver une solution. Elle plissa les yeux vers la tache, en voulant que son esprit acceptât la catastrophe et la mît à profit. *Que puis-je faire ? Que puis-je faire ?*

La cire était tombée d'un côté du corsage et ne pouvait être recouverte de manière symétrique. Il ne restait plus assez de tissu pour réaliser un tout nouveau corsage. Mais alors que ses yeux s'embuaient à nouveau de larmes, la tache sembla prendre forme et ressembler à une fleur. Selena cligna des yeux puis reprit son souffle.

Voilà ce qu'elle pouvait faire. Elle pourrait broder quelque chose pour couvrir la cire.

Elle s'essuya les yeux et évalua plus attentivement les dégâts. La robe elle-même était faite. Certes, elle n'aurait pas le temps d'ajouter le liseré en bas, mais ce n'était pas le besoin le plus pressant. Cependant, si elle voulait tirer parti de la tache en créant un dessin en forme de fleur, elle devrait commencer immédiatement. Il se faisait déjà tard, et la journée du lendemain appartenait à Lady Harrowden et Rebecca, qui la feraient probablement courir tout le temps.

Selena sélectionna les fils à broder dans une couleur qui mettrait en valeur le batiste bleu pouvant s'associer au bleu, à l'or, au blanc et au vert. La chose la plus simple serait de broder une pivoine avec une petite feuille et une tige et de faire descendre la tige pour couvrir la cire qui avait coulé jusqu'à la taille haute. Certes, ce n'était pas à la mode d'avoir quelque chose de brodé sur un seul côté, et il serait probablement étrange d'avoir une tige brodée dans la couture du ruban. Mais Selena ne pouvait pas s'avouer vaincue et porter l'une de ses vieilles robes. Elle refusait de laisser Sir Lucius la voir dans une vieille robe démodée, et elle ne donnerait pas à Rebecca la satisfaction de penser qu'elle n'avait aucun goût.

Avec des gestes déterminés, Selena posa les fils devant elle sur la petite table et imagina clairement le dessin, en testant la taille avec ses doigts, afin qu'elle pût le reproduire sur la robe sans erreur. Peut-être était-ce le péché d'orgueil qui la poussait à vouloir s'élever au-dessus de son rang et à faire savoir aux gens qu'elle n'avait pas été élevée pour devenir une servante.

Selena enfila un fil dans une aiguille. Si elle devait être une dame de compagnie et une préceptrice, elle ferait mieux de se faire pleinement à l'idée d'être au service d'autrui. Cependant, il était impensable qu'elle parût maladroite au bal le plus élégant des environs. Elle ne donnerait pas à Mrs. Holbeck une autre raison de penser du mal d'elle.

Ce ne fut que vers trois heures du matin qu'elle put ranger son aiguille. La chandelle s'était éteinte et Selena avait dû en allumer une nouvelle. Le feu de sa chambre s'était également éteint et elle n'osait demander à personne de venir le rallumer. Lorsqu'elle se glissa dans son lit, il lui fallut un certain temps avant qu'elle ne pût se réchauffer suffisamment pour s'endormir, et les rayons du matin ne furent pas agréables lorsqu'ils se glissèrent entre les rideaux et éclairèrent la pénombre de sa chambre.

— Vous n'avez pas l'air bien, Selena.

La comtesse étudia son visage plus en détail que Selena ne l'aurait souhaité lorsqu'elle arriva dans la chambre de Lady Harrowden avec sa correspondance.

— Vous devrez faire quelque chose pour votre apparence si nous devons assister au bal ce soir. Vous n'êtes pas bien coiffée depuis que vous êtes arrivée et vous devrez faire plus attention à ce que vos cheveux soient convenablement mis.

L'injustice du commentaire de Lady Harrowden piquait.

— Je le ferais volontiers, madame. Mais la femme de chambre semble toujours avoir quelque chose de plus important à faire. Je ne pense pas qu'il soit de mon devoir de l'exiger, d'autant plus qu'elle exécute les ordres de Lord Harrowden.

— Alors Richard est derrière tout cela, n'est-ce pas ? demanda Lady Harrowden en prenant les lettres de Selena et en jetant un coup d'œil aux noms. Je lui ai dit quand il a congédié deux de nos serviteurs qu'il n'y en aurait pas assez pour entretenir sa maison, mais il n'a pas écouté.

La comtesse avait parlé à voix basse mais revenait maintenant à un ton normal :

— Je suppose qu'il a épuisé l'argent et qu'il n'a pas les moyens de payer les domestiques. Peu importe. Je vais parler à ma femme de chambre et veiller à ce qu'elle s'occupe de vous ce soir. Et Rebecca ? A-t-elle tout ce dont elle a besoin ?

Selena sourit avec raideur.

— Sa femme de chambre semble faire en sorte d'amener les domestiques à faire ce qu'elle veut, ce qui est une prouesse impressionnante. Je pense que Rebecca est parfaitement soignée.

Lady Harrowden rejeta les couvertures et commença à se lever, et Selena alla l'aider.

— Je suppose que mon neveu n'oserait pas priver Rebecca de quoi que ce soit, étant donné qu'elle a beaucoup d'argent. Il voudra être dans les meilleurs termes avec elle.

— Je crois que vous avez raison.

Selena savait qu'il serait inapproprié d'interroger la comtesse sur sa remarque concernant le comte qui gaspillait son argent, mais elle était curieuse d'en savoir plus. Aurait-elle une place ici encore longtemps ?

Selena aida Lady Harrowden, encore raide à cause de sa chute, à se diriger vers la coiffeuse. Alors que la comtesse était assise, elle demanda à Selena de sonner la cloche et de faire venir Morgan, ce qu'elle fit. Lady Harrowden regarda attentivement le reflet de Selena dans le miroir.

— Vos yeux sont rouges. Vous n'avez vraiment pas l'air bien du tout.

Lady Harrowden déplaçait le peigne et les poudres sur la table avec fébrilité.

Selena parvint à sourire.

— Je vous assure que je vais très bien. C'est simplement que j'essayais de finir ma robe pour ce soir et je ne l'ai terminée que très tard. Vous n'avez pas à avoir peur pour moi.

Lorsque Selena laissa Lady Harrowden entre les mains de Morgan, elle fut appelée aux côtés de Rebecca pour faire face à la Grande Tragédie. Les pantoufles de soie que Rebecca avait achetées pour accompagner sa robe de bal, qu'elle avait inconsidérément placées près de la cruche d'eau, avaient été tachées d'eau qui avait éclaboussé du bord du bol. Selena, épuisée, rassembla tout son courage pour garder un visage enjoué et convaincre Rebecca que les pantoufles couleur champagne qui n'avaient jamais été portées feraient très bien l'affaire, et qu'il n'était pas nécessaire de se précipiter en ville dans l'espoir de trouver quelque chose qui conviendrait mieux.

Elle passa la journée à courir entre la comtesse et sa pupille, à aller chercher des objets oubliés, à apaiser de petites irritations et à divertir à la fois une jeune fille impatiente que la soirée commençât et une femme plus âgée racontant de sombres prédictions sur la façon dont le temps les empêcherait de partir. Au moment où elles étaient prêtes à s'habiller pour la soirée, Selena était épuisée.

Fidèle à sa parole, Lady Harrowden envoya Morgan s'occuper des cheveux de Selena. Elle était reconnaissante de ce geste, car elle était trop fatiguée pour porter ses mains à sa tête et tenter quoi que ce fût elle-même. Morgan tira ses cheveux en arrière en faisant des torsades derrière la tête de Selena, et Selena se souvint d'une chaîne de fleurs de satin blanc qu'elle possédait qui pouvait être tressée dans la coiffure, et elle ne put pas s'empêcher de sourire en voyant résultat final.

Elle mit de petites gouttes d'or à ses oreilles, les seules que sa mère avait réussi à cacher aux créanciers.

— Savez-vous si Rebecca est prête ?

— Non, miss. Mais j'enverrai quelqu'un se renseigner auprès d'Alice.

Selena était seule. Elle s'attarda à s'examiner dans le miroir et fut encouragée par l'image qu'il lui renvoyait. La nuance de bleu qu'elle portait seyait à son teint et semblait lui redonner l'éclat rosé qu'elle avait perdu à cause de la fatigue. La fleur brodée d'un côté était, eh bien... un peu étrange. Elle espérait que cela n'attirerait pas trop l'attention.

Mais cela lui était égal. Elle devait chercher Rebecca.

Alors qu'elle s'approchait de la chambre de Rebecca, une bonne en sortit, essoufflée.

— Miss. Je venais vous dire que Miss Woodsley n'est pas encore prête. Lady Harrowden attend en bas.

Selena prit une inspiration silencieuse.

— Allez dire à Lady Harrowden que je ferai ce que je peux pour faire accélérer les choses.

Elle était irritée contre elle-même. Elle aurait dû parler avec Alice pour s'assurer que Rebecca commençât à s'habiller tôt, afin qu'elle fût prête à temps. Selena entra dans la pièce et vit que la moitié des cheveux de Rebecca étaient toujours détachés.

Elle regarda la femme de chambre.

— Pourquoi Miss Woodsley n'est-elle toujours pas prête ?

Elle essaya de garder son ton égal, mais sa fatigue rendait presque la chose impossible. Il ne fallait pas faire attendre la comtesse, et il ne serait pas bon non plus d'arriver à la fête longtemps après l'heure à laquelle elles étaient attendues.

Alice perdit un peu de son assurance habituelle pour une servante supérieure, ses doigts vacillant un instant.

— J'avais beaucoup de courses à faire pour préparer la soirée. Et quand nous avons commencé la toilette...

— *Aïe* ! fit Rebecca en retirant la mèche de cheveux des mains de sa femme de chambre. Cela n'a pas d'importance. La fête ne risque pas de commencer si tôt, et nous ne souhaitons pas être en avance. Il n'y a rien de pire que d'être les premières à une fête.

— Nous ne serons probablement pas les premières, dit Selena en regardant l'horloge sur la cheminée. Il est près de huit heures. L'invitation était pour sept heures, vous n'avez pas fini de vous habiller, et nous devons encore faire atteler les chevaux à la voiture avant de pouvoir nous mettre en route. Je vais voir ce dont Lady Harrowden a besoin, mais je vous demande instamment d'être prête le plus rapidement possible.

Selena franchit la porte, en se sentant à la fois tourmentée et irritée. Même si Rebecca pouvait sembler avoir des manières dociles avec des personnes comme la comtesse et Mrs. Holbeck, elle n'était pas vraiment conciliante. Eh bien, au moins Lord Harrowden n'était pas dans sa chambre.

Selena trouva Lady Harrowden assise sur une chaise, la bouche plissée de mécontentement extrême.

— Combien de temps avez-vous l'intention de me faire attendre ? dit-elle.

— Je…

Selena ne put pas terminer sa phrase car Lord Harrowden entra dans la pièce. Il était vêtu d'un manteau neuf rigide avec une écharpe à pois serrée à la gorge et un gilet de couleur rose pompadour, qui semblait choisi pour s'assortir à la robe de Rebecca. Cette tenue colorée était heureusement partiellement dissimulée par une cape, mais elle serait retirée au bal.

— Je vais faire préparer la voiture. Quand pouvons-nous espérer partir ?

Son regard se posa sur la poitrine de Selena, et il la fixa étrangement.

— Qu'y a-t-il sur votre robe ? demanda-t-il.

Tous les préparatifs que Selena avait orchestrés pour partir à l'heure n'avaient soudainement plus d'importance alors que la chaleur lui brûlait les joues. Elle était à la fois très consciente de l'apparence de sa robe et prête à s'enfoncer dans le sol de honte. Si elle ne pouvait même pas quitter sa maison sans recevoir de commentaires sur sa fleur brodée singulière, comment s'en sortirait-elle en arrivant au bal ?

— C'est à la mode à l'endroit d'où je viens, rétorqua Selena.

Elle leva le menton, mais tout l'effet fut gâché par son rougissement qui était intense.

— Eh bien, vous ne venez pas de Londres, où personne ne se ferait prendre à porter cela, dit-il durement. Je suppose que cela n'a pas d'importance pour un bal champêtre. Je vais aller voir les chevaux. Sommes-nous prêts à partir, alors ?

— Ne les préparez pas tout de suite, monseigneur. Miss Woodsley est encore en train de s'habiller, et je crains que ce ne soit long.

Selena se tourna vers la comtesse, qui examinait maintenant de plus près l'étrange dessin sur son corsage.

— Puis-je vous apporter votre verre de sherry, madame ?

La distraction s'avéra suffisante, et Lady Harrowden leva les yeux et hocha la tête.

— Vous pouvez aussi m'en apporter, dit Lord Harrowden.

Selena ferma la bouche et ses lèvres ne furent plus qu'une ligne fine, puis elle alla faire ce qu'il avait demandé. Comme cela l'irritait de servir quelqu'un comme lui. Lorsqu'elle avait pris ce poste, elle était censée n'être que la dame de compagnie de Lady Harrowden. Comment ses devoirs s'étendaient-ils maintenant à Lord Harrowden et à une jeune fille impertinente de seize ans ? Mais que pouvait-elle faire ? Elle était complètement à leur merci.

Alors qu'elle tendait à Lord et à Lady Harrowden leurs verres de sherry, elle décida de monter et de voir comment elle pourrait presser Rebecca. L'idée de gravir à nouveau les marches était épuisante, mais elle devait s'y résoudre.

— Madame, je vais...

Au grand choc de Selena, la porte s'ouvrit et Rebecca la franchit, sa toilette achevée en ce qui ne pouvait être décrit que comme un temps record. Ses cheveux étaient si élégamment coiffés que, combinés à la nature de sa robe qui dévoilait sa peau, elle avait l'air plus âgée qu'une femme qui aurait déjà participé à plusieurs saisons. Selena regarda Rebecca avec appréhension, mais elle fut épargnée d'avoir à parler.

— Qu'est-ce que vous portez, ma fille ? Pourquoi ne portez-vous pas la robe que j'ai choisie pour vous ? demanda Lady Harrowden en postillonnant.

Selena se tourna pour regarder Lady Harrowden. Ce n'était donc pas la robe que la comtesse avait approuvée. Lady Harrowden transperça Selena d'un regard furieux.

— Pourquoi ne vous êtes-vous pas assurée qu'elle portait la robe que j'avais choisie ? Elle est nue dans cette robe.

— Madame, je...

Selena ne pouvait pas aller plus loin.

— Je l'ai choisie pour elle, déclara Lord Harrowden. Vous ne savez pas ce qu'est la dernière mode, mais je reviens tout juste de plusieurs années passées à Londres. Avec quelques conseils de ma part, Miss Woodsley sera à la hauteur. Vous verrez.

— Vous, railla Lady Harrowden, vous êtes habillé de manière vulgaire. Et vous faites passer ma pupille pour une femme de petite vertu. Rebecca, montez et choisissez un spencer pour couvrir ce corsage. Nous n'avons pas le temps pour autre chose.

Des larmes jaillirent immédiatement des yeux de Rebecca et elle tapa du pied.

— Non !

Selena ne pouvait que regarder le drame se dérouler devant ses yeux avec horreur.

— Allez, ordonna Lady Harrowden. Ou vous resterez tous à la maison.

La poitrine de Rebecca se souleva, alors qu'elle pesait ses options pendant ce qui semblait un temps interminable. Et finalement, elle s'enfuit de la pièce.

CHAPITRE QUATORZE

Après avoir déposé son phaéton chez le garçon d'écurie de Holbeck, Lucius se dirigea vers la maison, vêtu de sa plus belle tenue de soirée. Le fait qu'il fût en avance n'échappa pas à sa sœur.

— Lucius ! s'exclama-t-elle. Peut-être que nous ne devons pas perdre espoir te concernant. Je vois que tes affections familiales t'amènent ici, et j'en suis ravie.

— Oui, je suppose que si je dois être ici, autant me rendre utile. Où sont Philippa et George ?

Il fouilla la pièce du regard, ostensiblement à leur recherche, mais espérant apercevoir Miss Lockhart. Il était impatient de la voir après que sa visite à Harrowden, il y a deux jours, n'avait produit rien de mieux qu'une altercation avec Miss Woodsley.

— Je ne les ai pas vus depuis une heure, dit Maria.

Lucius étudia sa sœur de plus près. Elle avait l'air tourmentée.

— Je ne peux que croire que Philippa soit finalement en train de s'habiller après avoir débattu pendant un temps infini pour savoir laquelle des deux robes de bal elle devrait porter alors que nous nous étions décidées pour la rose, déclara Maria. George s'intéressait beaucoup à la mise en place des tables de cartes, ce qui est préoccupant, poursuivit-elle en lançant à Lucius un regard inquiet. Tu ne connais pas l'état de sa rente trimestrielle, n'est-ce pas ?

— Je sais que cela a été payé, et ne le sera plus avant la fin du trimestre. Il devra faire attention, ou il vivra frugalement, répondit Lucius.

Maria pinça les lèvres.

— Oui, et je crains qu'il ne vive frugalement ici, car il ne peut pas supporter de vivre avec Mère qui le gâte à chaque instant, et tu refuses de trop t'impliquer dans son éducation, dit-elle en regardant Lucius et en fronçant les sourcils. Pourquoi n'a-t-il pas plus de bon sens ? Je ne peux pas l'expliquer. Je sais que je n'en manque pas.

Non, mais tu manques d'imagination, pensa Lucius, ce qui était presque un plus grand défaut.

— George finira par prendre un autre chemin, dit-il.

Et il ouvrit la porte pour qu'elle pût le précéder dans le salon. Des serviteurs installaient des rafraîchissements sur de longues tables drapées de nappes blanches et allumaient les bougies des lustres. La lueur des bougies qui se reflétait sur les carreaux créait une lumière chaleureuse. George entra, particulièrement fringant dans un manteau discret et bien ajusté et une culotte fine et pâle.

— Ce manteau est très beau, George. Où l'as-tu fait fabriquer ?

Lucius n'avait pas fait preuve d'un aussi bon goût lorsqu'il avait l'âge de George. En fait, il ne se montrait toujours pas à son avantage à côté de son jeune frère. Il ne se souciait pas assez de son apparence pour porter quoi que ce fût d'inconfortable.

— Celui-ci ? dit George. Je l'ai fait confectionner par un tailleur d'Oxford. Il est réputé pour être aussi bon que Schultz. Et j'ai appris à nouer l'ornement, dit-il en levant le menton pour montrer sa cravate parfaitement nouée. Comme tu peux le voir, j'ai tout à fait la main. Il ne m'a fallu que trois essais, termina-t-il en souriant.

— Si seulement tu avais la même habileté avec le bétail, dit Lucius.

— Je ne suis tombé qu'une seule fois, et tu refuses de l'oublier, protesta George en riant.

Maria s'approcha d'eux en se tordant les mains.

— Les invités vont bientôt arriver, et ceux qui séjournent ici sont déjà descendus. Est-ce que l'un de vous peut aller trouver Philippa ?

— Pas moi, répondit George. J'ai promis d'aller chercher les cartes et les dés qui sont dans ma chambre.

Il s'éloigna d'un pas rapide sans un regard en arrière.

Maria regardait Lucius dans l'expectative, et il expira.

— Je vais chercher Philippa. Je suppose qu'elle est dans la chambre jaune ?

Maria hocha la tête, ses yeux s'agrandissant quand elle entendit le bruit sourd du heurtoir de la porte d'entrée.

— Dépêche-toi ! Elle devrait se tenir dans la ligne de réception avec moi, et... oh, Charles. Vous voilà. Lucius va chercher Philippa. Vous et moi devons...

Holbeck se dirigeait vers sa femme, l'expression déterminée.

— Maria, je viens de voir Downing. Qu'est-ce qui vous a amenée à l'inviter...

Maria soupira d'exaspération.

— Il connaît Mr. Gregson de Londres. Regardez, Lucius est là.

Holbeck prit conscience de ce qui l'entourait et hocha la tête avec raideur.

— Bonsoir, Lucius.

Il prit sa femme par le coude et la conduisit à l'entrée, et Lucius partit à la recherche de sa sœur cadette.

Philippa sortait de sa chambre quand Lucius tourna dans le couloir à l'étage où se trouvait sa chambre. Elle s'arrêta net et prit un air coupable.

— Suis-je en retard ? J'allais tout juste descendre.

— Oui. Maria te demande. Les gens arrivent déjà, dit Lucius

en se penchant et en l'embrassant sur la joue. Tu es très belle pour ton premier bal.

Philippa rougit.

—Est-ce que tu le penses vraiment ? J'ai eu beaucoup de mal à choisir entre mes deux robes.

— Oui, Maria me l'a dit.

— Je sais que cela était ennuyeux pour elle, mais je ne pouvais pas m'en empêcher, déclara Philippa. Elle a clairement oublié ce que c'était que d'assister à son premier bal.

— Sans aucun doute. Apparemment, cela est un effet de l'âge, répondit Lucius, en faisant rire Philippa.

Il la prit par le coude et la fit descendre les escaliers.

— Viens, dit-il. Si je ne t'amène pas en toute hâte à Maria, l'on ne sait pas ce qu'elle fera. Entre George et toi, elle est contrariée.

Philippa ouvrit la bouche pour répliquer alors qu'ils approchaient de l'entrée principale, mais Lucius fut trop rapide.

— Maria, elle était juste en train de descendre, dit-il, avant de quitter Philippa avec un petit clin d'œil.

S'il pouvait échapper à la longue explication de Philippa sur l'injustice de Maria, sa soirée se révélerait déjà quelque peu réussie.

Lucius se fondit dans la foule des invités qui se mêlaient dans la pièce latérale consacrée aux tables de jeu. Aux côtés de George se tenait un autre gentleman à peu près de l'âge de Lucius luimême. Il n'était pas du coin, et bien qu'ils ne se fussent pas rencontrés à Londres, il était assez évident, d'après le léger ricanement et la qualité de sa confection, qu'il côtoyait les meilleurs cercles.

— Voici l'invité de Maria et Charles, Mr. Downing, dit George. Il vient de Londres pour Noël et il vient d'arriver.

Lucius le salua d'un hochement de tête.

— Comment étaient les routes ?

Alors, c'est le camarade que Holbeck trouve répréhensible ? Je me demande bien pourquoi.

— Elles étaient praticables partout sauf le long de cette étendue de bois à travers Hatfield, déclara Downing. L'aubergiste de Bear's Tooth Inn à Welwyn a dit que je devrais pouvoir passer, alors nous avons essayé. Votre sœur a promis un bal des plus délicieux si je pouvais m'arranger pour être ici à l'heure, et je me suis souvenu que Gregson, qui est un de mes amis proches, était de la région. Je lui ai écrit pour lui faire savoir que je serai ici.

Par politesse, Lucius demanda :

— Connaissez-vous les Holbeck depuis longtemps ?

— Depuis quelques années, répondit Downing, tout aussi poliment. Nous partageons des relations politiques.

Les deux hommes se tournèrent pour regarder l'entrée où les gentlemen nouvellement arrivés affluaient dans le salon de cartes.

— Le salon de cartes se remplit aussi vite que la salle de bal, dit Lucius en laissant échapper un petit rire.

Les plans de Maria pourraient être déjoués par l'amour de son propre mari pour les dés si tous les célibataires éligibles étaient aux tables de jeu.

— Je me demande si nous pourrons encourager les hommes à le quitter, poursuivit-il.

— J'ai promis à Maria que je danserai, déclara George en levant les yeux au ciel. Je devrais le faire, je suppose, mais je préfère être ici.

Un sentiment que Lucius partageait, même s'il se retrouvait fréquemment à regarder dans la salle de bal pour chercher Miss Lockhart. Il ne dansait généralement que par devoir, mais il se demandait ce que ce serait de l'avoir dans ses bras. Sa taille était petite, et sa main s'ajusterait bien sur elle.

Downing avala le contenu de son verre.

— Pas de danse pour moi. Je préfère largement les cartes. Il y a moins de risque, dit-il en ricanant. Une fois, j'ai failli me retrouver empêtré, et depuis lors j'ai évité. J'ai assez d'argent et de maîtresses pour ne pas me retrouver pris dans la souricière du curé.

George leva les yeux après avoir touché son jeu de cartes intact et rencontra le regard de Lucius. Ses yeux étaient emplis de moquerie, ce qui réconforta Lucius. Si son frère n'aimait pas les manières de Downing, il y avait encore de l'espoir pour lui.

George tourna son attention vers Downing, en faisant l'ingénu.

— Est-ce donc ainsi, monsieur ? Dites-moi, quelle quantité de maîtresses est suffisante ? Je suis curieux.

Lucius se retourna avant qu'il ne pût se trahir en riant. En quittant le salon de cartes, il se promena dans la salle de bal alors que les invités commençaient à affluer. Il se sentait un peu étrange, ce n'était pas son genre d'être si fébrile. Plusieurs jeunes femmes le regardaient avec espoir, et il savait que s'il ne trouvait pas rapidement une occupation, on s'attendrait à ce qu'il fît la cour à plusieurs d'entre elles.

De l'autre côté de la salle de bal, Miss Lockhart franchit la double porte, en le coupant dans son élan. Elle tenait Lady Harrowden par le coude et se retourna pour dire quelques mots à Miss Woodsley. Les tons bleus de la robe de Miss Lockhart étaient à la mode et mettaient en valeur sa peau laiteuse à la perfection. Ses cheveux étaient torsadés dans un style élégant avec des tresses qui s'entrecroisaient et de minuscules fleurs blanches qui traversaient le chignon, qu'il vit lorsqu'elle se tourna. Sa robe moulait sa silhouette élancée, et les manches courtes ne révélaient qu'un soupçon de cette peau soyeuse au-dessus de ses longs gants. Il ferma les yeux, en se demandant s'il avait été ensorcelé. En cet instant, Lucius pensa qu'il n'avait jamais posé les yeux sur une femme plus désirable.

Miss Lockhart ne l'avait pas vu et elle ne cherchait personne dans la pièce. Elle baissait la tête pour écouter Lady Harrowden. *Elle ne me cherche pas.*

Il fit un pas en avant et remarqua qu'elle ne souriait pas. Miss

Woodsley avait-elle été ennuyeuse ? Ou peut-être était-ce Lady Harrowden qui lui avait causé du chagrin ? Son regard se posa sur Lord Harrowden, debout derrière la comtesse, qui engageait maintenant Miss Woodsley dans ce qui ressemblait à un flirt. Très probablement, *il* était la source d'embarras, s'il y en avait.

Lucius savait qu'il était de son devoir de saluer les Harrowden, mais il était réticent à l'idée de le faire, en préférant avoir une conversation avec Miss Lockhart seule. Il accepta un verre de punch d'un domestique qui passait avec un plateau et regarda Miss Lockhart, prêt à intervenir si elle devait être libérée de la conversation dans laquelle elle était avec ceux qui l'entouraient.

SELENA TOMBAIT de fatigue et la soirée n'avait pas encore commencé. Il y avait des bougies à chaque fenêtre de la résidence Holbeck à leur arrivée, ce qui faisait que, aussi grandiose fût-elle, elle ressemblait à une maison de conte de fées. À l'intérieur, de la verdure avait été enroulée le long des balustrades, et elle parfumait la maison d'une odeur de fête, en se mêlant aux diverses eaux de Cologne des invités venant du froid, et aux épices alléchantes qui flottaient alors que les serviteurs apportaient des plateaux de la cuisine. Il y avait une variété de plats répartis sur certaines tables et des bols de punch sur d'autres. Alors que les gens défilaient devant Selena, les hommes plus âgés portant des vestes de soie aux couleurs vives, les hommes plus jeunes aux couleurs plus discrètes et les femmes ornées de leurs plus belles parures, elle pensait que Londres ne pouvait pas se vanter d'une fête plus extravagante.

Elle se tourna impulsivement pour dire cela à Lady Harrowden mais vit que la comtesse semblait submergée par le bruit et la foule. Lord Harrowden était penché vers Rebecca, son visage illuminé et amusé par une plaisanterie qu'il lui chuchotait intimement à l'oreille.

Selena prit la comtesse par le coude.

— Madame, laissez-moi vous amener dans le coin où il doit y avoir un peu plus d'air. Rebecca, pourquoi ne nous suivriez-vous pas ?

Au lieu de répondre, Rebecca sourit à Lord Harrowden.

— Cela ne dérangera personne si vous m'emmenez boire une limonade, n'est-ce pas ? dit-elle avant de regarder Selena. Cela pourrait difficilement être inapproprié puisque nous sommes presque comme des cousins.

Selena ouvrit la bouche pour objecter, mais Lord Harrowden lui fit un sourire narquois et s'éloigna avec Rebecca à son bras. Elle se tourna pour voir si Lady Harrowden avait remarqué ce qui s'était passé, mais l'attention de la comtesse était portée sur les musiciens qui s'installaient.

Cela ne convenait pas de laisser Rebecca s'éloigner d'une manière aussi entêtée et aguicheuse, mais Selena ne pouvait pas vraiment laisser Lady Harrowden sans assistance. Elle n'aurait qu'à l'installer sur une chaise, puis suivre Rebecca et la ramener de force. Cela devenait ridicule. Non seulement la jeune fille allait se déshonorer, mais Selena n'obtiendrait plus jamais un autre poste. Tout le monde verrait combien elle était mal armée pour inculquer à son élève l'éducation la plus élémentaire en matière de bienséance.

Lady Harrowden permit à Selena de la conduire jusqu'au coin balayé par un courant d'air frais. Une femme plus âgée était assise là, que Lady Harrowden salua avec un réel plaisir.

Selena pensait que c'était le moment propice pour s'éclipser et aller récupérer son élève.

— Madame, je crois que je devrais chercher Rebecca et garder un œil sur elle. Me permettrez-vous de rester près d'elle si je viens vous voir régulièrement pour voir si vous avez besoin de quelque chose ?

Lady Harrowden agita la main.

— Oui, allez-y.

Selena traversa d'un pas rapide la pièce de plus en plus bondée jusqu'à l'endroit où se trouvait Rebecca. À mi-chemin de l'autre côté de la piste de danse, elle aperçut Sir Lucius, et son souffle se bloqua dans sa gorge. Si celui-ci était beau même lorsqu'il était habillé de façon négligée, lorsqu'il était vêtu pour une sortie officielle, Sir Lucius était sans pareille. Sa tête était baissée, en révélant des cheveux noirs ondulés, et il se tenait très près d'une jeune femme qui tournait le dos à Selena avec qui il conversait. À cette vue, elle ressentit une sorte de pincement qui ressemblait beaucoup à de la jalousie. *Tu es une idiote ! Comme si tu avais une chance avec Sir Lucius. Et puis, tu es ici en tant que dame de compagnie, pas en tant qu'invitée.*

La femme montra son profil et les lèvres de Selena formèrent un sourire comme si elles l'avaient fait de leur propre gré. C'était Philippa ! Ce n'était pas une autre prétendante à la recherche son attention, c'était sa sœur. Sir Lucius leva les yeux à ce moment et aperçut le sourire de Selena. Il la regarda droit dans les yeux en souriant en retour, et s'inclina légèrement, puis se pencha en arrière pour écouter l'histoire intéressante que Philippa lui racontait à l'oreille. Quelques secondes plus tard, il jeta un nouveau coup d'œil à Selena. Elle se retourna rapidement pour cacher l'éclair de joie que lui provoqua ce second regard.

Selena alla voir Rebecca, qui jouait de tous ses charmes sous l'attention d'un jeune homme impeccablement vêtu. Son manteau était couleur bordeaux et sa culotte crème laissait voir des cuisses musclées. Ses boucles blondes semblaient être balayées par le vent mais ne bougeaient pas quand sa tête se mouvait. Un dandy de la société mondaine par excellence. Selena regarda autour d'elle avec confusion. *Où Lord Harrowden était-il allé ? Et comment pouvait-il laisser Rebecca seule ?*

Elle s'avança pour se mettre devant eux.

— Bonsoir monsieur. Je crains que Miss Woodsley ne soit recherchée ailleurs.

Le dandy s'inclina et Selena écarta Rebecca avec une légère

pression sur son bras, mais elles n'avaient fait que quelques pas quand Rebecca tendit les mains dans une direction différente. Lord Harrowden se dirigeait vers elles, en tenant une coupe de champagne.

— C'est pour vous fortifier pour notre danse, dit-il en tendant le verre.

Selena leva la main en signe de protestation.

— Monseigneur, je souhaite que vous ne laissiez pas Miss Woodsley seule à la merci d'hommes étrangers. Et que vous ne pensiez pas qu'il est permis qu'elle boive du champagne.

— Ah, mais je l'ai confiée à Gregson, un de mes amis du voisinage. Je savais qu'il prendrait bien soin d'elle.

Il se tourna vers Rebecca et lui demanda :

— Et n'a-t-il pas fait cela ?

Rebecca gloussa.

— Il était très prévenant. Je lui ai promis une danse plus tard.

— Vous n'auriez vraiment pas dû... commença Selena.

Lord Harrowden plaça le bras de Rebecca à son coude.

— Alors, vous voyez, Miss Lockhart. Tout va bien. Et maintenant, Miss Woodsley et moi allons faire le tour de la salle.

Il avala le champagne d'une seule gorgée et posa son verre sur le plateau d'un domestique qui passait avant de la conduire vers un groupe de gentlemen, où il présenta Rebecca.

Selena ne voyait pas comment elle pourrait empêcher son élève de se montrer comme une séductrice des plus déterminées, et sa fatigue après une nuit blanche et une journée à faire des courses les unes après les autres la submergeait. Sir Lucius choisit ce moment pour traverser la salle.

— Miss Lockhart, je…

Son regard tomba sur la fleur brodée sur son corsage, et ses mots s'estompèrent. Selena ferma les lèvres et rencontra son regard, en sentant la chaleur de la profonde rougeur qui l'envahissait.

— Une nouvelle mode, Miss Lockhart ? demanda Sir Lucius doucement.

Elle leva le menton, même s'il tremblait légèrement.

Son regard s'adoucit quand il vit son expression, et il abandonna son ton taquin.

— Vous avez bien choisi votre couleur, Miss Lockhart. Elle complimente vos joues. Vous êtes vraiment charmante.

Selena ne savait pas comment répondre ou même si elle devait accepter des compliments aussi éloquents de la part de Sir Lucius alors qu'elle n'était qu'une dame de compagnie. Elle se raccrocha à la conversation.

— Votre sœur est très prisée. Apprécie-t-elle son premier bal ? C'est son premier bal, n'est-ce pas ?

— Effectivement, et elle l'apprécie immensément.

Il hocha la tête de satisfaction tandis que sa sœur s'asseyait avec les autres jeunes filles de son âge.

— Et heureusement, je n'ai pas encore eu à chasser quiconque, dit-il en faisant un geste vers l'entrée du salon de cartes. Mon frère George est là-bas. Vous vous êtes rencontrés, n'est-ce pas ? Il a été renvoyé d'Oxford, donc je pense que nous le verrons souvent.

— Je vois, dit-elle, en résistant au sourire que provoquait son ton ironique, un ton qu'elle commençait à trouver étrangement réconfortant.

Ils se tenaient côte à côte, en regardant la foule, et Selena pouvait sentir la chaleur émanant du bras solide de Sir Lucius. Dans le silence apaisant qui suivit, elle eut une occasion de mieux regarder George que lorsqu'ils étaient à l'auberge. Son frère était une version plus mince de Sir Lucius et, avec ses traits plus réguliers, il était objectivement le plus beau des deux. Il était jeune mais avait probablement déjà brisé des cœurs. Pourtant, Selena trouvait la carrure robuste et le visage ridé de Sir Lucius plus attrayants.

Sir Lucius jeta un coup d'œil à Philippa, et son visage prit une expression sévère.

Selena demanda :

— Qu'y a-t-il ?

— Je vois que Gregson a réussi à se frayer un chemin vers ma sœur.

Et Selena vit le même gentleman qui portait un manteau bordeaux, que Lord Harrowden avait choisi pour chaperonner Rebecca. Sir Lucius ne quittait pas des yeux sa sœur.

— Il devrait être mieux avisé, surtout depuis que je l'ai prévenu.

Selena pouvait comprendre son inquiétude.

— Oui, il faisait aussi la cour à Miss Woodsley. Il semble déterminé à flirter avec de jolies jeunes filles.

— Ou des riches, dit Sir Lucius.

— Il peut être plutôt charmeur et obstiné, déclara Selena. Cela ne sera peut-être pas simple pour votre sœur de se refuser à lui. Je sais que Rebecca ne le pourrait pas.

— Miss Woodsley ne semble pas capable de dire non à quoi que ce soit, dit Sir Lucius, en tournant son regard vers Selena, ses yeux lançant un regard amusé auquel elle ne put s'empêcher de répondre.

— Miss Woodsley n'a que seize ans. Peut-être qu'elle est simplement très jeune et inexpérimentée et… répondit Selena en ne croyant pas vraiment ce qu'elle disait. Je crains qu'un succès de cette nature ne lui monte à la tête.

— Philippa n'a que dix-sept ans et pourrait risquer la même chose. Cependant, comme vous le verrez, elle dédaignera bientôt Gregson.

Sir Lucius se tourna vers sa sœur avec un regard rempli d'espoir, mais au lieu de rejeter le prétendant importun, elle riait et rougissait tandis que Gregson prenait un verre sur un plateau qui passait et le lui tendait avec une révérence.

— Diable, marmonna Sir Lucius, en marchant à grands pas vers eux.

Selena se mordit la lèvre et espérait, pour le bien de sa sœur, que cela ne créerait pas une scène qui attirerait l'attention des fouineurs, dont elle avait déjà repéré quelques-uns. Mrs. Holbeck vint se tenir à ses côtés, son regard également fixé sur Philippa.

— Il semble que vous réussissiez à vous divertir bien que vous soyez une dame de compagnie, Miss Lockhart, déclara Mrs. Holbeck. Vous êtes arrivée avec Lord Harrowden, et maintenant je vous vois parler avec mon frère.

Mrs. Holbeck se tourna alors que Rebecca passait à côté d'eux, en riant bruyamment avec Lord Harrowden pendant l'une des danses populaires.

— Je crois que mon frère est à l'étape de sa vie où il cherche une femme. Il ne fait qu'en parler.

Selena ne savait pas quelle réponse était attendue, alors elle resta silencieuse. Mrs. Holbeck lui fit directement face, en forçant Selena à croiser son regard.

— Je crois que vous feriez bien de passer moins de temps en compagnie de mon frère et plus de temps à éduquer votre pupille. Il est d'une nature trop gentille pour vous faire savoir qu'il ne s'intéresse pas à vous.

Elle ne pouvait pas laisser Mrs. Holbeck continuer ses insinuations selon lesquelles Selena jetait son dévolu sur lui.

— Je peux vous assurer que je ne cherche pas à susciter son intérêt.

Mrs. Holbeck continua comme si Selena n'avait pas parlé. Son regard était rivé sur Rebecca alors qu'elle changeait de partenaire et exécutait parfaitement un mouvement sur la piste de danse.

— Je crois que Lucius a arrêté son choix sur quelqu'un qui a plus à offrir.

Selena tourna également son regard vers Rebecca. Elle avait l'air très adulte et séduisante. Si les gens ne savaient pas de quoi elle était capable, elle pouvait comprendre son attrait. Mais Sir Lucius le savait !

Mrs. Holbeck se retourna et posa sa main sur le bras de Selena.

— Faites ce pour quoi vous êtes venue et continuez à enseigner la bienséance à Miss Woodsley, qui a encore beaucoup à apprendre. Si vous le faites, je veillerai à ce que vous obteniez une bonne recommandation lorsque vous quitterez Woolmer Green.

Elle tapota le bras de Selena et lui fit un sourire condescendant avant de partir.

CHAPITRE QUINZE

Selena serra les dents et essaya de contrôler sa respiration pour cacher la montée de rage qui l'avait envahie. Elle se dirigea aveuglément vers le salon de repos, en espérant quelques instants de paix après le sermon humiliant qu'elle avait reçu de Mrs. Holbeck, qui pensait apparemment que Selena était au bal avec l'intention de décrocher le plus grand prix matrimonial que le comté avait à offrir. *Ah !* Comme si la vie ne lui avait pas mieux appris que cela. Elle ne serait plus aussi stupide.

Ce qui était particulièrement affligeant, c'était le fait qu'il y eût un grain de vérité dans les insinuations de Mrs. Holbeck. Selena trouvait Sir Lucius attirant, et elle aimait comment elle se sentait en sa présence, à la fois apaisée et… et vivante, si une telle chose était possible.

Elle aimait le pli au milieu de son front et la sévérité de sa bouche, qui correspondaient si bien à son caractère sardonique. Et elle aimait son ironie, surtout quand il la faisait participer à la plaisanterie. Même son ancien fiancé n'avait pas assez respecté son intelligence pour faire cela. Elle aimait les cheveux raides de Lucius, dont la couleur était d'un brun foncé si brillant qu'ils semblaient contenir des reflets argentés. Par-dessus tout, Selena aimait son sourire lorsqu'il illuminait soudainement son visage. Cela n'aurait pas dû convenir à un homme aussi cynique, mais au lieu de cela, cela l'attirait comme une lueur vers le bonheur.

Et pour une raison inexplicable, Sir Lucius semblait se soucier d'elle. Il ne perdait aucune occasion de la chercher, et elle se sentait protégée et chérie quand il était proche. C'était peut-être le pire de tout cela. Cela l'avait amenée à espérer.

— Où est-ce que cette fille s'est enfuie ?

La voix de Lady Harrowden à proximité tira Selena de ses pensées et l'arrêta net sur le chemin du salon de repos. Elle avait tout oublié de Lady Harrowden dans sa détresse et s'estimait maintenant chanceuse que la comtesse semblât penser qu'elle avait marché par ici avec l'intention de retourner à ses côtés.

Lorsque la question de Lady Harrowden s'infiltra dans son esprit, Selena s'immobilisa et elle prit conscience de ce qui l'entourait. Elle avait aussi complètement oublié Rebecca. Elle fouilla la pièce avec une respiration accélérée. À quel mauvais tour la jeune fille aurait-elle pu se livrer en si peu de temps ?

Selena fit un signe de tête vers la piste de danse.

— Ah. Elle est là, madame. Elle danse avec Mr. Gregson, semble-t-il. Bien que je lui aie dit de ne pas le faire.

Après une brève pause pendant laquelle Lady Harrowden regarda le couple sans répondre, Selena prit la chaise vide à ses côtés et décida d'être directe. Elle pourrait peut-être recevoir de l'aide.

— Rebecca n'est pas très docile. En fait, je crains qu'elle ne puisse pas être forcée à faire quelque chose qu'elle ne veut pas faire, bien qu'elle n'ait que seize ans. J'espère que nous n'ayons pas à craindre qu'elle fasse quelque chose de scandaleux.

— Je devrais certainement espérer que non, dit Lady Harrowden en reculant avec un regard tranchant à l'attention de Selena. C'est pour cela qu'elle a une préceptrice pour veiller sur elle. Il est de votre responsabilité de vous assurer qu'il n'arrive rien de fâcheux. Cela ne devrait pas être si difficile. Vous êtes son aînée de plusieurs années, après tout.

Selena gardait les yeux rivés sur Rebecca pendant qu'elle dansait, tout en menant une conversation animée et aguicheuse. Eh bien, ce serait la dernière fois qu'elle essaierait d'être honnête. Cependant, elle n'était pas sûre de pouvoir continuer à se taire après avoir été houspillée plusieurs fois de cette manière. Pouvait-on tout simplement quitter un poste parce qu'il était trop astreignant ? Selena devait admettre la vérité pure et simple. Non. On ne pouvait pas, pas quand on était aussi pauvre que Selena.

Une autre dame s'approcha de la comtesse pour lui parler, et Selena se leva.

— Je vais m'occuper de Rebecca, madame.

Elle traversait la foule lorsqu'elle sentit une main sur son bras. Selena leva les yeux et fut submergée de soulagement, puis de culpabilité, à cause de Mrs. Holbeck, en voyant Sir Lucius. Non, elle ne pouvait pas le considérer comme rassurant. Elle ne pouvait pas du tout penser à lui. Il était au-dessus d'elle en termes de rang et de richesse, et elle pouvait tout aussi bien être une servante de cuisine au regard du peu de chance qu'elle avait de gagner son estime. Selena tenta un sourire, qui était peiné, et Sir Lucius l'étudia attentivement avec un léger froncement de sourcils.

— J'allais essayer de trouver Miss Woodsley avant le début de la prochaine série de danses, expliqua Selena. Elle danse avec Mr. Gregson, bien que je lui aie déconseillé de se conduire ainsi et que je l'aie même éloignée de lui.

— Cette gamine est difficile, dit Sir Lucius, ses yeux scrutant toujours son visage comme s'il y décelait plus que cela.

Sir Lucius jeta un coup d'œil dans la direction de Rebecca et continua :

— Apparemment, ils sont deux à être déterminés à ignorer les conseils parce que j'ai eu une conversation similaire avec Gregson. Venez, je vous accompagne.

Sir Lucius prit la main de Selena et la posa sur son bras.

Même si Selena essayait de ne pas être affectée par son attention, c'était une chose agréable de ne pas avoir à exhorter, seule, une jeune fille idiote à revenir à la raison, en particulier une jeune fille déterminée à ne pas écouter. La musique s'arrêta lorsqu'ils atteignirent le couple.

Sir Lucius posa sa main sur l'épaule de Gregson.

— Vous avez la mémoire courte.

Gregson se retourna.

— Quoi ? demanda-t-il avant de finir par comprendre. Non, vraiment, Sir Lucius. C'est trop. Je ne pensais pas que votre désapprobation s'étendait jusqu'au fait de danser avec toutes les jouvencelles du bal.

— C'est le cas si Miss Lockhart n'accepte pas un tel agissement, dit Sir Lucius en se tournant vers Rebecca. Je vous recommande de suivre son exemple et de ne pas contrecarrer son autorité à chaque opportunité.

Rebecca fronça les sourcils et Selena se demanda si, peut-être, la magie du charme de Sir Lucius avait agi sur la jeune fille. Ce serait plus que ce qu'elle aurait pu espérer. Selena se retourna alors que le frère de Sir Lucius rejoignait leur groupe.

George s'inclina devant Selena et Rebecca, puis se tourna vers Mr. Gregson.

— Je crois que quelqu'un vous attend dans le salon de cartes pour le jeu que vous avez promis.

Il sourit à Rebecca et ajouta :

— Si la danse est terminée.

Elle lui rendit son sourire, son air renfrogné magiquement effacé, et Sir Lucius échangea un regard plein de méfiance avec Selena.

En se tournant vers Mr. Gregson, George dit :

— Je comprends l'attrait d'une telle partenaire, mais Downing a dit qu'il vous attendait depuis assez longtemps.

Mr. Gregson rit, mais le sang de Selena s'était transformé en glace.

— Mr. Downing ? demanda-t-elle, sa voix n'étant guère plus qu'un murmure.

Mr. Gregson l'entendit et se détourna de George avec un sourire toujours aux lèvres.

— Matthieu Downing. Un ami de Londres que j'ai eu le plaisir de rencontrer ici. Est-ce-que vous le connaissez ?

Il l'étudia curieusement, et Selena ne put entièrement cacher sa consternation, même si elle essayait de faire tous les efforts possibles.

— Je ne sais pas. Je ne pense pas, déclara-t-elle.

Les yeux de Sir Lucius étaient rivés sur elle, et bien qu'elle n'osât pas croiser son regard, elle pouvait sentir sa curiosité. Pour une fois, elle ne voulait pas de son regard bienveillant. Elle ne voulait pas que cela se transformât en pitié ou en dégoût, car des fiançailles étaient rarement rompues sans motif valable.

George et Mr. Gregson se dirigèrent vers le salon de cartes, en laissant Selena seule avec Rebecca et Sir Lucius.

— Avec qui vais-je danser maintenant ? dit Rebecca. Vous avez écarté tous mes partenaires de danse. C'est très injuste.

Philippa traversa l'entrée principale au bras de Lord Harrowden, et Selena jeta un coup d'œil à Sir Lucius à temps pour voir sa mâchoire se serrer. C'était une autre rencontre qu'il n'accepterait pas pour sa sœur, et comme elle ne le savait que trop bien, il avait raison de ne pas le faire.

— Voilà Lord Harrowden, dit Rebecca en se tenant sur la pointe des pieds. Peut-être qu'il m'invitera à danser. Vous ne pouvez certainement pas vous y opposer, puisqu'il est le neveu de ma tutrice.

Rebecca était sur le point d'aller voir le comte lorsque Selena posa une main sur son bras. Elle devait faire de son mieux pour inculquer un certain sens du décorum tant qu'elle le pouvait. Alors qu'elle avait encore un poste.

— Ne voyez-vous pas que Lord Harrowden marche avec une autre dame ? Vous ne pouvez pas interrompre sa conversation. Vous devez attendre qu'il s'approche de vous, dit Selena avec autant d'autorité qu'elle en possédait, mais apparemment Rebecca y restait insensible.

— C'est pour cela que vous êtes toujours célibataire. Vous ne prenez aucun risque, répondit-elle.

Rebecca était sur le point s'en aller, mais les mots de Sir Lucius avaient la capacité de la faire s'arrêter.

— Et vous, ma chère enfant, vous serez rapidement connue du monde entier comme étant définitivement perdue. Pour le moment, seuls Miss Lockhart et moi-même sommes conscients de l'étendue de votre folie, et le fait que nous l'ayons gardée pour nous est une forme de gentillesse que vous ne méritez pas. Cependant, si vous continuez sur ce chemin, même nous, nous ne pourrons pas vous sauver de vous-même. Votre morale sera tellement pervertie que vous ne pourrez pas vous montrer au sein de la société mondaine. Personne ne vous accueillera. Faites-moi confiance là-dessus.

Sir Lucius avait prononcé ces mots à son oreille de manière calme, mais il n'y avait aucun doute sur le ton de menace que contenait sa voix.

Il recula et dit :

— Maintenant, je vous prie, toutes les deux, de bien vouloir m'excuser. Je ne souhaite pas que ma sœur reste en compagnie de quelqu'un que je ne peux considérer que comme…

Sir Lucius sembla se reprendre, alors qu'il regardait Rebecca et termina sur un murmure :

— Je vous prie de m'excuser, Miss Lockhart.

Selena le regarda marcher vers sa sœur, retirer doucement sa main du bras de Lord Harrowden et la poser sur la sienne. Il semblait qu'il sauvait une personne après l'autre ce soir. Quel bal ennuyeux ce devait être pour lui. Elle se tourna vers Rebecca, en s'attendant à voir un autre regard déterminé, ou à la voir disparaître complètement, après s'être enfuie vers un gentleman avec qui elle n'avait pas encore eu la chance de flirter. Au lieu de cela, le visage de Rebecca était très rouge et sa lèvre tremblait.

Le regard de Selena s'adoucit. Elle devait se souvenir que Rebecca était encore une très jeune fille.

— Venez. Marchons jusqu'à la fenêtre et allons prendre l'air.

Elle passa son bras sous celui de Rebecca, et alors qu'elles traversaient la pièce, Selena scruta la foule, en craignant de voir un visage qui la bouleverserait plus que tout autre. La foule se mélangea, et elle ne fut plus capable de distinguer des traits reconnaissables.

Elle conduisit Rebecca jusqu'à l'alcôve où elle savait qu'elles seraient revigorées par l'air frais qui passait par le rebord de la fenêtre, et où Mr. Downing ne pourrait pas la trouver. Cela semblait incroyable qu'il fût là, et elle ne pouvait qu'espérer avoir mal compris. Derrière le rideau, Selena eut la chance de pouvoir calmer ses pensées agitées et de mieux cacher ses émotions.

— Est-ce que ce qu'il a dit est vrai ? demanda Rebecca, sa voix pénétrant la pénombre. Pourrais-je perdre ma place dans la société mondaine et ne plus être reçue par quiconque ?

Selena ouvrit son éventail et rafraîchit Rebecca. Ce n'étaient pas seulement les émotions de Selena qui avaient été bouleversées. Cependant, les paroles de Rebecca lui apportèrent de l'espoir. Peut-être que la jeune fille possédait vraiment une capacité à réfléchir aux conséquences de ses actes.

— En l'espace d'une seconde, l'avertit Selena. Une réputation est une chose fragile dans la société mondaine, et une fois perdue aux yeux du beau monde, elle ne peut pas être retrouvée. C'est pour cela que je vous ai exhortée à être plus circonspecte dans vos relations avec les gentlemen. Il y a un certain protocole qu'une jeune femme doit suivre, et je sais que, quelque part au fond de vous, vous devez le savoir.

— Je ne le sais pas, protesta Rebecca. Margaret Shirly du séminaire Paisley m'a dit que sans avoir de la naissance, seule ma fortune réussirait à me faire gagner un mari, et quel malheur ce serait de ne jamais pouvoir dire si un homme m'aimait vraiment ou si c'était ma fortune qu'il voulait. Elle m'a dit que la seule façon de savoir avec certitude était de choisir l'homme avec lequel je souhaitais me marier et de le faire tomber amoureux de moi, ce que j'ai décidé de faire.

— Elle a tort, dit gentiment Selena, en se demandant si Margaret Shirly était aussi ignorante que Selena, ou s'il s'agissait d'un complot vicieux visant à ruiner son caractère faible. Le meilleur chemin est de se laisser guider par ceux qui ont plus d'expérience et de nous laisser chasser les coureurs de dot. Mais d'abord, nous avons du travail à faire pour vous enseigner les règles de bienséance et les devoirs d'une dame du monde. Nous pourrons peut-être commencer à travailler là-dessus demain.

Rebecca renifla et s'essuya les yeux. Selena n'avait pas vu les larmes couler dans la pénombre.

— Je préfère vraiment Sir Lucius aux autres depuis que je l'ai vu à Brighton, en train de marcher avec sa mère sur la Steyne. Toutes les dames présentes voulaient lui parler, et il était poli, mais il ne favorisait jamais une femme plutôt qu'une autre. Je pensais que Sir Lucius pourrait me préférer. Pensez-vous qu'il s'intéresserait à moi si je me comportais plus convenablement ?

Le cœur de Selena battit douloureusement à cette pensée. Elle ne voulait pas répondre, mais elle avait la responsabilité de voir Rebecca mariée de manière honorable.

— Je ne sais pas, mais je ne pense pas que ce soit impossible. Si vous changez vraiment, Rebecca, vraiment au plus profond de votre cœur, tout peut arriver.

Même si elle n'avait pas été autant épuisée, il ne fallait pas grand-chose de plus pour sceller la fin de l'une des journées les plus déprimantes de Selena. Et puis il y avait la menace qui rôdait. Matthieu Downing. Il ne pouvait certainement pas être ici. Et même si c'était lui... la petite quantité qu'elle avait mangée pour le dîner restait comme du plomb dans l'estomac de Selena... il y avait encore de l'espoir que leurs chemins ne se croisassent pas. Elle était, pour le moment, bien cachée derrière le rideau d'une alcôve.

Selena se demandait comment elle pourrait convaincre Lady Harrowden et Rebecca de partir tout de suite. Son esprit réfléchit aux possibilités et n'en trouva aucune qui fonctionnerait sans tout dire à Lady Harrowden. Mais il y avait sûrement assez de monde pour empêcher leurs chemins de se croiser. Et George avait dit que Matthew ne quitterait pas le salon de cartes... Selena prit une décision. Elle devrait s'asseoir dans le coin à côté de la comtesse. Ce serait assez sûr.

— Devrions-nous y all...

Ses paroles furent interrompues par un cri perçant et un mouvement à côté d'elle si frénétique que Selena ne put imaginer ce qui était arrivé à Rebecca. Plusieurs cris retentirent, et Selena essaya de comprendre ce qui se passait dans l'obscurité. Soudain, sa vision fut inondée de lumière. Rebecca avait déchiré le rideau et avait trébuché au travers de celui-ci, et sa robe était restée accrochée et se retrouvait soulevée, et elle criait et hurlait de panique.

Selena se ressaisit.

— Calmez-vous, exhorta-t-elle aussi doucement que possible.

La musique s'était arrêtée et toute la salle de bal était figée alors que Rebecca continuait de crier.

— Chut ! dit Selena. Arrêtez cela. Que se passe-t-il ?

— Ooooh. Il y a quelque chose qui me griffe. Quelque chose m'a mordue. Regardez. J'ai une égratignure. Il y a un démon.

Un mouvement attira le coin de l'œil de Selena, et elle regarda une souris se précipiter hors de l'alcôve le long du mur. Si Selena espérait éviter davantage de scandale, Rebecca ne devait pas le savoir pour ne pas être plongée dans une plus grande panique.

— Rebecca, cela suffit ! Vous devez vous calmer, adjura-t-elle.

LORSQUE LUCIUS EUT MIS un peu de distance entre Philippa et Lord Harrowden, il commença à la réprimander.

— N'est-ce pas précisément ce dont je t'ai avertie ?

— Lucius, tu ne m'accordes aucune confiance, répondit Philippa d'une voix étouffée, et il crut détecter une blessure. Je ne pouvais pas dire non à Lord Harrowden, pas quand j'avais déjà dansé avec d'autres hommes.

— Tu aurais très certainement pu, rétorqua Lucius. C'est ce que...

Le son de cris perçants atteignit ses oreilles, et il scruta instinctivement la pièce à la recherche de Miss Lockhart. Cela n'aurait pas dû être une surprise lorsqu'il vit le rideau de l'une des alcôves s'ouvrir brusquement, avec Miss Woodsley produisant un tel vacarme qu'il coupait tout le monde dans son élan. Miss Lockhart, à ses côtés, fouillait les côtés de la pièce, et ses yeux étaient écarquillés avec ce qui semblait être de la peur. Lucius s'avança et Philippa le suivit rapidement.

Lorsque Lucius les atteignit, Miss Lockhart essayait d'apaiser son élève, mais en vain. Bien que Miss Woodsley eût cessé de crier, elle soulevait sa jupe et regardait ses chevilles en s'exclamant :

— Cela devait être un rongeur. Comme cela est affligeant. Je ne me sentirai en sécurité nulle part dans cette maison maintenant.

Charles Holbeck se dirigea vers eux et, en passant devant les musiciens, leur fit signe de reprendre la musique. Il n'avait pas l'air content, et Lucius se demanda si cela calmerait l'ardeur de Maria qui pensait que Miss Woodsley était une épouse acceptable pour lui.

— Est-ce que tout va bien ? demanda-t-il à Miss Woodsley en lançant un rapide coup d'œil à Miss Lockhart. Mais Miss Woodsley ne fit que s'effondrer en larmes.

— C'était une souris, je pense, chuchota Miss Lockhart.

Elle passa son bras autour de Miss Woodsley.

La pièce n'avait pas encore retrouvé le bruit habituel des conversations, et certains des hommes étaient encore à l'extérieur du salon de jeux où ils s'étaient rassemblés lorsque toute cette agitation avait éclaté. Lucius se plaça devant eux pour croiser le chemin de Mr. Holbeck et l'informer de ce qui s'était passé. Il s'arrêta brusquement lorsqu'il entendit une voix, avec une tonalité plus aigüe avec l'effet de surprise, crier :

— Selena !

La voix venait de l'entrée du salon de jeux, et Lucius se tourna rapidement dans cette direction, ses yeux s'écarquillant d'indignation. Selena était le prénom de Miss Lockhart. Qui avait osé l'utiliser ? D'autres se tournèrent également vers l'origine du bruit, et Sir Lucius vit maintenant que c'était Mr. Downing.

Miss Lockhart se tenait là, figée, dos à Lucius. Elle n'avait pas encore fait un geste pour répondre après avoir été interpellée. Lucius pouvait voir à sa posture rigide qu'elle était bouleversée. Quel lien avait-elle avec Downing pour qu'il utilisât librement son prénom ? La réponse lui tomba dessus comme un poids lorsqu'il se souvint de sa conversation avec Maria. Qui d'autre, à part sa famille, utiliserait son nom de baptême à part son ancien fiancé ?

Lucius se rapprocha de Miss Lockhart, en s'arrêtant à quelques pas de là. Il ne pouvait pas se résoudre à rompre le silence. Miss Lockhart se retourna enfin pour faire face à Downing. Elle était pâle comme la mort et ses lèvres étaient résolument fermées. Downing baissa les yeux sur la fleur brodée sur le corsage de Miss Lockhart, puis la regarda.

— Que portez-vous ? Votre sens de la mode semble avoir décliné.

Downing éclata de rire, et le son résonna durement, d'autant plus que la foule était silencieuse, tous les yeux rivés sur Downing et Miss Lockhart.

— Je n'aurais jamais pensé vous revoir dans la société mondaine, même dans une ville aussi petite que Woolmer Green, poursuivit-il. Mais je vois que j'avais tort. Je suppose que la haute société est plus tolérante que je ne l'avais imaginé.

Bien que Miss Lockhart, seule, eût l'air perdue et vulnérable, elle leva le menton.

Quelle femme courageuse ! Lucius retenait son souffle. Devait-il intervenir ? Il hésita. C'était sa bataille, et se tenir à ses côtés risquait de faire agiter encore plus les mauvaises langues.

— Peut-être que tout le monde n'a pas autant de préjugés que vous, Mr. Downing, répondit-elle d'une voix ferme.

Ses yeux longèrent Downing, et Lucius vit le dédain en eux.

— Peut-être que tout le monde n'est pas aussi perspicace, rétorqua Downing. En ce qui me concerne, je respecte un certain degré de convenance, comme vous le saviez autrefois, et vous l'approuviez. C'est pour cela que nous pensions que nous étions bien assortis.

Downing regarda autour de lui, mais ses yeux revinrent tout aussi rapidement sur Miss Lockhart, un sourire planant sur ses lèvres qui exprimait son mépris.

— Je dois savoir. De qui êtes-vous l'invitée à cette fête ?

Maria avait entendu la source de l'agitation et vint se placer à leurs côtés.

— Elle n'est l'invitée de personne, Mr. Downing, répondit-elle d'une voix sonore. Elle est la dame de compagnie de Lady Harrowden et aussi la préceptrice de Miss Woodsley. Je ne savais pas que vous vous connaissiez.

Maudite soit l'interférence de Maria, pensa Lucius en étant peu charitable. Il savait très bien qu'elle avait organisé cela. Le regard délibéré de Holbeck le confirmait.

Les yeux de Downing prirent une expression incrédule.

— Une dame de compagnie-préceptrice ? Eh bien, cela explique au moins votre présence ici.

Le menton de Miss Lockhart tomba.

Le regard de Lucius revint sur Miss Lockhart, et il fut troublé par un sentiment d'angoisse face à sa situation embarrassante. La guerre faisait rage en lui. S'il s'avançait, cela était comme se déclarer, ce qu'il ne pouvait pas faire. S'il la défendait, même par un altruisme qui lui était étranger, elle serait une personne de plus qui penserait qu'elle est à sa charge en attendant davantage de lui. Il ne pouvait pas le faire.

Downing jeta alors un coup d'œil à Miss Woodsley, qui était, pour une fois, silencieuse, voire docile.

— Je suppose qu'il n'est pas surprenant que l'une de vos élèves hurle d'une manière aussi impie. Il semble que je n'aie pas autant de préjugés que vous semblez le penser, Selena. Ou du moins pas scandaleusement. Je suis, cependant, un homme sagace. Non pas que j'aie jamais regretté d'avoir interrompu les choses quand j'ai...

Downing s'arrêta net lorsque l'attention passionnée de la foule réussit enfin à le faire taire.

Il eut un faible rire et reprit d'un ton plus feutré :

— Cela montre seulement que je peux faire confiance à mon instinct, même si je n'en ai jamais vraiment douté.

Philippa était venue se tenir à côté de Maria et regardait l'interaction avec un froncement de sourcils. Elle regarda Lucius avec reproche.

Downing reporta son regard sur Philippa aux côtés de Maria, et ses yeux brillèrent d'intérêt. Il inclina la tête dans sa direction, et Lucius voulut l'étrangler. Autour d'eux, la foule écoutait encore, en attendant d'autres ragots pour les servir à la table du petit-déjeuner le lendemain. Miss Lockhart se tenait raide, le front et le haut des joues cramoisis.

Mr. Downing s'adressa à la foule.

— Je ne crois pas qu'il y ait autre chose à voir ici. Gregson, pourquoi ne revenons-nous pas à notre jeu ?

— C'est vous qui l'avez laissé, répondit Gregson, et je ne peux que penser que c'était parce que vous étiez sur une série de défaites. Je serais plus qu'heureux de reprendre.

Mis à part quelques regards en direction de Miss Lockhart, à la fois compatissants et malveillants, la foule commença à former un autre ensemble alors que les musiciens mettaient leurs archets aux cordes et entamaient une introduction entraînante. Mr. Downing s'arrêta alors qu'il se dirigeait vers le salon de jeux.

— Mrs. Holbeck, auriez-vous l'amabilité de me présenter à cette charmante créature ?

Il s'inclina légèrement devant Philippa.

Philippa répondit avant que Lucius ne pût intervenir.

— Je vous assure qu'aucune introduction n'est nécessaire. Lucius, nous parlions, et je crois que nous n'avions pas fini.

Toute l'irritation habituelle que Lucius pouvait ressentir envers sa famille s'évanouit et fut remplacée par la fierté qu'il ressentait envers sa sœur cadette en cet instant. Elle avait remis Downing à sa place, le buffle.

— Non, nous n'avions pas fini. Venez.

Downing serra la mâchoire avant de se retourner brusquement et d'entrer dans le salon de jeux, et Lucius regarda à nouveau Miss Lockhart, qui se tenait toujours figée dans sa solitude. La foule s'était largement écartée autour d'elle. Même Lady Harrowden n'était pas venue à son aide. Lucius voulait aller vers elle, mais Philippa tirait sur sa manche, en insistant pour attirer son attention.

Lucius se tourna et quitta la salle de bal avec Philippa alors qu'un sentiment de torpeur l'envahissait. Cela était tout à fait mal de quitter Miss Lockhart, mais faire un geste public était tout aussi impossible.

Égoïste ? *Oui !* Lucius admit d'un air grave, et il se méprisa à ce moment-là. Mais il ne pouvait pas s'engager à prendre publiquement sa défense alors qu'ils n'avaient pas vraiment fait connaissance. Il n'avait même pas eu le temps de se demander s'il souhaitait faire davantage connaissance avec Miss Lockhart. Les idées de Lucius quant à ce qui convenait de faire tournaient dans sa tête, quand il croisa George sur le chemin du salon de jeux.

— George ! appela Lucius.

Son frère sentit son regard insistant et s'avança à sa rencontre. En se penchant, Lucius chuchota :

— Va voir Miss Lockhart et aide-la.

Il devait partir rapidement, sinon il ne pouvait pas être sûr de ce qu'il ferait. L'envie de se précipiter aux côtés de Miss Lockhart grandissait à tel point qu'il ne pouvait pas l'ignorer. Mieux valait partir maintenant et se donner le temps de réfléchir à la meilleure manière d'agir avant de ne commettre un geste irrévocable.

Lucius sortit de la salle de bal dans l'espoir qu'on lui obéirait.

CHAPITRE SEIZE

Selena regardait sinistrement devant elle, et son sentiment d'isolement était profond. Elle n'avait pas un seul ami dans toute la pièce.

La conversation autour d'elle avait repris, et il y avait des chuchotements venant de femmes qui gloussaient derrière leurs éventails. Cela lui rappelait avec force le bal auquel elle avait eu la folie d'assister juste après que l'humiliation de sa famille était devenue publique. Elle avait pensé que ses amis valaient mieux que cela, qu'ils ne se soucieraient pas de telles choses, mais elle s'était trompée. Et bien que tomber en disgrâce à Bedford fût de moindre ampleur qu'à Londres, le résultat était le même. Selena ne pouvait pas échapper à son passé.

Sa prochaine pensée était de fuir. Mais il lui restait un peu de dignité, peu importait qu'elle ne pût aller nulle part sans Lady Harrowden. Elle prit vaguement conscience de Rebecca, qui ne semblait pas savoir quoi faire et s'agitait aux côtés de Selena. Son incertitude et sa maladresse rappelèrent à Selena la jeunesse de Rebecca, alors qu'elle faisait des pas lents vers la comtesse et se tournait pour regarder Selena avec des yeux méfiants. Selena, brûlante de honte de la tête aux pieds, se dirigeait également vers Lady Harrowden. Que pouvait-elle faire d'autre ?

La comtesse se leva, en s'appuyant sur sa canne.

— Prenez mes affaires. Nous partons.

Elle ne s'arrêta pas pour voir si Selena obéirait ni pour regarder dans quel état elle pouvait être avant de se diriger vers la porte, sa canne faisant un bruit sourd sur le parquet.

Selena se tourna vers Rebecca.

— Venez. Lady Harrowden est prête à partir.

Rebecca avait l'air indécise.

— Et Lord Harrowden ?

Selena l'avait oublié, et comme il n'était pas monté à côté de la voiture mais à l'intérieur avec elles, il faudrait le consulter. S'il choisissait de rester, ce serait parce que, au moins, il avait une alternative. Selena était sur le point de réfléchir à la manière d'échanger des mots avec lui sans entrer dans le salon de cartes, car elle ne pouvait que supposer que c'était là qu'il se trouvait, lorsque le frère de Sir Lucius, George, s'approcha d'elle.

— Miss Lockhart, comment pourrais-je vous être utile ?

George, bien que jeune, la regardait, ses yeux pleins de compassion. Cela ramena Selena au présent, et elle résista à l'envie de chercher derrière lui un signe de son frère aîné.

Où était donc Sir Lucius ? Et qu'avait-il pensé de toute cette affaire ? Il n'était qu'à la limite de sa conscience lorsqu'elle avait été confrontée par Mr. Downing, mais il y avait maintenant plus de tendresse dans le regard compatissant de son frère qu'il n'y en avait eu dans celui de Sir Lucius. Tout ce dont elle se souvenait, c'était qu'il avait eu l'air abasourdi.

Le courage qui avait raidi le dos de Selena durant toute l'affaire l'avait presque abandonnée maintenant. Sir Lucius ne pouvait pas supporter d'être près d'elle, elle en était sûre.

— Je vous remercie, répondit-elle, en regardant George avec une réelle gratitude.

Ce n'était pas précisément un ami, mais il était venu vers elle.

— Je dois faire savoir à Lord Harrowden que sa tante souhaite partir, dit-elle. Pouvez-vous faire cela pour moi ? Je ne sais pas où il se trouve.

— Je vais le faire tout de suite, madame. Je crois qu'il n'a pas quitté le salon de cartes.

George inclina la tête vers Selena et entra dans la pièce.

Selena prit vaguement conscience que Rebecca était restée près d'elle plutôt que de suivre Lady Harrowden, et elle dit :

— Je dois prendre nos pèlerines. Lady Harrowden nous attend près de la porte. Pourquoi ne la retrouveriez-vous pas là-bas ? Faites-lui savoir que je vous rejoindrai bientôt.

Avec une considération qui étonna Selena, Rebecca s'avança en disant :

— Je vais chercher les pèlerines et je vous retrouverai à la porte.

Elle partit avant que Selena n'eût eu le temps de répondre.

Après réflexion, ce n'était peut-être pas si prévenant, après tout. Selena fut forcée de rester debout sous les regards joyeux de la foule et d'attendre que George lui amenât Lord Harrowden. Elle fit deux pas vers le salon de cartes mais n'osa pas y entrer, alors elle s'adossa au mur, à l'écart des gens qui grouillaient aux abords de la piste de danse. George sortit quelques minutes plus tard.

— Harrowden dit qu'il vous accompagnera. Il n'a pas d'autre moyen de rentrer chez lui ce soir, l'informa George en grimaçant. Il a dit que vous devez l'attendre, car il lui faudra dix minutes pour terminer son jeu.

Selena secoua la tête.

— Lady Harrowden n'aimera pas cela.

George eut un sourire contrit.

— Je suppose que non.

Il s'arrêta un moment avant d'étendre son bras dans un geste galant.

— Voulez-vous me faire l'honneur, Miss Lockhart, de faire le tour de la pièce avec moi pendant que nous attendons le bon vouloir de Lord Harrowden ?

Selena imaginait que Lady Harrowden enragerait davantage en ne la voyant pas se précipiter à ses côtés, mais elle s'attendait à être rebutée de toute façon, et George lui offrait un peu de réconfort.

— Je serais heureuse de le faire, répondit-elle en levant les yeux vers son visage juvénile. Merci pour cette proposition.

George changea de côté, de sorte qu'elle fût en grande partie cachée des regards indiscrets des personnes présentes dans la pièce, un geste qu'elle trouva incroyablement attentionné pour un homme si jeune.

— Vous êtes venu à mon secours très galamment tout à l'heure. Cela était très inconfortable pour moi d'être seule.

George secoua la tête.

— Je ne peux pas m'attribuer le mérite de cette idée. C'est Lucius qui m'a envoyé vous voir. Il marchait avec ma sœur, Philippa, et je crois qu'il avait l'intention de venir vous voir si ses affaires n'avaient pas été urgentes.

Un espoir irrésistible s'envola dans la poitrine de Selena, et elle le refoula rapidement. Si Sir Lucius avait eu l'intention de la sauver de la disgrâce, il aurait pu venir la voir beaucoup plus tôt quand Matthew l'avait si brutalement humiliée. Il aurait pu se tenir à ses côtés ou prendre sa défense ou... Selena fixa les yeux sur le sol pendant qu'ils marchaient. *Sir Lucius est probablement un lâche*, pensa-t-elle, ses yeux brûlant soudainement.

Elle cligna des paupières. Non. À quoi s'attendait-elle ? Ce n'était pas sa bataille. Il ne lui avait jamais donné aucune raison de croire qu'elle signifiait quelque chose pour lui.

— Vous êtes silencieuse, dit George, mais je crois que cette soirée a été particulièrement éprouvante. Je suis terriblement désolé pour la douleur et l'humiliation que vous avez subies. Downing n'est pas un gentleman.

Une vague de désespoir déferla sur Selena. Ils étaient presque à la porte où Lady Harrowden attendait avec Rebecca, et elle s'arrêta et se tourna vers George.

— Merci pour votre gentillesse. Merci pour tout. J'aimerais que vous disiez à votre frère au revoir de ma part. Je suis sûre que je partirai demain.

George fronça les sourcils.

— Je comprends que cette affaire vous ait déplu. Mais, vraiment, devez-vous partir ? Avez-vous un autre endroit où aller ?

Il n'aurait pas pu poser une question qui lui rappellerait plus la désolation de sa situation. Selena laissa tomber son regard. Elle était si fatiguée.

— Si on me donne mon salaire pour le montant que j'ai travaillé, j'aurai assez pour retourner chez ma mère. Je ne peux qu'espérer que Lady Harrowden ne le retiendra pas.

— Si elle le fait, elle n'est rien de mieux qu'une harpie, dit George en riant soudainement de son trait d'esprit. Mais, j'y songe, Lady Harridan[1]. Pourquoi n'y ai-je pas pensé avant ? Cela lui sied parfaitement.

Son visage devint sérieux lorsqu'il jeta un coup d'œil à Selena et vit qu'elle ne souriait pas.

— Si c'est d'argent dont vous avez besoin, Lucius vous en donnera. Je sais qu'il le fera. Vous n'avez qu'à lui envoyer un mot, dit-il.

Selena tendit la main et essaya d'invoquer un sourire alors qu'il prenait sa main dans la sienne et s'inclina. *Je ne demanderai pas un sou à Sir Lucius.*

— J'espère que nous n'en arriverons pas là, répondit-elle.

Ils étaient arrivés à l'endroit où Lady Harrowden et Rebecca se tenaient près de la porte. En montrant une grâce innée qui fit se demander à Selena si Sir Lucius était au courant de l'existence de ce trait chez son jeune frère, George entretint une conversation futile avec Lady Harrowden afin que Selena pût rester tranquille et reposer son esprit fatigué. Rebecca avait été étonnamment docile tout au long de l'affaire. Elle n'avait même pas essayé de flirter avec le frère de Sir Lucius. Selena jeta un coup d'œil à Rebecca et s'interrogea. Peut-être qu'elle réalisait enfin ce que c'était d'avoir une réputation entachée.

Lord Harrowden apparut plus de dix minutes après le temps promis, et Lady Harrowden se tourna vers lui avec une ferme indignation.

— Enfin vous êtes arrivé, Richard. Vous nous avez certainement fait attendre à dessein. Notre carrosse est dehors. Je vous en prie, ne tardons pas plus longtemps.

Elle fit un signe de tête à George et conduisit le groupe à l'extérieur avec sa démarche raide.

Dès que les portes de la voiture furent fermées et que la voiture s'éloigna, Lady Harrowden ne put plus s'empêcher de parler.

— Qui a eu la témérité d'inviter ce gentleman à cette fête ? Maria Holbeck ne pouvait sûrement pas connaître toute l'histoire, sinon elle ne l'aurait jamais permis. Je dois lui parler.

Sans attendre de réponse, elle poursuivit :

— Selena, si c'est le genre de divertissement auquel je dois m'attendre avec vous comme dame de compagnie, je peux vous assurer que votre poste ici sera de courte durée. Bien sûr, je savais que votre père s'était déshonoré, en jouant la fortune familiale et en buvant jusqu'à la mort, dit-elle en ponctuant les mots avec colère, chacun faisant l'effet d'un coup. Je suppose que j'aurais dû imaginer que votre position dans la société mondaine ne pouvait pas survivre à une telle chose. Mais être humiliée d'une telle manière, et que mon nom soit terni par la même occasion, je ne peux pas accepter une telle chose. Je n'ai pas l'habitude que le nom de Harrowden soit entaché de quelque manière que ce soit par le scandale.

Selena ouvrit la bouche pour parler et ravala les mots de colère qu'elle était sur le point de prononcer. *Eh bien, vous auriez dû faire fonctionner votre intelligence avant d'engager mes services, car comment avez-vous pu penser éviter une telle chose alors que vous connaissiez ma situation ?* De toute façon, il ne servait à rien de discuter, son poste serait en effet de courte durée. Avant qu'elle ne pût dire un mot, sage ou hâtif, Lord Harrowden remua sur le siège à côté de la comtesse.

— J'ai trouvé cela très distrayant, si vous voulez savoir, Tante.

Avec un regard malicieux vers Selena, il ajouta :

— Je ne me faisais pas d'illusion quant au fait que votre dame de compagnie élèverait notre situation. Si vous m'aviez demandé conseil...

Lady Harrowden poussa un soupir de dégoût.

— Vous demandez conseil, bien entendu ! Comme si j'avais besoin de quelqu'un pour me conseiller sur la conduite à tenir.

Rebecca, pour une fois, ne prononça pas un mot, et Selena les écouta se chamailler pendant tout le trajet de retour. Elle avait perdu tout intérêt à essayer de se défendre ou de participer à la conversation et s'était contentée de regarder par la fenêtre du carrosse la campagne obscure. Lorsqu'ils atteignirent le domaine, Lady Harrowden avança sans l'aide de Selena, alors elle resta derrière pour marcher avec Rebecca.

Rebecca empruntait les larges marches de pierre d'un pas mesuré.

— Je savais que vous étiez pauvre, mais je ne savais pas que vous aviez été bannie de la société mondaine. Je sais maintenant que ce n'est pas ce que je veux pour ma propre vie, dit-elle en rencontrant le regard de Selena. Je ne voudrais pas finir comme vous.

Selena se tourna vers l'avant lorsqu'ils entrèrent dans la maison. Rebecca n'avait pas voulu la blesser avec ses paroles, Selena le savait. En fait, cela avait été fait dans un esprit purement égoïste et tourné sur elle-même. Elle supposait qu'elle pouvait au moins être contente que Rebecca tirât une leçon de ce qui lui était arrivé et, peut-être, modérât son comportement.

Selena accompagna Rebecca jusqu'à sa chambre, en se séparant de Lady Harrowden et de son neveu sans un mot de plus.

Elle n'avait plus rien à dire, et semblait n'avoir plus rien à faire ici. Elle emmena Rebecca dans sa chambre où sa femme de chambre l'attendait puis se tourna pour se diriger vers la sienne.

Alors que Selena se préparait pour aller au lit, en retirant les épingles de ses cheveux et en les coiffant, elle repensa aux événements de la soirée. Elle n'avait pas été blessée par Matthew, pas vraiment. Selena était si différente de la personne qu'elle était il y a trois ans qu'elle ne pouvait envisager un mariage avec Mr. Downing avec un quelconque plaisir. Elle pensait qu'elle avait été superficielle à l'époque, bien qu'elle n'eût pas pu le savoir tant que tout ne lui avait pas été retiré. Bals, robes et conquêtes étaient tout ce qu'elle connaissait à l'époque. Ce n'était que maintenant qu'elle s'apercevait que ce qui la séduisait dans sa jeunesse n'avait plus aucun intérêt.

Ce qui la blessait n'était pas que Mr. Downing l'eût dénigrée en public… non ! Ce qui la blessait, c'était que Sir Lucius ne fût pas venu à son aide. Elle s'était habituée depuis leur rencontre récente à ce qu'il fût là pour elle, et même qu'il la sauvât. L'humiliation publique n'était pas pire que d'être perdue dans une tempête de neige, mais d'une certaine manière, cela était tout aussi désolant. Il n'y avait vraiment rien pour la retenir ici.

LUCIUS SUIVIT Philippa vers l'air frais de l'entrée, puis dans la bibliothèque. Son esprit était consumé par la vision du visage accablé de Miss Lockhart, et sa conscience l'alertait qu'il avait peut-être eu tort. Il avait tellement l'habitude de construire des murs, de ne pas s'impliquer.

Sa mère s'appuyait sur lui depuis la mort de son père, et Lucius était trop jeune pour porter tous ses fardeaux ou l'accompagner. Maria l'utilisait aussi, généralement pour équilibrer ses comptes et attirer les membres de la haute société en faisant assister son frère titré à toutes ses réceptions. Même Charles avait tenté de le faire se lancer en politique, afin de pouvoir gagner un autre allié qui pourrait influencer les votes.

Et George et Philippa, bien qu'attachants, avaient toujours une difficulté ou une autre. George semblait seulement s'attirer des ennuis, et Philippa faisait preuve d'une grande persévérance pour y réussir, tout en affichant une tendance à être de nature sauvage. Ce n'était jamais au-delà des limites de la bienséance la concernant, mais Lucius s'inquiétait en se disant que si quelqu'un ne contrôlait pas Philippa, et sa mère était trop indolente pour le faire et Maria trop sévère, il finirait par devoir sauver sa réputation avec un duel ou un drame de la même sorte.

La dernière chose dont il avait besoin était d'avoir à défendre la réputation d'une femme qui n'était même pas apparentée à lui.

Mais Miss Lockhart avait commencé à se faufiler au-delà de la barrière de la rencontre indifférente vers quelque chose qui ressemblait à de l'attachement. Il ne savait pas comment cela était arrivé, mais sa douce dignité le calmait. Son élégance l'attirait, surtout quand le reste de sa famille semblait n'en posséder aucune. Et quand elle lui lançait un sourire impromptu et rare quand il disait quelque chose, cela faisait battre son cœur douloureusement, comme s'il était un jeune garçon qui avait sa première amourette. Il avait essayé d'ignorer ces faits, mais cela étaient des faits.

— Lucius, dit Philippa, en le faisant reprendre ses esprits. Ce qui s'est passé avec Miss Lockhart est terrible. N'aurais-tu pas pu faire quelque chose ?

Lucius évita son regard.

— Cela aurait été une chose très délicate à faire, car cela aurait donné lieu à des spéculations sur la nature de notre...

— Qui se soucie des spéculations ? demanda Philippa. Imagine si c'était moi qui avais dû affronter une telle réaction de la part d'un homme comme Mr. Downing. De quel droit l'a-t-il traitée de cette manière, surtout après l'avoir abandonnée ? Il aurait dû être celui qui se faisait houspiller en ayant été si inconstant. C'était tout à fait injuste que Miss Lockhart eût dû endurer cela, et tout cela sous les regards et les chuchotements des invités. Je ne peux pas croire que Maria l'ait invité.

Lucius secoua la tête.

— Cela n'a pas été fait de manière innocente. Je suppose que je ne devrais pas croire cela, mais c'est le cas. Mais, ne parlons pas de cela. Ce qui est fait est fait. Je ferai ce que je peux pour répandre l'idée que Downing est le scélérat dans cette histoire.

Philippa l'étudia avec une attention dérangeante jusqu'à ce qu'elle en vînt à une conclusion.

— Mais tu le feras sans nuire à ta propre réputation ou à ton confort.

Lucius se tourna vers elle, exaspéré.

— Je ne peux pas imaginer que c'est de cela que tu es venue me parler. Pour me sonner les cloches, toi, une simple gamine de dix-sept ans.

Philippa secoua la tête.

— Il s'agit de Lord Harrowden. Tu commençais à me gronder parce que je dansais avec lui, et en effet je ne voyais pas comment je pouvais refuser. Cependant, il a posé des questions très précises pendant le court laps de temps où nous étions ensemble. Des questions qui étaient trop personnelles pour être frivoles.

Elle avait toute l'attention de Lucius.

— Est-ce qu'il t'a importunée ? Quel genre de questions t'a-t-il posées ? Je vais lui tordre le cou.

— Non, Lucius. Ne tire pas de conclusions hâtives, dit Philippa avec une patience lasse qui la fit soudainement paraître plus mature que son âge. Il a essayé de savoir combien je valais, ce qui est stupide quand on fait preuve de si peu de subtilité. Il doit penser que j'ai plus de cheveux que d'esprit pour ne pas voir ce qu'il manigançait.

Elle croisa le regard de Lucius et continua :

— Mais il a également essayé de savoir combien de temps tu passais avec Miss Woodsley, et si tu étais susceptible de t'intéresser à elle. Il a même essayé de déterminer quel genre d'intérêt tu pouvais manifester pour Miss Lockhart, en demandant si elle avait été invitée par Maria ou par toi, je suppose que c'était pour voir si elle était traitée avec la courtoisie inhérente à une dame, à une dame de compagnie ou… ou à autre chose. C'était vraiment fait de façon maladroite, je dois te le dire. Je suis surprise qu'il ait pensé que j'étais si naïve, que je ne le remarquerais pas.

Lucius plissa les yeux. Quel était l'objet de toutes les questions de Harrowden ? Il ne fallut qu'une minute avant que la réponse ne fût évidente. Il cherchait une fortune, et peut-être une maîtresse, et il lorgnait sur des rivales potentielles pour les deux.

— J'ai entendu Maria lui parler de ton intérêt pour Miss Woodsley.

Philippa se mit à rire quand Lucius se tourna vers elle avec une expression de dégoût.

— Je suis tout à fait sûre que c'est ce qui a déclenché les questions qu'il m'a posées. Je dois avouer cependant, dit Philippa avec un sourire, faisant apparaître deux fossettes profondes de chaque côté de ses joues, que j'ai exagéré la considération que tu témoignes à Miss Woodsley.

— Je n'ai aucune considération pour Miss Woodsley, dit sèchement Lucius.

— Ne te fâche pas contre moi. Je le sais. Eh bien, alors, j'ai inventé ton intérêt pour Miss Woodsley.

Philippa eut la grâce de rougir.

— À quelle fin ? demanda Lucius, en la fixant d'un air ahuri.

Soit il était obtus, soit Philippa devenait plus sournoise avec l'âge.

— Je voulais l'induire en erreur, répondit Philippa avec une expression innocente. Je ne voulais pas qu'il remarque que tu t'intéressais à Miss Lockhart.

— Quoi ? dit Lucius en se retournant pour lui faire entièrement face. Qui t'a dit une chose pareille ?

— Personne n'a été obligé de le faire, déclara Philippa. J'ai des yeux, Lucius. Tu ne dois pas penser que, parce que je n'ai que dix-sept ans, je suis un bébé. En fait, parfois je pense que j'ai plus de bon sens que toi quand il s'agit du cœur.

— Je ne suis pas sûr que Mr. Barnsworth serait d'accord, dit Lucius avec ironie.

Philippa gloussa et ajouta :

— Je t'avais dit que c'était du badinage sans intérêt...

Ils se retournèrent tous les deux quand la porte s'ouvrit et que George entra dans la pièce.

Lucius marcha vers lui, impatient d'avoir des nouvelles.

— George, as-tu satisfait les besoins de Miss Lockhart ?

George lui retourna un hochement de tête succinct.

— Je crois qu'elle vient de partir, accompagnée de Lord et Lady Harrowden et de Miss Woodsley.

George prit une inspiration et lança un regard accusateur à Lucius.

— Je pense que tu aurais pu t'en occuper toi-même, dit-il.

Lucius réprima le désir de répliquer sur un ton cinglant. Les paroles de George le touchaient un peu trop.

— Eh bien, comme je n'ai pas l'intention d'être sermonné par mon jeune frère, qui a été renvoyé de l'école, je pourrais te le rappeler, tu dois garder ces réflexions pour toi. Quand tu auras réussi à te faire pousser une moustache et que tu subviendras à tes besoins, tu pourras penser à me faire la leçon. Bien que je ne promette pas d'en tenir compte.

George croisa les bras, pas du tout rebuté par la rebuffade.

— Miss Lockhart m'a dit de te dire au revoir.

Le front de Lucius se plissa.

— Au revoir ? Elle ne quitte pas Woolmer Green, n'est-ce pas ?

— Es-tu si surpris ? demanda George en haussant les épaules. Elle n'a pas d'amis ici. Elle a été humiliée et personne ne l'a défendue, ni sa famille, aussi distante soit-elle, ni personne d'autre.

Il serra les lèvres, le regard pénétrant.

Lucius remua en étant mal à l'aise. Ce n'était pas une discussion qu'il voulait avoir. Il avait besoin de temps pour faire le tri entre ce qu'il ressentait et le comportement qu'il devait adopter. Il semblait qu'il n'aurait pas autant de temps qu'il le souhaiterait. Il devrait voir Miss Lockhart dès demain matin. Peut-être avant le petit déjeuner. Elle ne partirait sûrement pas à l'aube ?

Il inspira soudainement, en se souvenant.

— George, il y a quelque chose que je veux que tu fasses. J'ai besoin que tu ailles à Londres et que tu me trouves un avocat qui puisse examiner les détails du douaire de Lady Harrowden.

George sourit.

— Ce ne sera pas difficile d'aller à Londres, je te l'assure. Mais pourquoi…

— Aussi, continua Lucius, j'aimerais que tu t'informes discrètement dans les cercles. Je vais te donner quelques noms de gentlemen à qui tu pourras parler, tu leur diras bien que je t'ai envoyé. Demande où en sont les affaires de Harrowden et combien il a de dettes. Je crois que l'étau se resserre et que ses affaires sont loin d'être en ordre. Je veux savoir combien il est désespéré. Pourrais-tu partir dès demain ?

Philippa avait écouté silencieusement, et maintenant elle se tourna vers George et intervint dans la conversation.

— Lord Harrowden a posé beaucoup de questions sur moi, ma dot, Miss Woodsley, les intérêts de Lucius...

Lucius leva la main.

— Et cela doit se faire dans la plus grande discrétion. Je te demande la même chose, Philippa, pas même un mot à Maria, si tu en es capable.

— Bien sûr que j'en suis capable, répondit-elle, indignée.

George, écoutant en silence, croisa le regard de Lucius.

— Je peux le faire, bien entendu, mais puis-je te demander pourquoi tu portes un intérêt aux affaires de Harrowden ? Je ne vois pas du tout en quoi cela te concerne, et cela ne te ressemble pas du tout. Cela a-t-il quelque chose à voir avec Miss Lockhart ?

Lucius refusa de répondre à cette question, bien que la présence de Miss Lockhart eût fait en sorte que tenir sa promesse à l'ancien Lord Harrowden fût enfin une affaire importante.

— J'honore une vieille promesse, déclara-t-il. Je devrais y aller moi-même, mais l'idée de partir maintenant ne me plaît pas.

Il vit Philippa et George échanger un regard. Comme lui-même n'était pas entièrement sûr que sa décision de rester eût autant à voir avec la présence de Miss Lockhart qu'il le soupçonnait, il ne souhaitait pas qu'ils fissent preuve d'impertinence.

— Je partirai demain, déclara George.

— Très bien, dit Lucius. Je vais te donner une note à apporter à mon banquier pour financer ton voyage. Essaie juste de ne pas avoir d'ennuis pendant que tu es là-bas. Et, George ?

Son frère s'arrêta sur le chemin de la porte, et Lucius leva son regard vers lui avant de dire :

— Merci d'avoir veillé sur Miss Lockhart ce soir.

George lui adressa un sourire et il disparut.

CHAPITRE DIX-SEPT

Enfin seule dans sa chambre, Selena retira les épingles de ses cheveux avec des gestes lents. Qu'est-ce qui l'attendrait à Bedford ? Probablement un mariage avec le seigneur du domaine, dont l'intelligence n'était pas au-dessus de la moyenne et dont l'apparence physique lui faisait ressentir quelque chose qui ressemblait à du dégoût. S'il n'avait pas eu l'intention de la courtiser, elle l'aurait probablement un peu aimé. Elle n'aurait certainement remarqué aucun de ses défauts. Mais imaginer d'être liée à lui, qu'il posât les mains sur elle… Selena frissonna. Elle devrait enterrer tout espoir de passion, ou même de conversation intelligente.

Il ne vint pas à l'esprit de Selena jusqu'à ce qu'elle remplît sa malle, en posant soigneusement une robe au-dessus de l'autre sans l'aide de feuilles d'étain qu'elle n'avait pas, qu'elle n'avait aucune idée de la façon exacte dont elle devait rentrer chez elle. Elle supposait qu'elle devrait approcher Lady Harrowden pour lui demander son salaire et mendier un trajet jusqu'à la gare où elle devrait acheter un billet pour la diligence. Elle s'approcha de la fenêtre et regarda à travers. La lumière du clair de lune éclairait une tache sur le paysage sombre et enneigé.

Devait-elle partir si vite ? Était-ce mieux ? Ou devait-elle demander à Lady Harrowden si elle souhaitait que Selena restât au moins jusqu'à ce que quelqu'un de nouveau pût la remplacer ?

Le lendemain matin, son esprit était plus avisé, et elle décida qu'elle ne prendrait pas de décision définitive avant d'avoir d'abord parlé avec Lady Harrowden. Selena alla dans la salle du petit déjeuner avec l'espoir désespéré qu'elle n'aurait pas à y rencontrer Lord Harrowden, mais son souhait ne fut pas exaucé. Malgré ses fréquents couchers tardifs, il semblait étrangement réticent à manquer son petit-déjeuner.

— Vous vous êtes levée tôt, dit Lord Harrowden avant de mettre la dernière bouchée de son petit-déjeuner dans sa bouche. J'aurais pensé que vous seriez encore couchée en essayant de vous remettre de l'humiliation de la soirée dernière.

Selena s'immobilisa, en le regardant avec une désapprobation qui n'était pas voilée. Elle ne savait pas si elle devait lui dire qu'elle prévoyait de quitter Woolmer Green. Après une seconde de réflexion, elle décida de ne pas le faire, puisque ce n'était pas son affaire de toute façon. Elle remplit son assiette de Limoges à fleurs roses de ce qu'il y avait sur le buffet sans un mot et s'assit aussi loin de lui que possible. Peu importait qu'il fixât son regard sur elle d'une manière destinée à la provoquer pour qu'elle répliquât à la hâte. Cela ne fonctionnerait pas.

— Alors, vous n'avez rien à dire pour vous défendre ? demanda-t-il. Vous pourriez essayer d'avoir une conversation, car il semble que vous ayez peu d'autres ressources vers lesquelles vous tourner.

Selena fut poussée au-delà de ses limites lorsqu'il l'accusa de ne pas avoir de conversation. Ce butor impertinent qui avait honoré la société mondaine de Bedford avait dit la même chose à son sujet.

— Je ne suis pas à ce point privée de compagnie pour avoir besoin d'engager une conversation avec quelqu'un qui ne m'intéresse absolument pas.

Selena agrippa sa serviette sous la table, trop énervée pour commencer à manger.

Les couverts de Lord Harrowden claquèrent dans son assiette.

— Si les remarques de Downing n'ont pas suffi à faire diminuer votre fierté d'un cran, je suppose que le temps fera l'affaire. Vous auriez dû accepter la carte blanche que je vous ai donnée quand elle vous a été offerte. D'ici peu, vous serez une vieille fille, toute prétention à la beauté disparue depuis longtemps, incapable d'obtenir un poste et vous enfonçant davantage dans la pauvreté. Cela devrait vous humilier, et je ne doute pas que c'est ce que votre avenir vous réserve.

Son visage avait perdu tout semblant de civilité. Comme ce masque avait été fragile.

Au moins, ils parlaient sans simulacre. Selena serra les lèvres avant de répondre.

— Vous essayez de m'effrayer en anéantissant mes espoirs, mais il est difficile de décevoir celui qui n'a aucune attente. Je ne souhaite pas me marier ni ne cherche un poste. J'ai un endroit où aller. J'ai encore de la famille. Vous pouvez lancer autant de coups que vous le souhaitez, mais je ne suis pas tout à fait la créature sans défense que vous imaginez que je suis.

— Vous avez une mère et des sœurs, il me semble, dit Lord Harrowden en la regardant avec les paupières plissées. Votre père a bu jusqu'à se retrouver dans la tombe, et vous n'avez pas de frères. Il n'y a pas d'hommes pour vous défendre, et vous êtes donc une créature sans défense. Une pauvre créature sans défense, ajouta-t-il en inclinant la tête avec un sourire cruel. N'est-ce pas ?

Selena essaya de ravaler les spasmes que ces mots vicieux, mais vrais, avaient provoqués lorsque la porte s'ouvrit. Mullings entra.

— Je vous demande pardon. Sir Lucius Clavering est ici pour vous voir.

— Que diable me veut-il ? demanda Lord Harrowden en s'essuyant la bouche avec sa serviette. Dites-lui que je ne suis pas disponible, car je prends mon petit-déjeuner.

Le cœur de Selena s'accéléra en entendant le nom de Sir Lucius, mais elle se força à rester calme. Elle ne signifiait évidemment rien pour lui, donc il était inutile de laisser son cœur s'envoler comme cela. Malheureusement, son cœur ne semblait pas entendre raison.

Les mots suivants de Mullings firent battre à nouveau son pouls.

— Ce n'est pas vous, monseigneur, que Sir Lucius souhaite voir. C'est Miss Lockhart.

Selena se leva de table, en espérant que le flottement nerveux qui siégeait dans son ventre ne se vît pas de manière évidente. Elle se dirigea vers la porte que Mullings tenait ouverte, consciente du regard pénétrant de Lord Harrowden.

— Peut-être devrais-je vous accompagner, dit Lord Harrowden. Il n'est pas convenable qu'une femme de ma maison soit seule avec un homme.

Selena ne le regarda pas.

— Ne vous inquiétez pas, monseigneur. Je vais demander à Mrs. Randall de rester avec nous.

Elle se glissa à l'extérieur avant qu'il ne pût lui répondre.

Une fois dans le couloir, elle sourit au majordome.

— Cela vous dérangerait-il, s'il vous plaît ? Je me sentirais plus à l'aise si Mrs. Randall restait avec nous.

Il partit à la recherche de la gouvernante et Selena attendit à l'extérieur du salon qu'elle apparût.

Mrs. Randall descendit le couloir d'un pas rapide et Selena lui adressa un sourire nerveux.

— Merci d'être venue.

— N'y pensez pas, Miss Lockhart.

Mrs. Randall ouvrit la porte devant elle et entra la première avec Selena dans son sillage.

— Sir Lucius. C'est toujours un plaisir de vous voir à Harrowden. Puis-je vous apporter des rafraîchissements ?

Sir Lucius lança un regard à Selena et elle n'eut pas le moindre espoir de l'interpréter. Cela ressemblait à un mélange de culpabilité et de supplication. Il tourna son regard vers Mrs. Randall.

— Je vous en saurais gré. Je suis venu sans avoir pris de petit déjeuner.

— Très bien, monseigneur. Je reviens tout de suite.

Sans un mot de plus, Mrs. Randall quitta la pièce et Selena se retrouva seule avec Sir Lucius.

Tant pis, Mrs. Randall ne servirait pas de chaperon. Cependant, se retrouver seule avec presque n'importe quel homme était préférable à endurer davantage la présence insupportable de Lord Harrowden. Selena vint se tenir devant Sir Lucius, et il s'inclina, ses yeux levés vers les siens alors qu'il se levait. Le malaise grandissant de Sir Lucius ne lui échappa pas, et quand le silence entre eux s'étira, elle décida qu'elle devait le rompre.

— Voulez-vous vous asseoir ?

Sir Lucius hocha la tête et attendit qu'elle prît place dans l'un des fauteuils face au feu. Il en choisit un à ses côtés, plutôt que celui placé à une distance plus respectable.

Selena était assise au bord de son fauteuil, le dos raide et les mains jointes sur ses genoux. Elle était assez sûre que sa posture ne trahissait pas le tumulte d'émotions qu'elle éprouvait à l'intérieur, et elle fit un effort pour garder ses doigts peu serrés. Elle n'était pas sûre de savoir si elle devait être réconfortée ou inquiète par le fait que Sir Lucius semblât être exactement dans l'état opposé. Il avait l'air de ne pas avoir dormi. Ses vêtements étaient toujours aussi négligés, mais il y avait des rides sous ses yeux qui n'étaient pas là habituellement. Et ses cheveux étaient plus désordonnés qu'à l'accoutumée, comme s'il y avait passé ses doigts plus d'une fois. Elle leva son regard vers le sien, attendant.

— George m'a dit que vous partiez, dit-il enfin.

— Oui. Je ne vois aucune raison de rester maintenant.

Selena reporta son regard sur ses mains jointes. Cela était trop éprouvant de laisser ses yeux traîner longtemps sur lui. Elle n'avait pas réalisé combien ses sentiments pour lui avaient grandi jusqu'à ce qu'elle décidât de partir et de ne jamais plus le revoir. Mêlée à son indifférence de la nuit dernière, la douleur d'un désir déplacé était vive.

— Mais Downing va partir, dit Sir Lucius.

Son ton était sévère, et il y avait ce pli entre ses sourcils qui lui était devenu cher.

— Il ne vous dérangera plus, poursuivit-il. Woolmer Green est un endroit tranquille, un endroit où vous pouvez échapper à la censure de la société mondaine.

Selena secoua la tête.

— Je ne peux y échapper nulle part. J'ai pensé la même chose quand je suis allée à Bedford, mais dès que la nouvelle du décès de mon père est arrivée là-bas, les chuchotements ont commencé, puis les moqueries. Les invitations ont cessé. C'est la raison pour laquelle j'ai décidé de venir ici et de prendre un nouveau départ, mais cette fois sans aucune attente d'être reçue autrement que comme dame de compagnie.

Elle agrippa sa jupe avec un geste nerveux jusqu'à ce qu'elle réalisât ce qu'elle faisait et posât une main sur l'autre.

— Et il est probable que cela se produise partout où j'irai, continua-t-elle.

— Si c'est le cas, alors pourquoi partir ?

Sir Lucius insistait. Selena leva alors les yeux, en examinant son visage. *Pourquoi s'en préoccupait-il ?*

— Pourquoi ne pas affronter cela ici, à Woolmer Green, puisque vous devez de toute façon l'affronter ? demanda-t-il.

Il se pencha vers elle, et son genou frôla le sien dans ce qui était probablement un geste d'inattention, mais elle était si peu habituée à une telle proximité qu'elle se sentit comme flotter hors de sa peau.

Puis une colère s'insinua en elle et Selena se retourna pour croiser son regard.

— C'est facile pour vous de le dire, Sir Lucius. Vous pouvez aller où bon vous semble, et rien, même ce qui s'apparente à des rumeurs vicieuses, ne semble vous troubler. Rien ne perturbe votre existence très ordonnée.

— Je...

Sir Lucius ne répondit pas tout de suite et fixa le sol. Il tapotait l'accoudoir et Selena attendait, les nerfs tendus. Enfin, il posa un coude sur son genou et rapprocha sa tête de la sienne, son visage à quelques centimètres du sien et ses yeux plongeant dans les siens.

— Vous troublez mon existence très ordonnée.

Selena pensait qu'elle allait s'évanouir d'épuisement... ou à cause des vagues d'émotions que Sir Lucius avait fait remuer en elle. Tout cela était si fatigant, et elle posa sa main sur sa joue, en créant une sorte de barrière de protection. Il avait porté préjudice à sa dignité. Fermer les yeux sur un comportement aussi cruel comme ce qu'il avait fait la nuit dernière, si elle signifiait quelque chose pour lui, cela montrait donc qu'elle était la plus veule des créatures.

Il se pencha en arrière, ce qu'elle pensa miséricordieux, jusqu'à ce qu'il continuât son assaut.

— Ce que j'essaie de dire d'une manière désespérément inadéquate, c'est que je ne souhaite pas que vous partiez. Je veux que vous restiez.

Selena n'aurait pas pu être plus surprise si Sir Lucius s'était penché et l'avait poussée de sa chaise. Elle se tourna pour lui faire face, en s'attendant à ce qu'il éclatât de rire ou se moquât, ou même qu'il revînt sur ce qu'il avait dit. Il ne fit rien de tout cela. Son regard s'adoucit, implorant, et elle put y voir du désir, mais il ne se rapprocha plus. Elle oublia comment respirer.

— Comment suis-je censée répondre à cela ?

Les mains de Selena étaient maintenant fermement serrées

sur ses genoux, en l'ancrant, sûrement, pour qu'elle ne s'envolât pas du fauteuil, animée par des émotions aussi turbulentes. Après toutes ces années à s'éloigner de plus en plus de la société mondaine. Après la nuit dernière… c'était trop espérer qu'il eût de bonnes intentions envers elle.

— Dites que vous resterez, Miss Lockhart, implora Sir Lucius.

Selena sentit des larmes lui piquer les paupières en entendant la manière tendre avec laquelle il prononça son nom.

— Pour quelle raison ?

Elle ne pouvait plus croiser son regard. Il était devenu trop pesant. Au lieu de cela, elle regarda les flammes vacillantes dans la cheminée, en espérant désespérément que Mrs. Randall ne réapparaîtrait pas avant que cette conversation douloureuse, cette conversation douloureuse et merveilleuse, ne fût terminée.

Mais le poids de la réalité lui revenait alors que les souvenirs de la nuit dernière inondaient sa vision. Elle parlait presque dans un murmure.

— Vous n'avez pas jugé bon d'en parler hier soir avant mon départ précipité. Vous n'avez pas non plus jugé bon d'associer votre nom au mien en vous avançant délibérément alors que j'étais la cible des moqueries de Mr. Downing, dit-elle en le fusillant du regard. Ces actions ne relèvent pas d'un homme qui aurait le droit de faire une demande de quelque nature que ce soit.

— Je sais cela, répondit Sir Lucius en se penchant en avant et en portant les mains à son visage pour le frotter avec force. Je ne suis pas venu à votre secours. Cela était mal de ma part. Je ne peux pas tout expliquer, pas encore.

Brusquement, il s'assit et attrapa la main de Selena.

— Je suis trop direct, effronté même. Parce que je ne peux pas vous demander… ce à quoi vous devriez avoir toutes les raisons de vous attendre après que je vous ai demandé de rester. J'ai simplement besoin de temps. Je vous demande seulement de nous donner ce temps pour approfondir notre connaissance l'un de l'autre pendant que je réfléchis à tout cela.

Le cœur de Selena se refroidissait, alors même qu'elle cachait son soudain désir de pleurer. Que lui proposait-il ? Elle pouvait à peine le dire. Il ne lui offrait certainement pas le mariage. Ce ne pourrait sûrement pas être une autre carte blanche ? Comme s'il pensait qu'elle accepterait une telle chose. Eh bien, il devait être idiot... Mais Sir Lucius n'était pas idiot.

Peut-être était-ce elle l'idiote si son désir ardent de voir où les choses pourraient aller avec Sir Lucius l'empêchait de le rejeter catégoriquement, malgré son manque de galanterie.

Elle était très certainement une idiote, et une idiote pitoyable en plus.

— J'ai déjà beaucoup réfléchi à ma situation, déclara Selena. Je resterai un peu plus longtemps car il est mal de quitter Lady Harrowden sans lui laisser le temps de trouver une nouvelle dame de compagnie.

Lorsque le soulagement apparut sur le visage de Sir Lucius, elle le prévint :

— Lady Harrowden pourrait ne pas souhaiter que je reste. Elle avait certainement beaucoup de reproches à me faire hier soir. Je n'aurais peut-être pas d'autre choix que de prendre la première diligence.

— C'était très mal de sa part, dit Sir Lucius avec le front se plissant à nouveau. Bien que je pense que vous pourriez être surprise qu'elle ne mentionne pas votre départ. Lady Harrowden fulmine assez facilement, mais elle a vraiment besoin d'une dame de compagnie, surtout maintenant. Et Miss Woodsley a encore besoin d'une préceptrice. Je vous demande de rester pendant que nous trouvons une remplaçante.

Selena ressentit un ridicule sentiment de déception, alors même que son menton se levait.

— C'est dans leur intérêt vous me demandez cela ?

— Non, c'est dans le mien, répondit-il.

Elle détourna les yeux, en refoulant tout sentiment d'espoir qui montait dans sa poitrine.

— Si je reste, c'est uniquement dans l'intérêt de Lady Harrowden.

— Pour l'instant, il suffit simplement que vous restiez.

Sir Lucius prit sa main dans la sienne et la porta à ses lèvres. Il déposa un baiser chaud sur sa main nue, ce qui donna à Selena le sentiment de s'évanouir.

Mrs. Randall entra, en portant un plateau, et ferma fortement la porte derrière elle, le dos tourné à Lucius et Selena. Elle sembla prendre son temps pour le faire, et Lucius en profita pour s'éloigner de Selena. Tous deux restèrent silencieux lorsque Mrs. Randall s'avança, en posant le plateau sur la table près d'eux. Elle leur servit du café et des petits gâteaux.

Puis elle alla de l'autre côté de la pièce et s'assit près de la fenêtre, en leur donnant à tous deux un peu d'intimité.

— Je ne sais pas quoi dire d'autre, Sir Lucius. Je ne fais aucune promesse, chuchota-t-elle.

— S'il vous plaît...

Sa voix s'estompa, et il recommença :

— Je sais que je ne suis pas juste, mais je ne badine pas avec vous, Miss Lockhart. Je vous le promets.

Selena soupira.

— Je ne sais pas ce que je dirai à Lady Harrowden aujourd'hui quand je la verrai.

Le café et les gâteaux étaient restés intacts entre eux. Lucius dit :

— Dites à Lady Harrowden que je suis venu visiter la maison douairière, et que l'emménagement pourra se faire sans encombre. Elle pourra en faire peindre des parties sans qu'elle ne soit ennuyée pendant qu'elle y sera en résidence. Dites-lui que je vais vous aider avec tous les détails à régler. Elle pourra s'y installer dès qu'elle le voudra et n'aura pas besoin de rester ici, dans ce lieu où je soupçonne que son petit revenu est en partie utilisé pour aider aux dépenses de ce grand domaine. Lord Harrowden devra supporter les dépenses lui-même.

Selena jeta un coup d'œil à Mrs. Randall, en se demandant si elle écoutait. En tout cas, tous les employés sauraient bientôt si Lady Harrowden devait déménager à la maison douairière. Certes, Selena ne désirait pas vivre avec la langue acérée de la comtesse plus longtemps que nécessaire, mais Lady Harrowden aurait sûrement besoin d'elle pour aider à diriger les choses si elles devaient déménager. Et Selena avait besoin d'un revenu. Peut-être découvrirait-elle aussi que, loin de l'influence de Lord Harrowden, Rebecca, Lady Harrowden et elle s'entendraient beaucoup mieux.

Peut-être qu'elle pourrait même apprendre à endurcir son cœur concernant Sir Lucius. Il n'avait pas mis ses intérêts au-dessus des siens au bal, malgré l'offre de paix qu'il semblait lui offrir maintenant. Si elle pouvait juste garder ce détail au premier plan de son esprit, alors il devrait être possible de rester pour répondre à ses propres besoins tout en gardant Sir Lucius à distance. Cela valait certainement la peine d'essayer.

Elle hocha la tête.

— Très bien. Je resterai au moins le temps du déménagement à la maison douairière et jusqu'à ce qu'une nouvelle dame de compagnie soit trouvée.

— Cela est très bien, dit Lucius. C'est tout le temps dont j'ai besoin.

Il lui sourit, ce qui lui fit palpiter le ventre.

Selena détourna le regard. Elle est peut-être une idiote pitoyable, mais elle ne serait pas assez idiote pour le lui montrer.

Lucius fit ses adieux à Selena, mais il était loin de se sentir à l'aise. Pour la première fois de sa vie, il regretta de ne pas être intervenu alors qu'il avait eu l'occasion de la défendre. Voir le mariage de ses parents quand il grandissait ne l'avait pas incité à penser que le bonheur pouvait se trouver au sein d'une telle union. Mais Lucius commençait à avoir du mal à imaginer sa vie sans Selena. Et le fait qu'il l'eût quittée pas plus tard que la nuit dernière, seule et entourée d'une meute de loups affamés amenés par sa propre sœur, le rendait profondément honteux de lui-même.

Selena ne devait pas savoir que c'était sa sœur qui avait invité Mr. Downing. Il devrait le lui dire, bien sûr, et espérer qu'elle ne lui en voudrait pas non plus. Il était temps qu'il abordât les choses différemment. Alors que Lucius traversait la salle de billard, il vit Harrowden à l'intérieur, assis près de Miss Woodsley et en train de chuchoter à son oreille. Elle rougissait et gloussait, et se leva quand Lucius passa.

— Sir Lucius, s'exclama-t-elle. Quel plaisir de vous voir ici. Est-ce que vous veniez me rendre visite ?

Elle le regarda avec un tel optimisme qu'il eut du mal à la détromper. Il ne pensait pas non plus que cela aiderait la cause de Selena s'il disait à Miss Woodsley exactement ce qu'il pensait d'elle une seconde fois.

— Je suis venu voir Lady Harrowden, mais j'ai appris qu'elle était toujours au lit. Néanmoins, je suis toujours ravi de vous voir.

Lucius vit trop tard le regard ardent qui éclaira ses yeux quand elle entendit ce compliment si banal. Il avait été distrait par Selena, et c'était le premier compliment qu'il faisait à Miss Woodsley. Jusqu'à présent, tout ce qu'il avait fait avait été de la tenir à distance, presque jusqu'à la limite de l'indécence, et de la réprimander d'être une élève si difficile pour Selena. Entourer de prévenances flatteuses, ne fussent-elle infimes, une jeune fille impressionnable n'était peut-être pas la chose la plus sage qu'il eût faite.

Harrowden le regardait avec une irritation non dissimulée. L'homme avait une idée derrière la tête, et cela avait probablement à voir avec le fait de garder Miss Woodsley à proximité, probablement avec l'intention de la séduire si les choses n'allaient pas bien avec ses affaires financières. Lucius espérait que George ne tarderait pas à revenir.

Il s'inclina devant Miss Woodsley.

— J'étais sur le point de partir. Je vous souhaite une bonne journée.

— Avez-vous déjà appelé pour demander votre cheval ? Vous ne pouvez pas rester un peu plus longtemps ? Je peux m'asseoir avec vous si vous le souhaitez.

Miss Woodsley fit un pas en avant.

Lucius lança un autre coup d'œil au visage de Lord Harrowden, qui était rougeoyant.

— C'est très gentil de votre part, mais je dois m'en aller. Je vais marcher jusqu'aux écuries. Ce domaine ne m'est pas tout à fait étranger, étant venu ici souvent depuis que je suis enfant.

Lord Harrowden s'avança vers Miss Woodsley et lui prit le coude.

— Vous feriez bien de vous rappeler que ce domaine n'appartient plus à l'ancien comte. Vous ne pouvez plus vous déplacer librement à votre guise.

Lucius haussa un sourcil.

— J'en prends note.

Miss Woodsley s'éloigna de Harrowden et posa sa main sur le bras de Lucius.

— Peut-être que je peux vous accompagner là-bas.

Sir Lucius regarda le tissu fin de sa robe.

— Je ne sais pas si cela est une bonne idée. Vous n'êtes pas habillée pour cela, et je suis un peu pressé.

Le visage de Miss Woodsley s'assombrit.

— Très bien, dit-elle, étonnamment docile.

Il semblait qu'elle faisait des efforts pour prendre ses conseils à cœur.

— Mais reviendrez-vous bientôt ? demanda-t-elle.

Lucius pensa à Selena, à ses fines clavicules à peine visibles sous le décolleté de sa robe. Il pensa à sa peau pâle et à son nez élégant et à ses lèvres qui, bien qu'étant pincées, comme il se devait pour une préceptrice, l'invitaient à y presser les siennes. La seule pensée, qui le rongeait, était de la revoir au plus vite.

— Je ne manquerai pas de venir bientôt, dit-il.

Avant de se retourner, il capta l'expression d'exultation qui passa sur les traits de Miss Woodsley. Il ne pourrait pas se déclarer à Selena assez tôt.

CHAPITRE DIX-HUIT

La conversation de Lucius avec Selena pesait lourdement dans son esprit alors qu'il quittait Harrowden. Il se souvenait du regard de reproche qu'elle lui avait lancé. Il ne lui avait pas montré combien il avait commencé à l'apprécier, et il était déterminé à le faire maintenant.

Au moins, il l'avait convaincue de ne pas partir. Ou… pas. Elle avait précisé que le fait de rester n'avait rien à voir avec lui. Mais à moins que la comtesse ne l'envoyât faire ses valises avant le déménagement à la maison douairière, Lucius avait le temps. Il allait lui prouver qu'il était digne d'elle.

Sa première étape devait, bien entendu, être de rendre visite à sa sœur et de voir quelles autres activités elle avait prévues pour divertir ses invités, et de voir si elle inviterait la comtesse à l'une d'entre elles. Il avait également besoin de creuser et de découvrir pourquoi elle avait agi si malicieusement en invitant l'homme qui avait abandonné Selena, bien que cela dût être géré avec délicatesse, sinon elle saurait que l'affaire était importante pour lui et pourrait être amenée à commettre des dégâts irréparables avant qu'il ne pût demander la main de Selena.

Lucius attendit pendant encore une heure, en sachant que

Maria ne serait pas encore debout. S'il y allait maintenant, il serait plus susceptible de tomber sur Downing, qu'il voulait étrangler. Quand il pensa qu'assez de temps était passé, Lucius fit seller son cheval et partit.

Maria était de nouveau dans le couloir quand il arriva, et il soupçonnait qu'elle passait ses journées à regarder par les fenêtres en attendant de voir qui viendrait.

— Lucius, tu es ici à peine un jour après notre bal. Comme cela est plaisant…Es-tu venu discuter de la soirée d'hier ?

— D'une certaine manière, dit Lucius en suivant sa sœur alors qu'elle se dirigeait directement dans le salon. J'aimerais savoir quelles autres activités tu as prévues pendant que tes invités sont ici pour passer les journées d'hiver.

Il s'assit sur la chaise de brocart en face de Maria et croisa les jambes, en essayant de paraître désintéressé.

Les yeux de Maria s'agrandirent.

— Je savais que tu reviendrais à la raison et commencerais à souhaiter rejoindre la société mondaine. Le moment est venu pour toi de t'installer, et cela ne fait que le confirmer.

Elle lança à Lucius un regard entendu qui l'aurait fait s'enfuir de la pièce s'il n'avait pas eu un but précis.

— Et pour qui es-tu intéressé par ces réunions ? demanda Maria en tapotant son menton avec un petit sourire. Je sais que tu ne ferais rien à moins que cela ne serve tes propres intérêts. Est-ce Miss Butler ? l'interrogea-t-elle avant de haleter. Ou t'es-tu enfin intéressé à Miss Woodsley ?

— J'ai effectivement un intérêt pour quelqu'un, dit prudemment Lucius, mais tu ne dois pas être surprise si je ne le partage pas avec toi. Il suffit de dire que je suis assez désireux de faire partie des invités que tu as réunis pour me joindre à tes excursions, fêtes, et autres.

Maria ne put cacher la lueur triomphante qui lui vint aux yeux. Elle pouvait imaginer ce qu'elle voulait.

— Eh bien ! C'est agréable de voir que tu songes enfin à t'installer. Au fait, où as-tu envoyé George ? Il ne m'a donné aucun détail, mais je n'aime pas l'idée qu'il erre sans but dans Londres.

Lucius leva les yeux alors que Philippa entrait dans la pièce. Il se leva et lui donna un baiser sur la joue lorsqu'elle la lui présenta, et elle s'assit pour les rejoindre. Il se demanda si Maria avait remarqué qu'il ne l'avait pas embrassée en guise de salutation.

— Ce ne sera pas sans but. J'ai une affaire que je voulais que George examine, et cela ne me convient pas de quitter Woolmer Green en ce moment. Tout ira bien pour lui. Je l'ai envoyé là-bas avec des lettres à donner à des amis, et je sais qu'ils garderont un œil sur lui. En tout cas, il n'est plus le jeune garçon dont on le traite parfois.

Maria ne répondit pas mais tourna son regard vers Philippa.

— Je vois que tu n'es pas trop épuisée après la nuit dernière. Tu t'es plutôt bien comportée au bal, mais il y a certaines choses dont nous devons parler si tu veux être prête pour ta saison à Londres.

Lucius rejoignit la conversation.

— Et c'est précisément pour cette raison que je ne suis pas apte à accueillir Philippa à Londres. Elle aura besoin d'une femme pour la guider, et je n'en ai pas dans ma vie.

Maria lui lança un regard empreint d'ironie.

— Aucune femme convenable, devrais-je dire, ajouta Lucius pour la provoquer.

Cependant, cette plaisanterie ne lui plaisait pas. Il ne pouvait pas rire aux dépens de Maria alors qu'il avait si brutalement négligé Selena.

— Mais, Maman sera là pour faire cela, bien sûr, dit Philippa, inconsciente des pensées troublées et coupables de Lucius. Tu n'as qu'à ouvrir les portes de ta maison.

Lucius leva les yeux au ciel.

— C'est précisément ce que je ne souhaite pas faire. Que ma maison de ville normalement paisible soit envahie par des gens qui entrent et sortent de la salle de classe.

— Lucius, tu sais que tu ne refuseras pas à Philippa de venir, dit Maria. Peu importe combien tu sembles difficile et peu maniable, tu sais ce qui est dû à ta famille, et tu ne manques jamais à ton devoir.

Lucius fixait les motifs fleuris du tapis. Il ne s'était pas encore lancé dans l'un ou l'autre des desseins de sa visite, et il devait en venir au fait.

— Maria, que voulais-tu faire en invitant Downing ici ? Tu n'as pas prévenu Miss Lockhart. Connaissais-tu leur attachement passé ?

Tant pis pour l'idée de s'y prendre délicatement.

Maria fit la moue, et il crut voir dans son attitude qu'elle était sur la défensive.

— Bien sûr que je savais. Downing est député et Charles est l'un de ses bienfaiteurs. Charles m'a tout raconté sur les fiançailles ratées, tu te souviens ? Downing a très bien fait de mettre un terme aux fiançailles. Penses-tu qu'il aurait été élu à la Chambre des communes avec elle comme épouse ? Je t'assure que non.

— Très bien, dit Lucius. Les fiançailles ont pris fin il y a des années. Pourquoi lui permettre d'être humiliée une fois encore, et à ton bal ? Je ne t'imaginais pas si cruelle.

Maria se leva d'impatience et traversa la pièce pour trifouiller des papiers sur le bureau.

— Toi, Lucius. Tu es la raison pour laquelle j'ai invité Mr. Downing à la dernière minute. Je savais qu'il serait à l'aise avec les autres invités et qu'il accepterait l'invitation, à condition qu'il n'ait pas d'autres projets. Avec Charles comme bienfaiteur, comment aurait-il pu faire autrement ? Mais tes attentions envers Miss Lockhart ont été trop marquées pour être manquées. D'autres l'ont également remarqué. Même Lady Harrowden pensait qu'il pouvait y avoir quelque chose. Eh bien, dit Maria en se retournant pour faire quelques pas vers lui, maintenant tu sais qu'elle ne convient pas. Je ne voulais pas que tu te trompes sur sa situation.

Philippa avait observé la discussion mais avait sagement gardé le silence. Lucius prit une inspiration pour se calmer avant de répondre.

— Tout le monde peut connaître sa situation, déclara-t-il. Il suffit de constater qu'elle est engagée comme dame de compagnie pour savoir qu'elle est tombée en disgrâce alors qu'elle fréquentait les cercles de la haute société. Il n'y a aucune raison de traîner son nom dans la boue en plus de cela.

Maria se tenait les bras croisés, les yeux brillants.

— Cela est une chose d'être tout bonnement appauvrie. Cela en est une autre de laisser des dettes impayées à un si grand nombre de gentlemen que cela en est tout à fait choquant, comme l'était Lockhart. Et puis boire jusqu'à en mourir ? La disgrâce est tombée sur sa famille, et elle demeure.

Lucius se força à rester assis au lieu de sortir en trombe de la pièce, car il n'avait pas encore atteint son autre but de la visite. Quand il parlait, sa voix était soigneusement modulée et quiconque moins obtus que Maria aurait fait preuve de prudence à son égard.

— Très bien, Maria. Mais la laisser être humiliée publiquement, et dans ta propre maison, était quelque chose de très mal.

Elle lui adressa un regard tranchant en retour.

— Et pourtant, tu n'as pas pris sa défense, n'est-ce pas, Lucius ? Tu peux prêcher tout ce que tu veux, mais tu n'es pas meilleur pour courtiser de telles denrées altérées que je ne le suis à les promouvoir.

Lucius déglutit. Le fait de savoir que son comportement en disait long, et que cela n'était pas à son honneur, combiné aux mots tranchants *denrées altérées,* le remplissait d'un désir presque irrépressible de s'en prendre à quelqu'un, de préférence quelqu'un qu'il pût réellement frapper. La majeure partie de sa colère, cependant, était dirigée contre lui-même.

Il ne serait pas suffisant de répondre à Maria. Il ne pouvait pas gagner cette dispute tant qu'il n'avait pas prouvé à Selena, et à tout le monde, qu'elle avait la priorité sur son confort.

Il adopta un ton neutre quand il changea de sujet.

— Tu n'as pas précisé le plan proposé pour le divertissement de tes invités.

Les yeux de Maria s'illuminèrent du triomphe d'avoir remporté cette querelle.

— J'ai prévu un dîner et une partie de whist dans deux jours. Je n'avais pas l'intention d'inviter plus de convives que ceux qui séjournent ici, mais bien sûr, je serais ravie si tu venais. Tu es toujours le bienvenu dans ces réunions, ajouta-t-elle gracieusement.

Enfin, il en vint à son but.

— Serais-tu également ravie d'inviter Lady Harrowden et sa maisonnée ?

Le sourire flottait autour de la bouche de Maria.

— Tu prends mes paroles à cœur, je vois. Je suis contente de l'entendre. Je suppose que cela peut être arrangé. Je vais faire envoyer une invitation aujourd'hui.

Lucius se leva. Il était inutile de rester maintenant qu'il avait accompli ce qu'il était venu faire.

— Très bien. Je m'attends à ce que George revienne ce matin-là, alors il pourrait également être présent.

Selena regardait par la fenêtre de sa chambre, en pensant à Sir Lucius. *Vous troublez mon existence très ordonnée.* Elle se demanda comment cela aurait été s'il avait comblé les quelques centimètres restants et l'avait embrassée. Elle posa ses doigts sur les petites vitres carrées, froides au toucher. Son haleine embuait la vitre.

Elle vit Lord Harrowden qui marchait sur le sol enneigé en contrebas, et par instinct, Selena se recula derrière le rideau pour ne pas être vue. Elle jeta à nouveau un coup d'œil et vit que le comte était agité à propos de quelque chose. Son visage était caché sous son chapeau, mais son souffle sortait en nuages alors qu'il avançait, tête baissée et les poings serrés.

À ce moment-là, Rebecca courut dehors après lui, seulement vêtue d'une légère cape. Elle était donc déjà sortie du lit. Lord Harrowden se tourna et leva son visage vers Rebecca, et Selena vit un sourire apparaître. Elle se cacha à nouveau derrière le rideau, mais quand elle regarda dehors, il avait pris Rebecca par le bras et la ramenait à l'intérieur. Il se pencha pour lui faire un baiser sur la joue et Selena fronça les sourcils. Il fallait faire quelque chose pour arrêter ses avances.

Il était onze heures et Selena ne pouvait plus l'éviter. Elle sortit dans le couloir et commença à marcher, le long tapis rendant silencieux le bruit de ses pas. Ses pensées tournaient en vain dans son esprit alors qu'elle montait les marches menant à la chambre de Lady Harrowden. Elle découvrirait peut-être tôt ou tard quel serait son sort ici. Selena n'était pas sûre de savoir si un terme soudain à son poste la dérangeait vraiment dans le cas où Lady Harrowden nourrissait toujours ces sentiments de dégoût auxquels elle avait fait allusion la nuit dernière, même si cela signifierait une perte de revenus et peut-être de futurs postes si elle ne pouvait pas obtenir de recommandation.

Et puis il y avait Sir Lucius et son avenir peu plausible avec lui… Selena accéléra son rythme et inspira. Elle ne pouvait pas s'attarder sur ce fait. Cela était le sort de la vie des femmes comme Selena, qui avaient perdu leur rang. L'espoir était mort aussi.

Elle frappa trois fois à la porte de Lady Harrowden, comme à son habitude, et entra. Morgan leva les yeux, sans que Lady Harrowden ne la vît, et donna à Selena un sourire compatissant. Cela était un soulagement inattendu d'avoir une alliée ici.

— Avez-vous apporté ma correspondance ? demanda Lady Harrowden à Selena.

Finie l'irritation de la nuit dernière. Ce fut une telle surprise que Selena laissa presque tomber le plateau. C'était comme si rien ne s'était passé.

— Oui, madame, dit-elle en s'avançant. J'ai aussi vu Sir Lucius ce matin, qui a une nouvelle pour vous.

Lady Harrowden leva les yeux vers Selena entre deux fouilles dans les lettres qui lui avaient été remises.

— Et quand reviendra-t-il me donner cette nouvelle ? L'a-t-il dit ?

Soudain, la situation parut embarrassante à Selena. Elle se demanda si Sir Lucius avait réfléchi aux implications en lui demandant de transmettre la nouvelle à Lady Harrowden, plutôt que de l'apporter lui-même. L'on pourrait penser qu'il accordait une faveur inhabituelle à Selena, une simple dame de compagnie.

— Je crois qu'il ne voulait pas retarder la nouvelle et craignait de ne pas revenir assez tôt pour vous la donner, alors il m'a demandé de vous la transmettre.

Lady Harrowden ouvrit l'une des lettres avec un petit couteau, en tirant d'un petit coup sec violent.

— Il sait que je me lève à onze heures. S'il était impatient de me donner cette nouvelle, il aurait dû attendre que je sois debout pour me rendre visite. Très bien alors. Je vous écoute.

Ce n'était pas un début très prometteur, mais au moins Lady Harrowden ne semblait pas avoir le moindre soupçon quant à l'objet de la visite de Sir Lucius.

— Il a dit que la maison douairière était prête et que la peinture nécessaire pourra être faite pendant que vous y résidez. Vous pouvez vous y rendre dès que vous le souhaitez, et il a proposé de vous aider en tant que de besoin.

Elle se força à croiser le regard de la comtesse. Lady Harrowden dirait-elle qu'elle avait également besoin de l'aide de Selena, en prolongeant ainsi son séjour ?

Lady Harrowden posa la lettre sur ses genoux.

— Cela est une très bonne nouvelle. Au moins, il m'a donné

des conseils judicieux. J'avais prévu de vous faire commencer vos leçons avec Rebecca aujourd'hui. Si le bal d'hier soir m'a appris quelque chose, c'est qu'elle est totalement inapte à être introduite dans la société mondaine dès cette saison. Avec sa fortune, elle aura l'opportunité de faire un bon mariage. Mais si je la présente maintenant alors qu'elle est mal élevée et sans manières du tout, même si elle est agréable à regarder, cela risquera de me nuire et me fera perdre mon temps.

Lady Harrowden se leva et fit signe à sa femme de chambre d'apporter la robe qu'elle avait préparée.

— À présent, je vois que nous devrions revoir nos plans, mais peut-être un tout petit peu. Les préparatifs pour déménager dans la maison douairière doivent commencer immédiatement. J'ordonnerai aux serviteurs de commencer à emballer le linge et la vaisselle qui sont à moi, s'il reste effectivement des serviteurs. J'en vois de moins en moins ces temps-ci. Et vous, dit-elle en levant le doigt vers Selena, vous aiderez aussi, mais je suis fermement convaincue que votre priorité est de passer quelques heures par jour à enseigner à Rebecca les règles de bienséance. Évaluez ses compétences, celles que l'on est en droit d'attendre d'une femme distinguée, pour voir ce qui lui manque et commencez à les lui enseigner.

Selena commença à penser que Lady Harrowden n'avait peut-être aucune intention qu'elle partît. Et bien qu'elle ne sût pas si elle devait mettre des idées dans la tête de la comtesse, cela la surprit tellement qu'elle ne put s'empêcher de dire :

— Madame, après vos paroles lors du retour en calèche hier soir, j'avais compris que vous souhaitiez que je partisse. Je m'attendais à être renvoyée immédiatement.

Lady Harrowden se tourna alors que Morgan boutonnait le dos de sa robe, en évitant commodément le regard de Selena.

— J'ai peut-être été trop dure avec mes mots hier soir. Je n'aime pas les surprises. Mais Mr. Downing a fait preuve d'un manque de manières épouvantable en vous attaquant de cette façon, et vous ne méritiez pas un tel traitement.

En adoptant son ton acide habituel, elle ajouta :

— S'il n'y a plus d'incidents comme celui-ci, je suppose que je peux l'ignorer. Je ne peux pas faire ce déplacement vers la maison douairière sans aide, et Sir Lucius le sait. Allez trouver Rebecca et assurez-vous qu'elle est levée afin qu'elle puisse commencer ses leçons immédiatement.

— Comme vous le souhaitez, madame.

Selena fit une petite révérence et partit. Elle ne prit pas la peine de dire à la comtesse que cet incident se reproduirait probablement, surtout s'ils devaient emmener Rebecca à Londres pour la saison où tout le monde connaissait Selena. Elle était trop surprise de voir la comtesse montrer cette sorte d'adoucissement.

Alors que Selena descendait les escaliers, elle considéra l'idée qu'il serait peut-être prudent de se constituer une épargne, puis de trouver un nouveau poste avant que le voyage à Londres n'eût lieu. De cette façon, elle ne pourrait pas être accusée de cruauté envers Lady Harrowden, qui avait besoin d'elle pendant le déménagement, mais elle n'aurait pas non plus à supporter cette situation plus longtemps. Au demeurant, cela devrait être plus supportable à la maison douairière qu'au domaine où Lord Harrowden surgissait à chaque détour.

Selena chercha Mrs. Randall et l'envoya à Lady Harrowden, qui avait décidé de diriger certaines des affaires depuis sa chambre spacieuse. Puis elle alla trouver la pupille.

Rebecca sortit du salon avec Lord Harrowden à ses côtés, et Selena était derrière eux, elle avait donc une vision de leur comportement ensemble, qui était plus intime qu'il ne l'aurait fallu. La tête de Rebecca était penchée à côté de la sienne et elle riait en écoutant les choses qu'il lui racontait.

Selena plissa les yeux. Lord Harrowden pouvait se rendre attirant et charmant quand il le souhaitait. Mais il cachait ses longues dents. Avec sa richesse, Rebecca ne serait jamais amenée à voir le côté sombre de Lord Harrowden. Enfin, jusqu'à ce qu'il eût tout dépensé jusqu'au dernier penny.

— Rebecca, appela-t-elle, en les faisant se retourner tous les deux. Lady Harrowden m'a envoyée vous chercher. Elle souhaite que nous commencions les cours de maintien, afin que vous soyez prête pour votre saison à Londres.

Selena laisserait à Lady Harrowden le soin d'annoncer que la saison ne commencerait pas si tôt.

Rebecca soupira bruyamment.

— Comme cela est ennuyeux. Pourquoi dois-je faire une chose pareille maintenant ? Mon apprentissage sera suffisant en participant aux bals comme hier soir.

—Lady Harrowden espère le succès de votre saison, peut-être en tant qu'*Incomparable*, ajouta Selena, pas tout à fait honnêtement. Elle pense que cela vous serait bénéfique d'avoir un enseignement sur l'art des bonnes manières qu'une jeune femme doit maîtriser, et elle a suggéré que nous commencions à travailler là-dessus dès maintenant.

Selena était impatiente de l'éloigner de Lord Harrowden.

— Devrions-nous y aller, alors ?

Rebecca se retourna et suivit Selena sans discuter, même si elle soupira de nouveau. Bruyamment. Lord Harrowden fit un pas en avant comme s'il allait les rejoindre, mais avec un regard vers Selena, il se retourna brusquement et sortit par la porte qui menait aux écuries. Selena espérait qu'il irait faire une promenade à cheval et se perdrait dans les bois.

Elle ouvrit la porte du salon.

— Je crois que nous pouvons être à l'aise ici. Lady Harrowden est, au moment où nous parlons, en train d'ordonner aux serviteurs de préparer le déménagement à la maison douairière.

— Le déménagement ? s'exclama Rebecca. Je n'ai aucune envie de déménager. J'aime être ici. Je me suis toujours imaginée dans un grand domaine comme celui-là, et cela me convient très bien de vivre ici. Bien que…, dit-elle pensivement, cela ne me dérangerait pas de m'installer dans un domaine plus petit si j'épousais Sir Lucius.

Il y avait tellement de choses à dire que Selena ne savait pas par où commencer.

— Rebecca, si vous souhaitez faire un bon mariage et être la maîtresse d'un domaine comme celui-ci, vous avez besoin d'un apprentissage. Il n'y a pas d'autre façon d'y parvenir.

D'une manière plus enjôleuse, Selena ajouta :

— Aucune jeune femme n'aime suivre cet enseignement, sauf peut-être le très petit nombre qui excelle dans cet art. Nous sommes beaucoup plus nombreuses à souhaiter vivre des aventures ou à faire autre chose que de se tenir parfaitement droite, ou rester assise en forçant une aiguille à entrer dans un tissu, ou se creuser la cervelle pour se rappeler comment conjuguer les verbes français. Mais c'est quelque chose que nous devons toutes faire.

Selena termina en étant essoufflée. Elle n'avait pas réalisé combien sa propre frustration était perceptible, surtout qu'elle avait fait toutes ces choses-là et… où cela l'avait-elle menée ? Tout droit à un rôle de préceptrice-dame de compagnie pour deux des femmes les moins reconnaissantes qu'elle eût jamais eu le privilège de rencontrer. À tout le moins, elle pourrait torturer Rebecca avec le même apprentissage. Cette pensée lui procura une douce satisfaction.

En même temps, elle était consciente que laisser sa frustration l'emporter, si cela devenait une habitude, risquait de la faire devenir une vieille femme amère. Elle ne vaudrait alors guère mieux que la comtesse.

La voix d'autorité de Selena semblait avoir pénétré la brume d'égoïsme de Rebecca, car après avoir réfléchi un instant, elle demanda :

— Pensez-vous vraiment que cela m'aidera à avoir le mariage que je souhaite ?

— Je ne peux rien promettre, mais je crois que cela aidera,

répondit Selena, heureuse que son élève semblât avoir enfin compris. Rappelez-vous contre quoi Sir Lucius vous a mise en garde au bal. C'est pour cela que l'apprentissage est nécessaire.

— Pour obtenir un contrat de mariage avec Sir Lucius ? précisa Rebecca.

Selena réalisa immédiatement son erreur et mit à contribution son ingéniosité pour faire face à une telle obstination.

— Vous pensez toujours à lui et à lui seul ? Mais vous avez déjà reçu beaucoup d'attention, et ce n'était qu'une petite assemblée. Imaginez le succès que vous auriez si vous deviez aller à Londres, déclara Selena. Ne rêvez-vous pas de susciter l'intérêt ? Là où le monde sera à vos pieds ? Vous pourriez faire un très bon mariage, si telle est votre dessein.

Elle ressentit un pincement de culpabilité à faire appel au côté superficiel de Rebecca, mais elle mit cela de côté. Cela était une question de survie à ce moment précis.

— Je suppose que oui, dit Rebecca. Mais je n'ai jamais vu un homme aussi beau que Sir Lucius, qui a une élocution parfaite, qui est titré et déjà riche. Et ce serait une telle conquête que de réussir à le faire me regarder. Toutes mes anciennes camarades de classe seraient tellement jalouses. De plus, je ne suis pas sûre qu'un autre homme tel que Sir Lucius puisse exister.

Selena acquiesça intérieurement, elle ne pouvait pas argumenter. Mais peut-être qu'avec le temps, Rebecca pourrait se tourner vers un autre jeune homme.

— Très bien, si c'est ce que vous souhaitez, laissez-nous travailler pour faire de vous une épouse convenable pour lui, déclara Selena.

Cela la tourmentait, mais elle essaya de se convaincre qu'elle le pensait aussi. Dans l'état actuel des choses, Sir Lucius n'avait donné à Selena aucune indication, autre qu'un regard ardent et cette requête qu'elle restât, lui laissant entendre qu'il la considérait comme une candidate potentielle. Elle pouvait aussi bien accomplir sa tâche peu enviable d'éduquer Rebecca tout en la satisfaisant.

Les mots de Selena fonctionnèrent comme un charme, et Rebecca était soudainement devenue beaucoup plus complaisante. Elle commençait à écouter attentivement et même à rechercher des éloges pour ses efforts. Selena lui demanda de montrer sa démarche et son discours, puis lui expliqua ce qui devait être amélioré. Elle demanda à Rebecca d'exposer ce qu'elle savait des aquarelles, ce qui était encore moins que Selena. Son élève ne savait absolument rien du français.

— Qu'est-ce que vous appreniez dans cette école ? lui demanda Selena avec perplexité.

Il semblait que Rebecca n'eût rien appris de ce qui était propre à l'éducation féminine.

— Oh, je n'y ai pas prêté beaucoup d'attention. Je faisais ce que je voulais, et je crois que tant que mes tuteurs continuaient à payer, la maîtresse d'école était contente de me laisser faire ce que je souhaitais. Ce n'est que lorsque je suis partie sans dire où j'étais allée qu'ils ont décidé que la réputation de l'école pouvait être compromise.

Elle leva les yeux au ciel avant de poursuivre :

— C'est alors qu'ils ont décidé qu'ils voulaient me renvoyer. Cela était mesquin de leur part, je dois dire. Je suis sûre que beaucoup de filles ont admiré le geste audacieux que j'avais commis. Elles sont probablement toujours là-bas, forcées d'apprendre leurs leçons, et regardez où je suis !

Selena n'était pas amusée et ne put s'empêcher de riposter.

— Oui. Vous êtes ici, forcée d'apprendre les vôtres. Alors vous voyez, cela revient au même. Si vous savez ce que vous voulez, vous devez vous appliquer pour l'obtenir. Venez, arrêtons-nous pour aller prendre le thé.

CHAPITRE DIX-NEUF

Lucius faisait les cent pas devant la fenêtre, un signe d'agitation qu'il ne se permettait que lorsqu'il était seul. Ses serviteurs soupçonnaient probablement que quelque chose n'allait pas, car il avait répondu à Finn avec impatience lorsque le palefrenier avait annoncé que son hongre avait contracté la fièvre de la boue.

Non, il n'avait pas sa complaisance habituelle. Mais ce soir était le soir du dîner de Maria, et George n'était pas rentré, et Lucius ne pouvait pas continuer de faire la cour à Selena tant qu'il n'avait pas tout remis en ordre à Harrowden. Il devait à Lady Harrowden de tenir sa promesse envers son mari, et il devait à Selena de lui offrir un mariage qui ne se ferait pas au détriment des autres. Lucius était même allé jusqu'à s'enquérir d'une remplaçante appropriée pour devenir la préceptrice de Rebecca après des paroles fortuites qu'il avait entendues de la bouche de Maria. Il ne perdrait pas de temps à suggérer la candidate à Lady Harrowden, une fois qu'il aurait obtenu la main de Selena.

Lucius avait confiance en l'idée que son frère viendrait sans faute et espérait qu'il apporterait des nouvelles sur Lord Harrowden qui pourraient faire la lumière sur sa situation.

Comme ce serait ironique si le comte avait joué sa fortune et que le traitement cavalier dont il avait fait preuve envers Selena se retournât contre lui. C'était le résultat de toutes les critiques et préjugés que Harrowden avait jetés sur Selena, cela reviendrait le hanter.

Lucius s'assit dans son fauteuil et regarda celui vide à sa droite. Il appuya son menton dans sa main. Elle l'avait regardé au bal, quand il parlait à Philippa. Elle lui avait souri de l'autre côté de la pièce, et leurs regards s'étaient soutenus, et quand il n'avait pas pu s'empêcher de regarder en arrière, ses yeux étaient toujours rivés sur lui. C'est alors qu'il avait su qu'elle ressentait quelque chose pour lui. Le lendemain matin, il lui avait baisé la main dans le salon, et sa main s'emboîtait parfaitement dans la sienne. Mais ce n'était pas assez. Il voulait plus que tout attirer Selena dans ses bras.

Il regarda à nouveau le fauteuil vide, un sourire planant sur ses lèvres. Quand elle serait Lady Clavering, elle ne serait pas assise sur ce fauteuil. Elle serait assise dans le sien. Sur ses genoux et dans ses bras.

Il bondit sur ses pieds et recommença à marcher. Il avait besoin de bouger mais refusait de monter à cheval, bien qu'il eût un ardent désir de voir Selena. Il voulait être sûr qu'elle serait présente ce soir. Mais il ne pouvait pas partir alors qu'il savait que George viendrait. Et bien sûr, il venait juste de se diriger vers les étagères pour trouver un livre à lire, dont il regarderait probablement les pages l'esprit ailleurs, quand le bruit de l'ouverture de la porte d'entrée parvint à ses oreilles. George. Personne d'autre ne viendrait à l'improviste et sans frapper.

La porte s'ouvrit et Lucius se tourna pour avancer.

— Je savais que tu viendrais sans faute. Quelles nouvelles apportes-tu ?

George eut un rire enfantin et enleva son chapeau et ses gants, pour les tendre au domestique qui l'avait suivi.

— Offre-moi de la bière si tu le veux bien. Je reviens tout juste de Londres et je ne me suis pas encore arrêtée chez Maria.

Lucius fit un signe à Briggs pour qu'il accédât à la demande de son frère puis fit un geste pour avancer.

— Certainement.

Il ouvrit le chemin vers les fauteuils près du feu, où il pria son frère de s'asseoir.

— Eh bien, j'attendais ces nouvelles, dit-il.

— Lucius, tu deviens un être banal. Très bien. Tu avais raison. Harrowden s'est livré à de folles spéculations. Quelque chose concernant une filature de coton à Glasgow. Il avait déjà un fâcheux penchant pour le jeu, comme tu le savais, et il y a plusieurs dettes d'honneur impayées. C'est pour cette raison qu'il ne peut pas se montrer à Londres. Mais certains de ses acolytes à The Cocoa Tree avaient évoqué une affaire sûre, et tout ce que l'on peut dire, c'est que Harrowden a montré un grand intérêt pour ce projet, en posant un certain nombre de questions en public jusqu'à ce qu'il réalise peut-être qu'il devrait être plus circonspect. Il a suivi Williams hors du club, en pleine conversation.

George croisa le regard de Lucius et il poursuivit :

— Londres est en effervescence avec des rumeurs selon lesquelles l'investissement a échoué. Quelque chose à propos d'une épidémie de typhus qui a anéanti la moitié des travailleurs, et comme si cela ne suffisait pas, l'usine a pris feu il y a quelques semaines. C'est une sacrée nouvelle parce que quelques gentlemen avaient mis leurs espoirs en elle. On disait que c'était une affaire sûre, bien que je ne sois pas certain qu'ils aient tous investi, comme je le soupçonne, autant que notre voisin. Ses dettes de jeu étaient devenues très pressantes. Presque tous ceux à qui j'ai parlé, en toute discrétion bien sûr, pensent la même chose. Harrowden est dans une situation embarrassante.

Lucius se pencha en arrière alors qu'il digérait les nouvelles.

— Hmm. Je suppose que ce n'est finalement pas une surprise.

Il ne faudra pas longtemps pour que les nouvelles arrivent ici. Je dois à nos relations familiales d'aider Lady Harrowden de toutes les manières possibles, mais je ne peux peut-être pas faire grand-chose. Si Harrowden a hypothéqué les parties qui ne sont pas sous entail, le domaine aura du mal à subvenir à ses besoins. As-tu réussi à trouver un avocat ?

— Oui, je suis allé voir les deux noms que vous m'avez donnés. Le premier était en Inde, mais le deuxième a dit qu'il avait un confrère qui était situé dans le Hertfordshire, qui pourrait mieux convenir. J'ai donc apporté son adresse et son nom. Que va-t-il arriver à Lady Harrowden ?

— Son douaire devrait lui assurer une vie modeste, et elle peut probablement se permettre un domestique ou deux. Mais ce ne sera pas du tout ce à quoi elle est habituée, surtout si elle doit quitter le domaine de Harrowden et qu'elle n'y a plus accès. Je ne sais pas ce qui est placé sous entail et ce qui ne l'est pas. Même si elle peut être une vieille femme difficile, je ne le lui souhaite pas cela, pas à cette période de sa vie.

George secoua la tête.

— Moi non plus.

Lucius leva les yeux quand Briggs ouvrit la porte en portant deux chopes.

— Ah. La bière que tu attendais. Tiens... alors j'imagine que tu auras envie de retourner chez Maria pour te rafraîchir ? Juste pour que tu le saches, il y a un dîner ce soir, et je prévois d'y assister.

— Tu essaies déjà de te débarrasser de moi ? Cela est une belle façon de me remercier.

George prit une grosse gorgée, puis regarda Lucius avec intérêt en lui demandant :

— Tu retournes déjà chez Maria ? Qu'espères-tu accomplir en y allant ?

— Ce ne sont pas tes affaires, jeune indiscret, dit Lucius en riant alors que George fit une grimace. Cependant, puisque tu t'es donné la peine d'aller à Londres pour moi, je vais te le dire. Mon espoir est de réparer un tort passé et de redonner à Miss Lockhart une position digne. Je crois que Downing est toujours là, et je me suis assuré qu'une invitation serait envoyée aux Harrowden.

— Tu espères te racheter aux yeux de Miss Lockhart, dit George en souriant de manière entendue. Bien. Puisse-t-elle être disposée à ignorer ton manque flagrant de galanterie et à ne pas te rejeter pour ton audace, comme tu le mérites.

— Comme tu le dis.

Lucius laissa son frère le taquiner. En tout cas, il méritait le reproche.

SELENA SE TENAIT dans le couloir, en écoutant. Elle fit un tour complet mais ne vit personne. Personne ne portant un plateau ou debout à la porte ou se cachant hors de vue quand elle passait. Comme il était étrange qu'elle n'eût pas remarqué l'activité des domestiques jusqu'à ce que son absence la submergeât de son silence. Était-il possible qu'ils fussent tous à l'étage en train d'aider Lady Harrowden à préparer ses affaires ?

Un coup a retenti à la porte et Selena attendit, mais personne ne se précipita pour y répondre. Après un moment d'hésitation, elle se dirigea vers la porte et l'ouvrit.

De l'autre côté se tenait un commerçant ou un domestique quelconque, et Selena le regarda avec un air interrogateur. Il retira son chapeau et s'inclina devant elle.

— Excusez-moi, miss. On m'a dit de m'adresser à la cuisinière.

— Je crois que vous la trouverez à l'entrée des domestiques, répondit lentement Selena.

Un commerçant à la porte d'entrée ?

— Vous ne savez pas comment vous y rendre, peut-être ? demanda-t-elle.

— J'ai frappé là-bas, mais personne n'a répondu. Et Mr. Anton, le boucher, a dit que je devais livrer le message quoi qu'il arrive, en vous demandant pardon, miss. Il m'a dit de vous dire qu'il n'y aurait plus de livraison de viande tant que sa facture n'aurait pas été payée.

Selena fronça les sourcils. Une telle facture usuelle ne pouvait certainement pas être en retard ? Elle avait soupçonné qu'il y avait des incohérences avec le mode de vie de Lord Harrowden et le revenu que la succession fournissait, et Lady Harrowden l'avait laissé entendre. Mais la viande était un aliment essentiel. Il devait sûrement y avoir un malentendu.

— Attendez ici. Je vais amener la cuisinière pour qu'elle vienne vous parler.

Selena ferma la porte et se précipita vers la cuisine. Elle vit Mrs. Randall avec un certain soulagement. Il y avait encore des domestiques à Harrowden, après tout.

— Mrs. Randall, je crois que vous devez être occupée en ce moment, car je sais que Lady Harrowden a demandé votre présence, mais il y a quelqu'un à la porte...

— Oui, c'est exactement ce que vous dites, Miss Lockhart. Je ne peux pas m'occuper de la personne à la porte. Peut-être pourriez-vous trouver Mullings ? Ah, non. Mullings est parti ce matin. Ou...

La voix de Mrs. Randall s'éteignit, et ce fut alors que Selena remarqua combien elle était épuisée.

Selena regarda la gouvernante avec inquiétude.

— Cela est une chose très étrange, mais il n'y a pas de serviteurs dans les environs. Pas un. Et maintenant, il y a un commerçant à la porte d'entrée qui dit qu'il n'y aura pas de viande livrée comme promis jusqu'à ce que la facture soit payée, dit Selena en regardant autour d'elle. Où est la cuisinière ?

Mrs. Randall commença à se tordre les mains.

— Certains des domestiques ont choisi d'abandonner leur poste aujourd'hui, et je ne sais pas quoi faire. Leurs salaires n'ont pas été payés depuis quelques mois. La cuisinière est l'une d'entre eux.

La gorge de Selena se serra avec une montée familière de panique. Cela avait commencé de la même manière lorsque sa propre maison avait commencé à se désagréger, et même si elle trouvait ardu d'apprécier Lady Harrowden, il serait beaucoup plus difficile pour la comtesse de se remettre d'une telle perte que pour Selena, qui était jeune et entourée de sa famille. Lady Harrowden était veuve.

Selena repoussa la boule qui siégeait dans sa gorge.

— Je vais m'occuper du commerçant. N'avons-nous pas d'économies pour les besoins domestiques ? Est-ce que je ne peux pas payer la facture et faire envoyer de la viande pour le souper de ce soir ?

Mrs. Randall secoua la tête.

— Je ne sais pas comment nous allons arranger cela. Le comte a été évasif concernant l'état des finances du domaine, et je n'ai pas osé l'interroger davantage. Mais cela fait un certain temps que nous vivons à crédit et nous ne sommes plus en mesure de payer les factures lorsqu'elles arrivent. Il est difficile d'obtenir des bougies et les fournitures les plus élémentaires pour la maison. Et maintenant, il ne nous reste que quelques serviteurs. J'ai été ici toute ma vie, mais ceux qui n'ont aucune loyauté envers Harrowden sont partis aujourd'hui.

Les pensées de Selena s'emballaient alors qu'elle fixait Mrs. Randall. La première personne à qui elle pensa qui pourrait être en mesure de la conseiller était Sir Lucius, mais cela était ridicule. Qu'avait-il à voir avec les problèmes de Harrowden, même s'il avait une promesse à tenir envers Lady Harrowden ? Peut-être que sur les fondements de cette promesse, elle pourrait lui parler de cette affaire. Il avait dit qu'elle pouvait le faire venir si elle avait besoin de lui.

L'idée de solliciter les conseils de Sir Lucius fit s'accélérer le pouls de Selena. Elle monta l'escalier, en réfléchissant à cette idée, et se dirigea vers la porte où le commerçant attendait toujours.

— Je ne suis pas en mesure de trouver la cuisinière pour le moment, mais nous enverrons quelqu'un pour payer la facture comme il se doit.

Le commerçant s'inclina maladroitement et partit sans un mot de plus.

Selena ne savait pas pourquoi elle avait eu besoin de proférer un tel mensonge. S'ils n'avaient pas l'argent maintenant, ils ne l'auraient pas plus tard. Peut-être était-ce pour sauver son honneur et ne pas avoir à revivre le traumatisme d'avoir été harcelée par des commerçants. Ou peut-être souhaitait-elle épargner Lady Harrowden ? Elle ne pouvait pas discerner le fonctionnement de son cœur. Mais elle ne pouvait tout simplement pas dire à cet homme qu'ils n'avaient pas d'argent alors qu'elle espérait toujours qu'on le trouverait.

Selena prit une profonde inspiration et se tourna pour entrer. Elle devait consulter la comtesse. Selena monta rapidement les marches et frappa à la porte. Lorsqu'elle entendit l'appel à entrer, elle le fit et trouva Lady Harrowden en train d'ordonner à l'un des serviteurs d'emballer la collection de linge brodé qui avait été disposée devant elle pour qu'elle l'examinât.

Selena s'avança et attendit que la comtesse lui accordât son attention.

— Madame, puis-je vous dire un mot ?

Lady Harrowden fit claquer des doigts à l'intention de la bonne qui semblait bouger trop lentement à son goût.

— Dépêchez-vous, ma fille. Nous devrons bientôt nous préparer pour le dîner de ce soir chez les Holbeck. Vous avancez beaucoup trop lentement. Plus tôt je pourrai déménager à la maison douairière, mieux ce sera pour moi.

Elle se tourna alors vers Selena.

— Devez-vous m'interrompre maintenant ? demanda-t-elle. Ne voyez-vous pas que je suis trop occupée ? Qu'avez-vous fait de Rebecca ? Avez-vous terminé votre apprentissage pour aujourd'hui ?

Selena rassembla son courage.

— Madame, il est très urgent que je vous parle seule. S'il vous plaît.

Lady Harrowden finit par tourner toute son attention sur Selena, bien qu'un regard d'irritation traversât ses traits.

— Très bien. Que tout le monde quitte la pièce.

Quand la bonne et le laquais furent partis, Lady Harrowden s'assit avec un gémissement. Elle n'était sûrement pas habituée à tant d'activités, même si elle n'avait pas quitté ses appartements.

— Eh bien, finissons-en, dit-elle. Qu'est-ce qui ne va pas ? Avez-vous préparé Rebecca pour ce soir ? Vous comprenez que vous ne devez pas venir avec nous cette fois. Je crois que d'horribles gentlemen seront encore là, et je ne veux plus d'embarras, ni pour vous ni pour moi.

— Oui, je comprends cela, déclara Selena, et cela correspond parfaitement à mes propres souhaits. Je suis heureuse de me soumettre aux vôtres.

Selena prit la chaise en face d'elle. Elle devait être au niveau des yeux de la comtesse.

— Madame, Mrs. Randall vient de m'informer que de nombreux serviteurs sont partis aujourd'hui parce que leurs salaires n'ont pas été payés depuis des mois. Les gens commencent à soupçonner qu'ils ne seront pas payés du tout.

Lady Harrowden pinça si fort ses lèvres que les rides autour de sa bouche devinrent blanches. Bien que Selena craignît pour la santé de Lady Harrowden, elle pensa qu'il valait mieux tout dire.

— Et quand j'étais dans l'entrée, on a frappé à la porte d'entrée. Je l'ai ouverte parce qu'il n'y avait pas de domestiques pour le faire, et c'est l'apprenti du boucher qui était venu se faire payer sa facture. Il a frappé à la porte d'entrée parce que personne ne répondait à l'entrée des domestiques, et on lui a dit qu'il ne pouvait pas partir avant d'avoir délivré son message. Il a dit qu'il n'y aurait pas de viande apportée au domaine jusqu'à ce que nous ayons payé la facture. Cela fait plusieurs mois qu'ils n'ont rien reçu de notre part.

— C'est impossible, dit sèchement Lady Harrowden.

Mais elle devint pâle et ses yeux s'étaient écarquillés.

— Vous devez faire erreur, ajouta-t-elle.

Selena secoua la tête.

— Il me l'a dit de sa bouche et j'ai rencontré Mrs. Randall dans la cuisine. Elle semble être un peu sous le choc.

Lady Harrowden leva une main tremblante.

— Appelez Mrs. Randall pour moi. Et dites à Morgan de me préparer quelque chose, car je me sens défaillir.

Selena sonna, puis prit place aux côtés de la comtesse. Lady Harrowden regarda fixement devant elle avant de sembler prendre une décision.

— Voilà ce que nous devons faire, Selena. Vous irez à ma place ce soir, et vous direz aux Holbeck que je suis malade. Dites à Maria de m'envoyer Sir Lucius, s'il n'est pas là pour que vous le lui disiez vous-même, et vous garderez un œil sur Rebecca. Cela m'est égal que mon neveu y aille ou non. Ce n'est pas ma préoccupation. Mais nous devons préserver les apparences aussi longtemps que nous le pourrons. Nous devons réparer ce désastre avant que les choses n'aillent trop loin, si une telle chose est envisageable.

Mrs. Randall entra, le visage pincé d'inquiétude, et Selena se leva. Elle verrait Sir Lucius ce soir. Là encore, elle serait probablement obligée de voir Matthew Downing. Le plaisir ne va pas sans douleur dans le monde des Lockhart.

— Très bien, madame, dit-elle. Je ferai comme vous dites.

CHAPITRE VINGT

Selena avait quitté Lady Harrowden et était partie à la recherche de Rebecca. Elle la trouva dans sa chambre avec des piles de robes éparpillées, comme si chacune avait été sortie pour être inspectée. Alice tenait une robe devant sa maîtresse, et elles se tournèrent toutes les deux pour regarder Selena quand elle entra.

Rebecca soupira de frustration.

— La couturière n'a pas apporté la robe de soie qu'elle avait promise pour ce soir. Elle a envoyé quelqu'un avec ses excuses, mais elle ne doit pas s'imaginer que j'aurai à nouveau recours à ses services. Maintenant que dois-je faire ? Je n'ai absolument rien que je puisse porter.

Selena s'avança, en regardant les monticules de robes qui couvraient le lit et les fauteuils. Rebecca avait plus de robes que Selena n'en avait jamais possédées, même pendant sa saison londonienne.

— Je suis certaine que vous trouverez une robe appropriée dans cette pile. Vous avez l'embarras du choix. Ce n'est pas comme si on allait vous voir dans quelque chose que vous auriez déjà porté, vous n'êtes pas ici depuis assez longtemps.

Elle regarda celle que la femme de chambre de Rebecca lui avait montrée et fit un geste vers celle-ci.

— Elle conviendrait très bien, dit Selena. La couleur sied à votre teint. Je suis venue m'assurer que nous sommes à l'heure. Lady Harrowden ne nous rejoindra pas ce soir chez les Holbeck. Elle m'a demandé de vous accompagner à sa place.

Rebecca reçut la nouvelle sans poser de questions mais continuait de s'inquiéter et de pleurer la perte de la robe qui n'arriverait pas. Selena n'eut pas la patience de l'amadouer pour la faire changer d'humeur.

— Alice, s'il vous plaît, assurez-vous que Rebecca soit prête à huit heures.

Selena partit et se dirigea vers sa chambre. Elle avait deux heures pour s'habiller et se préparer au désagrément de revoir Mr. Downing. Heureusement qu'elles avaient été invitées à dîner. Cela pourrait retarder les soupçons de Rebecca sur ce qu'il se passait au domaine.

Alors que Selena déroulait ses cheveux et les brossait avant de les attacher à nouveau, elle se demanda où était Lord Harrowden et s'il serait présent ce soir. Elle ne l'avait pas vu de la journée, ce qui était aussi inhabituel que d'avoir une maison vide de domestiques. Son absence était en quelque sorte une amélioration, mais c'était quand même inquiétant. Quelque chose n'allait pas et Selena avait l'impression d'attendre qu'une tempête éclatât.

Elle jeta un coup d'œil à ses toilettes. Toutes celles avec lesquelles elle était arrivée étaient usées. Il y avait une robe en bon état qu'elle avait réussi à confectionner en bombasine gris ardoise, en plus de la malheureuse robe de bal. Elle devrait porter la robe grise, qui était plutôt simple pour une tenue de soirée mais qui était la mieux qu'elle possédât. Quant à la robe de bal, elle ne voulait plus jamais la porter.

À huit heures moins cinq, Selena descendit à la recherche du seul laquais restant, qu'elle trouva finalement dans la cuisine avec

Hazel. Lorsque Selena entra, il arrêta ce qu'il était en train de faire et tourna son attention vers elle.

— Je vous prie de faire apporter la voiture, car nous sortons ce soir, dit-elle.

Il s'inclina.

— Oui, miss.

Selena le regarda partir et se demanda pourquoi il avait choisi de rester alors que tous les autres étaient partis, puis elle jeta un coup d'œil au visage rougissant de Hazel et pensa qu'elle avait sa réponse. Selena était reconnaissante qu'il eût continué à la traiter avec une marque de respect. Bien que cette catastrophe ne fût pas son affaire personnelle, contrairement à la première, cela l'affectait suffisamment pour qu'elle ne se sentît pas à l'aise.

Alice, dont il fallait couronner le mérite, avait fait sortir Rebecca, qui était en bas, à huit heures précises, et Rebecca avait l'air charmante dans la robe qu'elle avait choisie. Elle devait le savoir, car elle était d'humeur complaisante.

Le palefrenier amena la voiture et Selena se demanda si, même à la dernière minute, Lord Harrowden apparaîtrait et les rejoindrait, mais il ne vint pas. Elle se sentait libre sous l'absence de son regard moqueur, même si elle savait que d'autres défis l'attendaient au dîner ce soir-là, des défis qui seraient encore moins agréables.

Alors que le palefrenier conduisait la calèche jusqu'à l'entrée principale du domaine des Holbeck, tout était calme à l'extérieur, contrairement au soir du bal officiel. Bien que les fenêtres fussent éclairées et qu'ils pussent entendre les sons de voix venant de l'intérieur, il n'y avait pas de ligne de réception ni d'invités dans l'entrée. Le majordome des Holbeck dirigea Selena et Rebecca vers la pièce où les autres invités étaient réunis.

La première paire d'yeux qui se tourna vers elle fut celle de Mr. Downing, et il fallut que Selena fît tous les efforts possibles pour ne pas trembler et courir vers la voiture. Elle détourna le regard.

Mrs. Holbeck s'avança et serra l'une des mains de Rebecca.

— C'est délicieux de vous avoir de retour chez nous, ma chère.

Elle jeta un coup d'œil à Selena, puis se tourna vers Rebecca.

— Mais où est Lady Harrowden ? demanda-t-elle. L'autre invitation était spécialement pour elle.

Rebecca regarda Selena avec hésitation. Elle n'avait pas demandé dans la voiture pourquoi Lady Harrowden ne venait pas, car cela ne lui était probablement pas venu à l'esprit.

— Lady Harrowden ne se sent pas bien, répondit Selena. Et elle m'a demandé de chaperonner Miss Woodsley à sa place.

Mrs. Holbeck lui rendit un sourire crispé, puis laissa Selena et Rebecca et alla rejoindre une conversation avec d'autres invités. L'une des jeunes femmes debout avec sa mère à proximité fit une gentille remarque sur la robe de Rebecca, et Rebecca se tourna vers elle, en laissant Selena seule.

Sir Lucius entra par une porte dans le salon. Lorsqu'il repéra Selena, il se dirigea vers elle avec un sourire qu'elle ne put s'empêcher de lui rendre, tout en espérant que cela ne fût pas remarqué.

— Vous avez réussi, dit-il. Maria venait de me dire quelques minutes plus tôt que vous ne viendriez pas, car vous n'aviez pas été invitée. J'allais partir.

Les yeux de Selena s'agrandirent. Elle ne pouvait pas se méprendre sur ce qu'il voulait dire, et cela fit battre fort son cœur dans sa poitrine.

— Sir Lucius, je dois vous dire un mot.

Il se pencha en avant et posa ses lèvres près de son oreille.

— Appelez-moi Lucius, s'il vous plaît.

Selena regarda sur le côté et vit Mrs. Holbeck les regarder. Elle se tourna vers Sir Lucius.

— Lady Harrowden est sous une grande contrainte. Il semble que plusieurs factures n'aient pas été payées au domaine, et de nombreux domestiques ont quitté leur poste parce qu'ils n'ont pas reçu de salaire depuis plusieurs mois. Un commerçant est venu à la porte aujourd'hui et il a dit qu'il n'y aurait pas de viande livrée tant que la facture n'aurait pas été payée.

Elle vit son inquiétude se refléter dans ses yeux et se sentit insensiblement mieux. Elle n'avait pas à supporter seule ce désarroi.

— Lady Harrowden a été tellement choquée qu'elle s'est mise au lit ce soir, c'est pour cela qu'elle n'est pas là, continua-t-elle.

Sir Lucius pinça les lèvres.

— Je dois vous dire que cela ne me surprend guère, bien qu'il ait dû emprunter à la succession presque dès le moment de l'héritage pour que les choses progressent aussi vite. Mon frère George est revenu de Londres ce matin, où il s'est renseigné sur la situation de Harrowden. Il s'avère qu'il a spéculé furieusement sur un plan qui a échoué, et en plus de ses habitudes de jeu désastreuses, je crains qu'il ne tarde pas à être ruiné.

Un frisson de peur parcourut Selena.

— Qu'est-ce que cela signifiera pour nous ? Lady Harrowden pourra-t-elle encore emménager dans la maison douairière ?

Sir Lucius inclina la tête vers Selena, alors qu'il se penchait pour parler.

— J'amènerai un comptable et un avocat pour qu'ils rencontrent la comtesse demain, en l'occurrence, pour examiner son douaire et les comptes qui la concernent. Je ne sais pas si la maison douairière était sous entail avec le reste du domaine, mais dans tous les cas, les conséquences des actions de Harrowden entraîneront la lourde épreuve que subira la comtesse, car son nom sera lié au scandale. Il n'y a aucun moyen de l'éviter.

Selena jeta un coup d'œil dans la pièce et fut rassurée de voir que l'on ne lui accordait pas trop d'attention, même si elle était très proche de Sir Lucius. Peut-être que cette soirée se passerait mieux qu'elle ne le craignait. Puis elle se risqua à nouveau à regarder Mrs. Holbeck, qui avait toujours les yeux rivés sur eux, et révisa son jugement. Cette femme lui lançait des poignards avec les yeux.

Elle n'était toujours pas disposée à mettre fin à une conversation qui lui apportait du réconfort dans une soirée autrement lourde de tension.

— Cela fut affligeant d'avoir un commerçant à la porte, déclara Selena. Il est venu à l'entrée principale parce qu'il avait frappé à l'entrée des domestiques sans que personne ne fût là pour le recevoir. La cuisinière était déjà partie. Le commerçant a dit qu'il avait reçu l'ordre de remettre la facture par tous les moyens nécessaires, et apparemment cela signifiait frapper à la porte d'entrée.

Le bras de Sir Lucius frôla le sien avec leur proximité.

— Cette tempête qui se prépare n'a pas de rapport avec vous. Vous n'êtes que la dame de compagnie de la comtesse. Vous n'avez pas à souffrir de la folie de Harrowden.

Une soudaine vague de larmes monta aux yeux de Selena, mais elle les chassa rapidement.

— Je crois que vous ne pouvez pas tout à fait comprendre. Cela me rappelle trop ce qui s'est passé dans ma propre famille, et cela ouvre de nouvelles blessures. En sachant ce que c'est que d'avoir subi un tel scandale, je ne pourrais le souhaiter à personne, même si Lady Harrowden n'est pas toujours particulièrement gentille avec moi.

— Vous méritez mieux, Selena.

La voix de Lucius était profonde, et il prononça son nom comme une caresse.

— Lorsque l'avocat viendra demain, poursuivit-il, nous verrons ce qui peut être fait pour Lady Harrowden. Et vous… dit-il en attendant qu'elle levât les yeux vers lui. Assurez-vous également de m'accorder quelques minutes de votre temps.

Lucius prit sa main dans la sienne et la pressa, et Selena se retrouva à nouveau à regarder sa sœur, dont le visage était rigide.

— Je le ferai, répondit Selena en haletant.

Il avait utilisé son nom de baptême, et elle n'avait pas trouvé la force de s'y opposer.

Mrs. Holbeck avait commencé à apparier les convives pour la table du dîner selon son plan déterminé au préalable.

— Lucius, emmène Miss Woodsley dans la pièce, ordonna-t-elle.

Il n'y avait pas d'autres gentlemen éligibles quand fut venu le temps de Selena, et elle suivit les couples dans la salle à manger et s'assit sur la seule chaise disponible, à la gauche de Mr. Downing.

Le cœur de Selena se serra. Cela était ce qu'elle avait craint. À part lui avoir jeté un coup d'œil une fois, Mr. Downing l'ignora et se tourna vers son partenaire de droite pour le hors d'œuvre. Selena mangeait en silence, car il semblait que l'homme plus âgé à sa gauche était sourd. Mais quand de nouveaux plats furent apportés, Mr. Downing se servit de volaille et se tourna vers elle.

— Je ne m'attendais pas à ce que vous reveniez ici, dit-il. Je pensais que vous en auriez eu assez après le bal de l'autre soir. Ce furent des retrouvailles en quelque sorte. Pour être honnête, je ne m'attendais pas à vous revoir quand vous avez quitté Londres.

— En l'occurrence, je n'avais pas le choix, répondit Selena. Lady Harrowden est tombée malade à la dernière minute, et je devais accompagner Miss Woodsley ce soir. Je n'avais pas l'intention de venir, croyez-moi. J'en avais eu assez de vous l'autre soir.

Il rit d'une manière similaire à ce dont elle se souvenait. Comment avait-elle pu penser que son rire contenait de la chaleur ?

— Je peux l'imaginer. Ce fut un tel choc de vous voir, Selena, je n'ai pas pu m'en empêcher. Vous êtes tout aussi belle que lorsque nous étions fiancés. Et, si je peux me permettre de vous faire un compliment, vous n'avez pas perdu votre fière allure même en tant que dame de compagnie rémunérée. Vous vous en êtes bien sortie.

Selena haussa un sourcil et parvint à garder sa main stable lorsqu'elle porta sa fourchette à sa bouche. Elle ne jugea pas nécessaire de le remercier. Et bien que l'idée dévoyée de planter sauvagement les dents de sa fourchette dans sa main lui eût traversé l'esprit, son apprentissage des convenances la conduisit à poursuivre une conversation comme s'ils n'étaient pas ennemis.

— Je n'ai pas suivi votre carrière. Avez-vous obtenu le poste au Parlement que vous souhaitiez ?

Selena mâchait la nourriture dans sa bouche, qui était aussi sèche que de la sciure de bois.

Mr. Downing prit une gorgée de vin et répondit avec une voix officielle d'élu.

— Oui, j'ai été élu au Parlement trois mois après la fin de nos fiançailles.

Parce que nos fiançailles étaient terminées, voulez-vous dire.

— Je sais que cela a toujours été l'une de vos ambitions. Comme cela est merveilleux pour vous que vous ayez pu la réaliser.

Mr. Downing palpait le pied de son verre à vin sur la table.

— Maintenant, j'imagine qu'il m'appartient de trouver une femme. Je n'y avais pas pensé, mais vous revoir m'a fait réaliser que cela était autrefois mon ambition, et ce n'est pas une mauvaise ambition. Cela me fera paraître comme un gentleman sérieux qui peut avancer en politique. Sans famille, il y a un risque qu'on me considère comme trop jeune.

— Eh bien, dit Selena en lui adressant un sourire crispé. Rien ne vous empêche de trouver une femme maintenant, n'est-ce pas ?

Quand le plat changerait-il, afin qu'elle pût être libérée de cette conversation tourmentante ?

— Votre élève semble être pleine d'esprit.

Mr. Downing dirigea son regard sur Rebecca de l'autre côté de la table, et Selena le suivit.

— Je l'ai trouvée un peu libertine l'autre soir, mais il faut admettre qu'elle a beaucoup d'élégance.

— Elle est belle, c'est très vrai, Mr. Downing. Et bien qu'il n'y ait aucune objection à ce que vous la courtisiez, Lady Harrowden a décidé qu'elle ne serait pas présentée à cette saison, mais à celle d'après.

— J'ai entendu dire qu'elle est en possession de trente mille livres, dit Mr. Downing en détournant son regard de Rebecca pour se tourner vers Selena. Peut-être que je continuerai mes visites chez les Holbeck pour pouvoir supplanter les autres gentlemen de Londres. Ce n'est pas souvent qu'on trouve un si beau visage assorti de si jolis avantages.

Ses paroles déclenchèrent un éclair de colère en Selena, qui répondit :

— Par avantages, je ne peux qu'imaginer que vous voulez parler de ses revenus. Je vous en prie, courtisez-la. Mais comme il vous manque un titre, je ne crois pas qu'elle sera très facile à tenter.

En face d'eux, Sir Lucius riait à quelque chose que venait de dire Rebecca, et Selena crut voir une sorte de tension autour de ses yeux. Ou peut-être l'avait-elle simplement imaginée. En plus de souffrir davantage de la présence de Mr. Downing dans le Hertfordshire, la dernière chose que souhaitait Selena était de voir Rebecca flirter avec Sir Lucius.

Les mots sortirent avant qu'elle ne pût les arrêter.

— Vous pourrez constater que quelqu'un d'autre vous a déjà supplanté.

Elle indiqua Sir Lucius en inclinant son menton. Ce fut plus par dépit envers Mr. Downing que par conviction qu'elle ajouta :

— Je crois que sa sœur aimerait voir cette rencontre prospérer. Donc, si vous avez l'intention d'utiliser cet endroit comme lieu de séjour pendant que vous courtiserez Miss Woodsley, vous n'aurez peut-être pas d'allié dans ce cercle.

Mr. Downing répondit par l'indifférence, mais Selena savait que son esprit tournait. Ils n'avaient pas passé un an de cour sans qu'elle n'eût appris l'étendue de ses ambitions. Ce serait trop pour lui de laisser trente mille livres lui glisser entre les doigts sans insister.

Finalement, l'interminable dîner arriva à sa fin et Selena se dirigea vers le salon où des tables de whist avaient été installées.

Mrs. Holbeck dirigeait l'affaire.

— Philippa, je ne t'ai pas comptée. Nous avons suffisamment de tables complètes sans toi.

Elle jeta un coup d'œil à Selena mais ne jugea pas nécessaire de lui dire qu'elle aussi était exclue. Selena se tourna vers les sofas qui étaient dans un côté de la pièce, et Philippa vint la rejoindre avec un sourire timide et une remarque sur combien elle détestait le whist.

LUCIUS ÉCOUTAIT d'une oreille pendant que Rebecca le régalait de ses histoires pendant le dîner. Ses pensées étaient concentrées sur Selena, assise près de Downing. Cela devait être une modification de dernière minute de Maria, car elle n'aurait jamais mis Lady Harrowden à côté de lui. Son seul dessein devait être d'augmenter l'inconfort de Selena. Il devrait parler sérieusement à sa sœur.

Il jouait une partie de whist tout en regardant discrètement Philippa qui conversait avec Selena. Elles semblaient entretenir de bonnes relations, et il était heureux que ses frères et sœurs n'eussent pas autant de préjugés que Maria. Quand les treize levées furent comptées et que la partenaire de Lucius pris congé en ne souhaitant pas jouer un autre coup, il se dirigea vers l'alcôve de la fenêtre, en se demandant s'il devait interrompre la conversation de Philippa, ou s'il valait mieux que les deux fassent connaissance.

Downing apparut à ses côtés, en le saluant d'un hochement de tête.

— Sir Lucius.

— Downing, répondit Lucius.

Ils restèrent silencieux pendant un moment, et Lucius croisa les bras pendant que Downing étudiait le couvercle en émail de sa tabatière. L'air était chargé de tension. Cela était tellement ridicule que Lucius avait envie de rire, comme si les deux hommes étaient sur le point de se faire face sur le ring. Il pouvait entendre les voix calmes de la conversation de Selena et Philippa à sa droite. Lucius ne parlerait pas le premier, mais il était curieux de savoir pourquoi Downing avait décidé de le chercher.

— L'on m'a dit que vous la courtisiez.

Downing fit un signe de tête en direction de l'endroit de la pièce où Selena était assise.

Lucius se demanda quel intérêt l'homme pouvait avoir concernant qui Lucius avait choisi de courtiser alors qu'il avait déjà abandonné toutes ses prétentions sur Selena.

— Qui vous a donné une telle information ? demanda-t-il.

Downing sortit sa tabatière, en regardant Lucius alors qu'il prenait une pincée.

— Selena me l'a dit, dit-il laconiquement.

Lucius recula de surprise. Selena avait dit à son ancien fiancé que Lucius la courtisait ? Cela semblait être un geste terriblement audacieux de sa part, à moins qu'elle n'eût voulu rendre Downing jaloux. L'impensable était peut-être possible. Peut-être avait-elle encore des sentiments pour cet homme, bien qu'il l'eût traitée de manière abominable. Lucius réfléchit. Non, il était plus probable qu'elle souhaitât que Downing sût qu'elle ne le pleurait pas.

— C'est vrai, dit prudemment Lucius. J'espère qu'elle deviendra ma femme.

Voilà ! J'ai fait ce pour quoi je suis venu. Lucius ne resterait plus silencieux en ce qui concernait ses sentiments pour Selena. Il le dirait au monde entier et défierait quiconque de critiquer son choix.

— Je pourrais aussi avoir un intérêt pour cette jeune personne, répondit Downing de cette manière pompeuse et arrogante, comme s'ils discutaient de viande de cheval à acheter chez Tattersall.

Lucius pouvait à peine en croire ses oreilles.

— Je regrette de vous informer que vous avez eu votre chance il y a longtemps. Vous y avez renoncé, et vous êtes responsable de cette perte.

Downing fronça ses sourcils clairs de confusion.

— Je viens juste de rencontrer cette jeune fille. Comment pouvez-vous dire que j'ai déjà eu ma chance ?

Downing jeta un coup d'œil à Selena, vers laquelle les yeux de Lucius étaient dirigés, et la réalisation se fit.

— Oh, faites-vous référence à Selena ? Oui, j'ai eu ma chance et j'ai été assez intelligent pour me retirer avant d'être irrévocablement lié à elle. Cela aurait été fâcheux pour ma carrière. Mais avec Miss Woodsley, j'acquerrai à mes côtés une charmante hôtesse mondaine et, si je puis parler librement puisque nous sommes entre gentlemen, je disposerai également de sa dot.

L'esprit de Lucius était sous le choc, car bien qu'il eût prévu de déclarer publiquement ses intentions envers Selena, il n'avait pas eu l'intention de dévoiler ses sentiments de cette façon. Il jeta un coup d'œil dans la pièce tout en palpant sa montre à gousset, en ayant besoin d'une minute pour rassembler ses pensées. Downing n'avait donc pas parlé de Selena. Il avait maintenant l'intention de courtiser Miss Woodsley ? Eh bien, il pourrait rejoindre la liste des personnes qui avaient un œil sur sa fortune. Lucius s'en moquait complètement.

Maintenant qu'il s'était engagé, autant aller jusqu'au bout.

— Vous pouvez faire ce que vous voulez. Je ne parlais pas de Miss Woodsley me concernant. Je parlais de Miss Lockhart.

Les yeux de Downing s'ouvrirent d'étonnement.

— Vous êtes intéressé par Selena ? Mais il y a un scandale attaché à son nom, dont je suis sûr que vous êtes au courant.

— J'aurais difficilement pu rester dans l'ignorance après que vous l'avez publiquement humiliée au bal. Mais contrairement à vous, répondit Lucius, le scandale ne m'affecte pas le moins du monde, car ce n'est pas d'elle qu'il s'agit mais de son père, et il n'est plus en vie. Je n'ai pas besoin du revenu d'une riche fiancée. Je veux choisir une femme qui me plaît, dit-il en se mettant face à Downing. Et je vous remercierais de bien vouloir l'appeler Miss Lockhart à partir de maintenant.

— Jusqu'à ce qu'elle devienne Lady Clavering, ou devrais-je continuer ensuite ? demanda Downing en ricanant.

Les yeux sur Selena, il ajouta :

— Elle peut être un peu mégère. Je suppose que vous ne vous êtes pas familiarisé avec ce côté d'elle, mais il refera surface, cela n'est qu'une question de temps.

Lucius ne pouvait pas riposter. Il n'avait aucun moyen de savoir si ce que disait Downing était vrai, il n'avait pas passé assez de temps avec elle pour la connaître plus profondément. Et le fait que Downing connût Selena mieux que lui l'exaspérait. Cependant, désormais engagé, il refusait de donner le dernier mot à Downing.

— J'ai vu Miss Lockhart dans une situation difficile, mais rien ne m'a donné lieu de ressentir autre chose que de l'estime pour elle. Je ne peux qu'imaginer que votre manque de manières de gentleman a été à l'origine de tout comportement indésirable qu'elle aurait pu montrer, dit Lucius en essayant de détendre sa mâchoire pour garder son sang-froid. Je vous remercie de l'avoir rejetée il y a toutes ces années. Même si je n'apprécie pas qu'elle ait subi une telle humiliation, cela me permet de réaliser mon dessein.

Puis, parce que Lucius ne pouvait pas supporter un autre moment en présence de Downing, il se dirigea vers l'endroit où Philippa était toujours assise avec Selena. Il marqua une pause avant de s'adresser à elle.

— Miss Lockhart, commença-t-il, en tentant d'utiliser un ton léger pour couvrir l'irritation qui le traversait encore. J'espère que vous enseignez à ma petite sœur empotée une leçon sur le décorum. Je commence à craindre que ce soit perdu pour elle.

Selena sourit et rougit joliment, en jetant un coup d'œil à Philippa.

— Non, elle me racontait tout de vos pitreries quand vous étiez enfant. J'ai appris beaucoup.

Lucius haussa un sourcil et laissa un sourire soulever le coin de ses lèvres.

— Elle ne peut absolument rien savoir de moi à l'époque. Elle a des années de moins que moi, dit-il.

— Non, j'ai simplement assemblé ce que j'ai appris de George, et de Finn. Quand il selle mon cheval pour moi, il se laisse aller à parler.

Les yeux de Philippa pétillèrent d'amusement, et Lucius ouvrit la bouche pour répondre.

— Lucius !

Il regarda autour de lui alors que Maria attirait son attention, puis se tourna vers Selena et Philippa.

— On dirait que je vais être appelé pour une autre partie de whist. Je viendrai vous voir demain, Miss Lockhart, avec l'intention de défaire tous les mensonges que Philippa vous a chuchotés à l'oreille.

Il lui fit un clin d'œil et partit.

CHAPITRE VINGT-ET-UN

Le lendemain, Lord Harrowden arriva dans la salle du petit-déjeuner, en ayant l'air de ne pas avoir dormi ni pris de bain depuis deux jours. Il était clair pour Selena qu'il avait passé la nuit à faire la fête.

— Quoi ! C'est tout ce qu'il y a ? demanda-t-il en examinant la collection de plats sur le buffet.

Il y avait du café et du chocolat dans des pots en argent, et il y avait des petits pains avec du beurre et de la confiture dans de petits plats. Mais il n'y avait ni harengs, ni saucisses, ni aucun des autres aliments du petit-déjeuner qui ornaient généralement le buffet.

Selena croisa directement son regard.

— Un commerçant de la ville est venu pour demander à ce que la facture du boucher soit payée. Il a dit que jusqu'à ce que cela soit fait, il n'y aurait plus de viande livrée. De surcroît, un grand nombre de domestiques ont abandonné leur poste hier.

Lord Harrowden détourna les yeux et elle lui donna le coup de grâce.

— Le domaine ne peut pas continuer à fonctionner normalement tant que certaines factures ne sont pas payées, et la situation est devenue plutôt désespérée.

Cela fut tout ce qu'elle eut besoin de dire. Lord Harrowden avait l'air farouche, elle ne l'avait jamais vu apparaître aussi paniqué et négligé. Il laissa tomber la soucoupe qu'il avait prise et elle claqua sur le buffet en bois. Il se retourna sans un mot et franchit la porte.

Nous y sommes, maintenant. Elle devait envoyer une lettre à sa mère pour lui faire savoir qu'elle rentrerait chez elle, mais elle n'était même pas sûre de recevoir son salaire. La déraison de Lord Harrowden avait-elle atteint la comptabilité de la comtesse ? Comment Selena rentrerait-elle si elle n'était pas payée ?

Elle quitta la salle du petit-déjeuner et rencontra Rebecca qui descendait à une heure indue. Selena avait décidé de continuer son travail comme si de rien n'était jusqu'à ce que le domaine ne pût plus l'entretenir, alors elle saisit cette chance.

— Rebecca, je n'avais pas l'intention de vous voir si tôt, mais je suis contente que vous soyez là car nous avons beaucoup de travail à faire. Pourquoi n'entreriez-vous pas dans la salle du petit-déjeuner et ne mangeriez-vous pas quelque chose ? Puis nous pourrons commencer.

Rebecca exhala en faisant une moue de dépit.

— Très bien, alors.

Selena se dirigeait vers les escaliers, mais un coup à la porte l'arrêta. Elle ne s'attendait plus à ce que quelqu'un répondît à la porte à moins que l'unique laquais ne se trouvât à proximité. Alors que Selena marchait vers la porte, elle vit Rebecca disparaître dans la salle de billard au lieu de la salle de petit-déjeuner. Rebecca avait dû y voir Lord Harrowden, ce qui n'augurait rien de bon. Moins ils passaient de temps en compagnie l'un de l'autre, mieux cela était.

Lorsque Selena ouvrit la porte, Sir Lucius se tenait de l'autre côté. Ses yeux s'écarquillèrent de surprise quand il la vit.

— Quoi ? Vous répondez à la porte maintenant ? Ils ne vous ont pas donné de troisième rôle, j'espère.

Ses taquineries firent venir un sourire hésitant aux lèvres de Selena. Avec lui, elle pouvait presque sentir que le monde ne s'effondrait pas.

— Eh bien, oui, en effet. Veuillez entrer… Qu'est-ce qui vous amène à Harrowden ?

— Vous.

Sir Lucius entra, et se retrouva à quelques centimètres d'elle. Elle leva les yeux pour rencontrer les siens, un sourire flottant sur ses lèvres.

— L'avocat et le comptable arriveront bientôt tous les deux, dit-il, mais je les ai précédés pour pouvoir vous parler et que nous soyons seuls. Pouvons-nous avoir une conversation privée dans le salon ?

Le cœur de Selena commença à battre follement et elle se retourna pour cacher son trouble.

— Certainement. Suivez-moi.

Le salon était vide et ses pas résonnaient alors qu'elle traversait la pièce. Par la fenêtre, elle vit les monticules de neige blanche qui n'avaient pas fondu, bien qu'ils eussent eu un vent chaud la veille qui provoquerait un dégel temporaire.

Selena se tourna pour faire face à Sir Lucius, qui se tenait très près. Son expression habituellement sévère contenait un regard tendre. Elle ne pouvait pas se l'expliquer, mais elle avait envie qu'il se rapprochât. En haletant, Selena désigna les fauteuils devant le feu, ce qui rappela l'intimité, et la douleur, de leur dernière conversation.

— Souhaitez-vous vous asseoir ?

— Je souhaiterais vous épouser, dit-il.

Une rougeur envahit les joues de Selena.

— Quoi ? Pourquoi ? Sûrement…

Lucius parcourut la distance restante avec une courte enjambée. Il inclina la tête, un sourire aux lèvres.

— Vous deviez avoir compris à quoi je faisais allusion quand je vous ai demandé de rester.

Selena secoua la tête silencieusement.

— Je ne savais pas pourquoi vous m'aviez demandé de rester. Je ne m'attendais pas à cela.

Il prit ses mains dans les siennes et les porta à ses lèvres.

— Mais vous n'êtes pas opposée à cette idée ? demanda-t-il.

Pour la première fois depuis qu'ils s'étaient rencontrés, Lucius avait l'air nerveux. Le regard de Selena tomba sur les plis de sa cravate, et il porta leurs mains jointes à sa poitrine, en attendant. Son cœur était trop plein pour parler. Elle n'avait jamais rien désiré de plus que de dire oui, mais la pensée de ce que cela signifierait, la pensée d'affronter la société mondaine avec ses moqueries et son dédain, rendait son agrément impossible.

— Selena, depuis que vous avez franchi le seuil de ma porte, j'ai subi... des changements.

Lucius prit une profonde inspiration et parla rapidement, comme s'il essayait de faire passer tous ses mots :

— Je pense à vous constamment. Je pense à votre vie ici à Harrowden et je suis troublé parce que vous ne la passez pas avec moi. C'est la première fois que je souhaite une telle chose. En dehors des obligations familiales que j'estime avoir le devoir de remplir, je n'ai jamais considéré le bien-être d'autrui au-dessus du mien. Cela... s'interrompit Lucius. Cela a changé le soir du bal où j'ai refusé de prendre la parole pour votre défense. Je ne savais plus où mon esprit se trouvait à ce moment-là, et je n'osais faire aucune sorte de déclaration publique, pas lorsque je n'avais pas fait de déclaration privée dans mon propre cœur.

Il tendit la main et longea du doigt la ligne de sa mâchoire, en inclinant son visage pour capter son regard. Selena frissonna sous son toucher, toujours muette avec la vague de sentiments longtemps réprimés qui déferlait.

— Mais j'ai sincèrement regretté cette décision idiote au bal. Cela a mis en lumière mon égoïsme et m'a fait détester l'homme que j'étais devenu. Cela m'a donné envie d'être un nouvel homme. Alors, je vous le demande... voulez-vous de moi comme époux ?

Selena jeta un coup d'œil à la porte, en craignant que quelqu'un n'entrât à ce moment-là, et en même temps, en l'espérant. Elle n'était pas prête à donner une réponse. Qu'est-ce qui avait provoqué ce revirement ? Comment pouvait-elle être sûre que cela durerait ? Si Lucius pouvait se détourner d'elle devant tout le monde au bal, comment être certaine que cela ne se reproduirait plus ? Ou même pire ! Qu'il ne regretterait pas de l'avoir épousée ?

Chaque voyage à Londres comporterait un risque, car elle serait sûrement accueillie avec les critiques et le mépris. Il se souviendrait de son rang inférieur à chaque instant, en le faisant douter, puis regretter. Il finirait par la reléguer dans une propriété de campagne pendant qu'il se rendrait à Londres pour rencontrer sa maîtresse. Ne l'avait-il pas traitée avec mépris lors de leur première rencontre ? Et tout le monde parlait de sa réputation. Un homme n'en venait pas à une telle chose innocemment.

Selena secoua la tête, ses yeux maintenant rivés sur le sol. Elle ne pouvait pas croiser son regard.

— Je ne pense pas que je puisse. Je ne pense pas que je me marierai. Vous ne savez pas combien la société mondaine est superficielle, je n'y serai jamais la bienvenue.

— Selena.

Lucius tenait fermement ses mains dans les siennes, et elle était attachée à lui, à quelques centimètres de lui.

— Je fais partie de la société mondaine, continua-t-il. Je sais comment cela fonctionne. Mais elle est composée de personnes, et chacun agit selon sa propre conscience. La mienne me dit que vous me rendrez heureux. Dites seulement que vous serez ma femme.

Selena se mordit la lèvre et refusa de répondre. Peut-être que cela était puéril de sa part, ou couard, ou stupide. Peut-être était-elle déraisonnablement têtue. Mais il ne semblait pas possible que les sentiments qu'il professait avoir envers elle durassent.

— Selena, regardez-moi, ordonna Lucius.

Elle leva lentement les yeux vers les siens, et avec une douceur qu'elle ne pensait pas qu'il pût avoir, il plaça ses doigts de part et d'autre de son visage, en caressant ses joues avec ses pouces. Son souffle était saccadé et elle ne pouvait pas bouger. Elle ne pouvait pas penser.

— Je vais vous embrasser, murmura-t-il.

Il attendit, ses yeux cherchant les siens, et bien que toutes les objections dussent jaillir de sa bouche, Selena ne pouvait en exprimer aucune. Aucune d'entre elles ne semblait juste. Le désir de se rapprocher de lui et d'être aimé par lui était trop grand.

Lucius se pencha et pressa ses lèvres sur les siennes, ses mains glissant en arrière pour bercer sa tête. Un sentiment d'excitation et un sentiment de familiarité la saisirent et la traversèrent simultanément. Pâmée de désir, Selena était prête à accepter n'importe quoi. Lucius approfondit le baiser et glissa une main autour de sa taille pour la tirer encore plus près. Le temps s'était arrêté, et Selena ne pouvait que sentir l'intimité de ses bras l'attirant contre lui et ses lèvres explorant les siennes.

— Selena !

Elle revint à elle en sursaut, sa respiration se faisant haletante. Qu'avait-elle fait ? La chaleur envahit les joues de Selena, et elle voulut s'écarter, se tourner pour voir qui l'avait appelée, même si dans son cœur elle le savait, mais Lucius la retint fermement. Il regardait par-dessus son épaule.

—Traîtresse ! cria Rebecca.

Selena entendit la voix de Rebecca à travers le martèlement de son pouls dans ses oreilles, mais elle ne put la voir tant qu'elle ne s'était pas dégagée de l'étreinte de Lucius. Elle se tourna vers la porte, mais il était alors trop tard. Elle fit deux pas pour courir après Rebecca, mais Lucius fut plus rapide. Il lui tira la main et la serra contre lui.

— Laissez-la partir. Cela ne lui fera aucun mal de se rendre compte que tous les hommes sur lesquels elle pose les yeux ne feront pas d'elle l'objet de leur attention.

Interdite, Selena regardait toujours vers la porte, et il poursuivit :

— Si elle avait ouvert les yeux beaucoup plus tôt, elle aurait vu que je pensais que vous valiez dix fois plus qu'elle depuis le tout début. Maintenant que je vous connais mieux, il n'y a plus de comparaison possible.

Il tira doucement sur sa main et elle se tourna vers lui.

— Mais vous et moi avons quelque chose à finir, conclut-il.

Selena retira sa main de sa prise.

— Pas le baiser, je vous en supplie.

Lucius fronça les sourcils.

— Mais pourquoi pas ? demanda-t-il doucement. Si nous devons devenir mari et femme, nous serons une priorité l'un pour l'autre et votre élève ne le sera plus.

— Nous ne deviendrons pas mari et femme, déclara Selena. Cela fut stupide et faible de ma part d'avoir laissé les choses aller aussi loin. Je vous demande pardon.

Elle tourna son visage vers la fenêtre, et bien qu'elle voulût que ses pieds bougeassent, ils semblaient collés au sol. Elle ne pouvait pas plus terminer cette conversation qu'elle ne pouvait lui donner une réponse favorable.

— Pourquoi ? Je sais que vous ressentez pour moi ce que je ressens pour vous. Quelqu'un qui me rend mon baiser avec tant d'empressement ne peut prétendre faire preuve d'indifférence à mon égard.

Selena était inondée de honte. Elle n'avait aucune excuse pour l'avoir embrassé comme elle l'avait fait, et elle se força à le regarder.

— Votre sœur ne m'aime pas. Et chaque fois que quelqu'un comme Mr. Downing, ou une autre ancienne connaissance de Londres, se trouvera dans notre cercle, il me traitera avec dédain.

Vous vous souviendrez de ma disgrâce et vous vous demanderez ce qui vous a possédé dans un moment de faiblesse pour vous être offert à moi. Et je ne veux pas vous faire cela.

— Selena, dit-il en exprimant sa frustration.

Elle secoua la tête et se tourna pour partir.

— Je dois aller trouver Rebecca.

CHAPITRE VINGT-DEUX

Selena sortit du salon en se précipitant. Elle devait trouver Rebecca avant qu'elle ne fît quelque chose de drastique.

Et oh ! Cette jeune fille ne devait pas courir vers Lord Harrowden. Elle lui raconterait probablement tout.

— Où courez-vous avec une telle frénésie ?

Selena se retourna au son de la voix du comte et faillit trébucher de soulagement. Il n'était pas avec Rebecca.

— Je...

Selena s'interrompit. Il lui vint soudain à l'esprit qu'il ne serait pas prudent de lui faire savoir que Rebecca s'était enfuie, parce qu'il lui en demanderait la cause, ou encore il courrait après elle. Elle fut sauvée par un coup à la porte et n'eut pas à répondre.

Encore ! Et pas de laquais. Lord Harrowden la regarda, et elle sut qu'il était inutile de lui demander d'ouvrir la porte. Il était d'un rang supérieur à elle. Elle s'avança et l'ouvrit.

— Veuillez m'excuser, madame.

L'un des gentlemen l'évalua rapidement et sembla avoir jugé que sa position n'était pas celle d'une servante de rang inférieur.

— Nous avons rendez-vous avec Lady Harrowden, poursuivit-il, et je crois également avec Sir Lucius Clavering. Voici nos cartes.

— Ah.

Il s'agissait de l'avocat et du comptable dont Sir Lucius avait parlé. La difficulté de la situation la frappa aussitôt. Il était toujours dans le salon, et elle serait forcée de le revoir.

— S'il vous plaît, veuillez entrer, dit-elle.

Le comte s'avança.

— Bonjour. Je suis Lord Harrowden. Comment puis-je vous être utile ?

Le même homme échangea un regard avec l'autre, puis s'inclina.

— Bonjour. Nous sommes ici pour voir Lady Harrowden.

— À quel sujet ? Je lui transmettrai vos intentions. C'est ma tante, déclara Lord Harrowden de son ton le plus hautain.

Selena pensait y voir de la peur dissimulée.

La porte du salon s'ouvrit et Sir Lucius entra dans le couloir.

— J'ai cru entendre des bruits annonçant votre arrivée.

Il favorisa Selena avec une légère inclinaison de la tête.

— Miss Lockhart, auriez-vous l'obligeance de donner ces cartes à Lady Harrowden et de lui dire que je suis également ici ? demanda-t-il. Elle nous attend, car j'avais envoyé une note pour la prévenir.

— Bien sûr, déclara Selena.

Et elle s'échappa avant que la situation ne devînt plus inconfortable. Elle laissa Sir Lucius repousser la curiosité de Lord Harrowden. Elle se laissa fuir la présence de Sir Lucius, qui la bouleversait d'une telle manière qu'elle ne pouvait presque plus se reconnaître.

Lady Harrowden était habillée et préparée pour la réunion, et Selena s'enfuit dès qu'elle put, en partant à la recherche de Rebecca. Elle ne la trouvait pas, et sa jument n'était plus là, alors elle sut que la jeune fille était repartie à cheval, comme elle le faisait souvent pendant des heures d'affilée, surtout quand elle était en colère. Cette fois, il n'y avait même pas de domestique pour l'accompagner.

Selena passa l'après-midi à ce qui pouvait se résumer à se cacher de Lord Harrowden, à se cacher de Sir Lucius pour l'éviter quand la réunion serait terminée, et à regarder par la fenêtre, à la recherche de signes du retour de Rebecca. Finalement, elle entendit les bruits de l'ajournement de la réunion et resta cachée jusqu'à ce que Sir Lucius et les gentlemen partissent.

Lady Harrowden n'avait pas besoin d'elle mais demanda Rebecca, et Selena promit de la ramener dès qu'elle reviendrait de sa chevauchée. Elle continuait à garder un œil à l'extérieur, et quand elle aperçut Rebecca revenant à cheval vers le domaine, Selena s'emmitoufla dans sa pelisse et se dirigea vers les écuries où le garçon d'écurie retirait la selle du cheval.

— Rebecca, dit Selena en s'approchant d'elle. Nous devons parler.

— Je ne veux pas vous parler, répondit Rebecca en la dépassant et en se dirigeant vers la sortie.

Selena se précipita derrière elle. Elle se sentait stupide et coupable de ne pas être le modèle qu'elle était censée être. Certes, Sir Lucius lui avait demandé de l'épouser, mais elle n'avait pas accepté. En fait, elle avait dit non. Et par là même, elle n'avait aucune excuse de l'avoir embrassé, surtout d'une manière aussi abandonnée. Cela était très gênant. Elle rassembla finalement son courage et attrapa le bras de Rebecca.

— Écoutez-moi. Ce que vous avez vu était une erreur. Je ne vais pas épouser Sir Lucius.

Rebecca la regarda attentivement.

— Eh bien, maintenant, cela vous rend la tâche plus difficile de me moraliser, n'est-ce pas ? Est-ce que Lady Harrowden est au courant ?

Selena secoua la tête.

— Elle ne sait rien puisqu'il n'y a pas lieu de savoir quoi que ce soit.

Les idées se bousculaient dans sa tête pour essayer de sauver la situation, quitte à se retrancher derrière un altruisme dont le fondement était la tromperie.

— Bien sûr, vous pouvez lui dire si vous le souhaitez, mais cela ne lui fera pas apprécier davantage Sir Lucius en tant que mari convenable pour vous, finit-elle par déclarer.

Chaque mot qu'elle prononçait lui donnait le sentiment de verser du vinaigre sur une plaie. La pensée d'abandonner Sir Lucius et de le remettre à quelqu'un comme Rebecca était douloureuse, même si elle imaginait que la conquête de Rebecca ne prospérerait pas vraiment. Il y avait toutes les chances que Sir Lucius ne choisît pas Rebecca, et en effet il ne semblait pas être enclin à le faire, mais Rebecca ne perdrait pas sa chance parce que Selena se mettait en travers de son chemin.

Selena fondait peut-être encore de l'espoir dans son avenir de préceptrice. Peut-être qu'un jour une famille l'aimerait tellement qu'elle la garderait, et elle s'occuperait même de ses petits-enfants. Et il y avait une chose dont elle était certaine : elle ne pouvait pas épouser Sir Lucius. Elle n'était pas digne de lui. Et elle ne pourrait pas supporter de voir l'expression sur son visage quand enfin il déciderait qu'il avait fait une erreur, quand enfin les préjugés que la société mondaine, y compris sa propre sœur, avait contre elle s'avéreraient trop lourds à supporter pour lui. Même ses relations d'affaires seraient entachées par son lien avec elle. Elle ne pouvait pas le faire.

Rebecca se retourna sans un mot et commença à marcher vers la maison, et Selena la suivit.

— Pendant tout ce temps, il aurait pu m'embrasser, déclara Rebecca en avançant. Il montre un manque total de goût s'il choisit de vous courtiser à la place. Vous êtes si quelconque.

Selena traînait derrière elle.

— Ne formulez pas de jugement hâtif, Rebecca. Il est encore temps pour vous de faire un mariage parfait.

Elle ne prétendit même pas que le mariage parfait serait avec Sir Lucius.

— Venez. Lady Harrowden a demandé à vous voir, et je ne savais pas quoi lui dire. Elle attend de vous voir depuis plus de deux heures, ajouta Selena.

Rebecca se retourna et fit face à Selena.

— Et cela était inconfortable pour vous, n'est-ce pas ? J'en suis heureuse. J'espère que chaque jour sera inconfortable pour vous, et j'ai l'intention de faire en sorte qu'il en soit ainsi.

Elle se dirigea vers la maison.

Le cœur de Selena se serra encore plus, mais elle n'avait pas l'énergie de discuter. Heureusement, Rebecca alla directement au salon, où la comtesse était assise et regardait fixement par la fenêtre.

Lady Harrowden s'en prit à elle, et son ton irrité illustra parfaitement son humeur.

— Enfin, vous avez jugé bon de vous présenter. Je n'aime pas l'idée que vous couriez chaque fois que l'envie vous en prend. Ce n'est pas convenable pour une jeune dame.

Rebecca croisa les bras, et quand Lady Harrowden se détourna, elle leva les yeux au ciel, mais elle répondit assez docilement.

— Je suis désolée, madame.

Selena se sentait faible et soulagée que Rebecca ne l'eût pas encore trahie.

Lady Harrowden fit un geste.

— Asseyez-vous, mon enfant, dit-elle.

Et elle attendit que Rebecca s'assît en face d'elle. Selena prit la chaise la plus éloignée du feu.

— Nous avons beaucoup de travail à faire avant que vous ne soyez prête à partir pour Londres, et j'ai pris une décision. Miss Lockhart va commencer votre apprentissage.

— Elle, interjeta Rebecca. Qu'est-ce qu'elle peut bien avoir à m'apprendre ? C'est une pauvre dame de compagnie rémunérée.

Lady Harrowden répondit avec fermeté :

— Mais les règles de bienséance d'une dame lui ont été inculquées, et cela est quelque chose qui vous manque encore. Il est temps de rectifier votre éducation.

Rebecca lança un regard malveillant à Selena.

— Elle a été éduquée comme une dame, mais je ne sais pas si elle se comporte toujours comme telle.

Le cœur de Selena battit jusque dans sa gorge.

Lady Harrowden continua comme s'il n'y avait pas eu d'interruption.

— Et c'est pour cette raison que vous ne serez pas présentée cette saison. Il ne reste que deux mois, et il n'y a pas assez de temps pour vous préparer. Vous ferez votre entrée à la saison prochaine. Cette année, vous resterez à la maison douairière avec moi, et vous travaillerez votre français, la broderie, votre diction, votre posture, votre maintien, vos manières, et...

Avec une telle artillerie de disciplines, cela ne surprit pas du tout Selena que Rebecca sautât sur ses pieds.

— Vous souhaitez me faire prisonnière ici ! Et c'est quelque chose que je n'accepterai pas. Je suis riche, de manière indépendante, et je peux faire ce que je veux.

— Les femmes ne peuvent jamais faire ce qu'elles veulent, déclara Lady Harrowden. Et donc, vous ferez ce que je veux parce que je suis votre tutrice, et quand vous vous marierez, vous ferez ce que votre mari voudra. Le monde est ainsi fait.

Rebecca s'arrêta et posa une main sur sa hanche.

— Oui, mais un mari que je pourrai mener à la baguette.

Selena retint son souffle alors que Lady Harrowden maîtrisait son indignation.

— Avec la façon dont vous vous comportez, jeune fille, vous ne trouverez pas de mari. Personne ne vous voudra, car vous êtes beaucoup trop libertine.

— Veuillez m'excuser, madame. Je dois aller changer ma tenue d'équitation.

Rebecca se retourna sans un autre regard et partit. Cela était incroyable pour Selena qu'elle pût ainsi ignorer le respect dû à la comtesse. Il semblait que Rebecca était née sans aucun sens de ce qui était moralement juste.

Il y eut un silence lorsque la porte se ferma derrière Rebecca, et Selena resta là où elle était. Elle était sûre que la comtesse désirait lui parler.

— Cette fille.

Le visage de Lady Harrowden était pincé de mécontentement.

— Je suis tentée de la chasser, poursuivit-elle. Je ne le ferai pas, bien qu'elle le mérite amplement.

Elle soupira bruyamment, puis regarda Selena, une lumière martiale dans les yeux.

— Sir Lucius a enfin fait le nécessaire, et bien que mes comptes soient en ordre, à part quelques changements qui devront être mis en place, le domaine de Harrowden ne semble pas l'être.

Lady Harrowden se tourna vers Selena, qui fut frappée par la façon dont elle paraissait soudainement fébrile.

— Un scandale se prépare, continua Lady Harrowden. Richard a mis les locataires en risque avec des stratagèmes insensés et des jeux de hasard honteux. Et maintenant, ma pupille est complètement hors de contrôle. Il faut faire quelque chose pour écarter tout soupçon de scandale la concernant. Je compte sur vous pour la maintenir sur le droit chemin.

Lady Harrowden tourna la tête, en signalant la fin de la conversation. Selena laissa échapper un soupir silencieux.

— Je ferai ce que je peux, madame.

LUCIUS LAISSA LADY HARROWDEN, qui n'était pas mécontente. Elle avait rencontré le comptable et l'avocat, et après avoir examiné ses comptes et les détails de son douaire et de sa part, ils ont déterminé que bien qu'elle eût supporté une part disproportionnée des dépenses domestiques, ses revenus étaient en grande partie restés intacts. La maison douairière faisait partie de son douaire, elle pourrait donc s'y installer. Elle aurait un endroit où rester et elle aurait un revenu, mais Lucius sentait la faiblesse de Lady Harrowden concernant le scandale imminent et savait que ce ne serait pas facile. Et maintenant, il était temps d'assurer son propre avenir.

Il était étrangement joyeux, bien que sa demande en mariage eût été déclinée. Il savait que Selena l'aimait. Elle n'aurait pas pu se fondre dans son étreinte d'une telle manière s'il lui était indifférent. Mais sa peur du rejet la retenait, et si le rejet de la société mondaine était une menace qui planait, celle de sa sœur était bien là. L'interférence de Maria était une chose qu'il avait le pouvoir d'arrêter net, et quant à l'opinion de la société mondaine ? Eh bien, cela n'avait pas d'importance du tout, et il veillerait à ce que Selena en fût à l'abri.

Il était temps de rendre visite à Maria.

Il fut introduit dans le bureau, où Maria était assise avec Holbeck, et elle s'immobilisa de surprise.

— Lucius, je n'ai pas dit à la cuisinière qu'il y aurait une autre assiette pour le dîner. Nous ne t'attendions pas.

En s'avançant dans la pièce, Lucius fit un signe de tête à Holbeck et répondit :

— Je ne reste pas pour le dîner. Ma mission sera brève. Je suis venu te dire que tu devras héberger Philippa cette saison car je vais me marier.

Maria se laissa tomber sur sa chaise comme si elle était étourdie et joignit les mains.

— Cela est une excellente nouvelle. Je suppose qu'il s'agit de Miss Woodsley ? Je vous ai vus tous les deux au dîner l'autre soir.

Lucius prit place dans le seul fauteuil restant.

— Je souhaite que tu te débarrasses de l'idée que je m'intéresse à Miss Woodsley. Cela te ferait-il changer d'avis de savoir qu'elle est venue chez moi, seule, dans le but de me séduire ? C'est pour cette raison qu'elle a été renvoyée de son école. Apparemment, elle m'a vu une fois et a déterminé que j'étais celui qu'elle voulait. Est-ce le genre de femme que tu choisirais pour moi ?

Maria lança un coup d'œil à Holbeck, qui évita son regard.

— Eh bien, elle est jeune. Elle manque simplement d'une éducation adéquate, qu'elle reçoit maintenant avec Miss Lockhart. Et elle a fait savoir qu'elle était attachée à toi…

Lucius regarda sa sœur avec exaspération.

— Est-ce que sa fortune est si importante pour toi pour négliger un tel comportement ? Tu te fourvoies complètement si tu penses que je le peux. Non, ce n'est pas Miss Woodsley.

La réalisation la frappa, et Maria cria :

— Pour l'amour du ciel, Lucius. Pas Miss Lockhart !

Lucius plissa les yeux.

— En effet, Miss Lockhart est mon choix, et c'est ce que je suis venu te dire, Maria. Tu l'accueilleras avec plus de chaleur que tu ne lui en as montrée jusqu'à présent. Tu la recevras dans la société mondaine avec toute la bienveillance d'une belle-sœur, et tu diras à Mère que tu es ravie de nos fiançailles, dit-il sévèrement. Tu montreras publiquement ton soutien à ce mariage, sinon je ne remettrai plus jamais les pieds dans cette maison.

Il jeta un coup d'œil à Holbeck avant d'ajouter :

— Et je retirerai tout soutien à la politique et aux propositions de loi de Holbeck et j'encouragerai mes amis à faire de même.

Maria rougit, en protestant :

— Lucius, tu as perdu la tête.

Mais Holbeck leva une main et la fit taire.

— Maria, dit-il, le scandale Lockhart remonte à quelques années. Vous dites toujours que vous espérez que Lucius se marie, et il a finalement le souhait de le faire. Je vous demande de le laisser faire. Il est assez vieux pour avoir son libre-arbitre.

Maria lança un regard noir à son mari, puis croisa les bras sur sa poitrine. Lucius l'étudia, en cachant son amusement. Il avait été presque certain du soutien de Holbeck une fois évoqués les affiliations politiques et les dons financiers, avec lesquels il avait été généreux. Maria se raviserait.

— Très bien, répondit-elle, à la manière d'une personne poussée au-delà de ce qu'elle pouvait supporter.

Lucius n'en avait cure.

CHAPITRE VINGT-TROIS

Rebecca disparut pour le reste de la journée et Selena ne la chercha pas. Elle accordait à son élève une journée pour surmonter sa crise de colère avant de retenter leurs leçons. Cela donnait également à Selena le temps de retrouver son sang-froid, mais après un tel tumulte d'émotions qui comprenait un baiser enivrant, et en public, cela n'était pas facile à faire.

Lorsque Mrs. Randall apporta un simple souper dans la salle à manger ce soir-là, elle informa Lady Harrowden et Selena que Rebecca ne se sentait pas bien et avait demandé à Alice d'apporter un plateau de souper dans sa chambre. Selena n'y croyait pas une minute, mais elle était reconnaissante du sursis. Au moins pour ce soir, elle serait épargnée par une hostilité flagrante et des insinuations acérées. Lord Harrowden n'avait pas l'habitude de se joindre à elles pour le dîner, et elle ne l'avait pas vu non plus après les visites du matin, bien qu'elle eût été trop absorbée par ses propres réflexions tout au long de la journée pour lui accorder une pensée.

Inutile de dire que la conversation du dîner était ennuyeuse ce soir-là.

Selena alla se coucher en pensant à ce baiser. Elle pouvait

encore sentir la douce sensation de ses lèvres sur les siennes quand elle fermait les yeux, et ses nerfs picotaient, ses sens criaient au souvenir d'avoir été tirée contre lui dans une étreinte si serrée. Elle eut la sensation de tomber.

Qu'est-ce que cela ferait de dire oui ? Qu'est-ce que cela ferait d'être embrassée de cette manière à chaque fois qu'elle en aurait envie et que Lucius la regardât avec une telle tendresse ? D'être chérie, protégée et à l'écart du monde. *S'asseoir avec lui à cette petite table près du feu et souper ensemble, en discutant de sujets banals sans se soucier du monde.*

Selena se roula en boule sur le côté alors que sa nature pragmatique la ramena à la réalité. Une larme coula du coin de son œil et s'accumula dans son oreille. Quel rêve ridicule ! Un dîner en privé avec Lucius au coin du feu ? C'était son pavillon de chasse, où il allait pour échapper aux femmes, pas pour s'installer avec l'une d'entre elles. Et il n'y aurait pas une telle évasion idyllique du monde. Échapper à la société mondaine était impossible pour un homme avec un titre tel que Sir Lucius, et elle ne voulait pas l'éloigner de la haute société en acceptant une telle alliance inégale. Elle ne pouvait pas lui faire cela.

Il fallut longtemps avant que Selena ne s'endormît cette nuit-là.

Elle se réveilla le lendemain beaucoup plus tard que son heure habituelle. Elle s'habilla, se brossa les cheveux avec mollesse et descendit pour prendre le petit déjeuner dans un silence qui semblait envahir toute la maison. Pour une fois, Lord Harrowden n'était pas là pour troubler ses aises. Mais le manque de serviteurs et d'activité était déconcertant. Il était temps pour Selena de retrouver Rebecca et de commencer ses leçons, alors même qu'elle se demandait si elle pourrait à nouveau avoir une quelconque crédibilité auprès de la jeune fille.

Alice fit irruption dans la salle du petit déjeuner.

— Vous voilà, miss. Je ne vous trouvais pas. Miss Woodsley a disparu.

Ses yeux étaient frénétiques et Selena se leva.

— S'il vous plaît, ralentissez, dit-elle. Recommencez. Qu'est-ce que vous voulez dire par elle a disparu ? Elle n'est pas sortie faire un tour à cheval ?

— Sa plus petite malle a disparu, et elle aussi, déclara Alice, à bout de souffle. J'avais espéré qu'elle fût simplement allée faire un tour, même si j'ai été surprise qu'elle ne m'appelât pas pour l'habiller. J'étais en bas dans la cuisine en train de prendre mon petit déjeuner. Quand je suis finalement allée dans sa chambre pour la réveiller, j'ai vu qu'elle n'était pas là et que certains de ses vêtements avaient disparu.

La nourriture que Selena venait d'avaler reposait comme un poids dans son estomac. Sa première pensée alla vers Lord Harrowden et l'endroit où il pouvait se trouver, mais elle ne savait pas qui envoyer pour s'en enquérir. Il lui vint à l'esprit pour la première fois combien il était étrange qu'elle n'eût jamais rencontré son valet de chambre. Peut-être n'en avait-il pas ?

— Pouvez-vous trouver le laquais et voir s'il est capable de savoir où se trouve Lord Harrowden ? Peut-être que le comte a une idée de l'endroit où Rebecca est allée. Il semble être plus conscient de son emploi du temps que moi.

La femme de chambre hocha la tête et se dépêcha, et avec un mauvais pressentiment, Selena se précipita vers la chambre de Rebecca. Elle y trouva le désordre habituel, sauf qu'il semblait que ses brosses et ses articles de toilette manquaient. Et sa garde-robe était ouverte et mal ordonnée.

Selena quitta la pièce et chercha frénétiquement dans toute la maison, en s'attendant à tomber sur Rebecca à tout instant, et en l'espérant. Où cette jeune fille était-elle partie ? Elle tenta d'afficher une expression sereine lorsqu'elle croisa Morgan sur le chemin des écuries. Mais, la femme de chambre l'arrêta.

— Lady Harrowden vous cherche, miss.

Selena marqua une pause. Elle ne savait pas si elle devait interroger Morgan sur l'endroit où se trouvait Rebecca. Elle ne voulait pas créer de panique inutile, ni admettre avoir perdu Rebecca. Lady Harrowden avait donné des instructions précises. En aucun cas, Selena ne devait laisser Rebecca s'éloigner ou avoir des ennuis, une requête presque impossible à respecter. Quelle position Selena pourrait-elle trouver après cela, si elle ne venait pas avec une recommandation ? Rien ! Son destin serait scellé.

— Dites à Lady Harrowden que je vais venir sans tarder, déclara Selena.

Si seulement elle pouvait gagner un peu plus de temps, elle pourrait peut-être réparer ce désastre. Mais où pourrait-elle chercher maintenant ? Elle ne pouvait pas commencer à penser à prendre l'un des chevaux pour fouiller la campagne. Si elle ne trouvait pas Rebecca, elle n'aurait peut-être pas le choix.

— Madame a été très claire et a dit que vous deviez vous dépêcher, insista la femme de chambre. Elle a quelque chose d'important à vous dire.

Sur ces derniers mots, Selena changea de direction et se dirigea vers la chambre de Lady Harrowden. Elle pouvait aussi bien y aller maintenant. Cinq minutes ne changeraient rien à la recherche de Rebecca, et il y avait encore de l'espoir d'avoir une explication plausible pour sa malle et qu'elle fût tout simplement partie à cheval.

Selena frappa à la porte de la comtesse et attendit qu'elle fût invitée à entrer.

— Vous m'avez appelée, madame ?

— Il est plus de onze heures, dit Lady Harrowden. Vous devez vous présenter à onze heures sans faute. Votre devoir principal est envers moi et cette jeune fille difficile. Je ne comprends pas ce qui vous empêche d'être à l'heure. Je vous en demande si peu.

Cela était comme si tous les progrès que Selena avait accomplis pour entrer dans les bonnes grâces de Lady Harrowden avait été effacés avec un seul faux pas. Certes, elle n'avait pas fait attention à l'heure. Mais il y avait quelque chose de plus important auquel elle devait veiller. Peut-être pourrait-elle rapidement aider la comtesse et être congédiée pour poursuivre ses recherches sans que personne ne s'en aperçût.

— Je vous prie de bien vouloir m'excuser, madame. Que puis-je faire pour vous ?

Elle vit que la comtesse n'était pas encore habillée et espérait que cela lui donnerait plus de temps pour visiter les écuries. Si elle courait, elle pourrait faire les deux.

— J'aimerais que vous m'aidiez à répondre à une partie de ma correspondance avant que je ne me lève du lit. Il y a une pile de courrier avec des invitations qui nécessiteront des réponses. Vous pouvez commencer par l'invitation qui se trouve en haut.

Avec le sentiment de se noyer, Selena se dirigea vers la pile et la prit dans ses mains. Elle s'arrêta, en se demandant si elle devait dire quelque chose, mais elle ne pouvait plus le remettre à plus tard. La fuite de Rebecca était de nature trop grave et cela concernait également la comtesse.

— Madame, j'ai de mauvaises nouvelles, je le crains. Je ne trouve pas Rebecca. Alice dit que l'une de ses malles a disparu…

Après une seconde où elle eut l'air étonné, Lady Harrowden rejeta les couvertures et commença à se lever.

— Comment est-ce possible ? Comment avez-vous pu perdre ma pupille ? Vous n'avez qu'une seule responsabilité. Ne vous levez-vous pas avant elle ?

Des protestations étaient sur le point de sortir de la bouche de Selena. Elle pourrait se défendre si seulement elle en avait le temps. Et Lady Harrowden ne pouvait-elle pas voir que Selena avait reçu un fardeau injuste ? Elle avait deux rôles au lieu d'un. Selena s'efforça de rester calme.

— En général, je me lève avant elle, mais je ne l'ai pas vue au petit déjeuner, et nous ne nous sommes pas croisées dans la maison. J'ai regardé dans sa chambre, et elle n'y était pas. Je ne peux pas faire de miracles, madame.

Lady Harrowden accepta ses mots sans autre reproche.

— Et mon neveu, l'avez-vous vu ?

Selena secoua la tête.

— Là encore, je n'ai pas eu le temps de regarder. J'ai demandé à Alice d'envoyer un laquais pour le retrouver, mais...

Elle ne voulait pas dire qu'elle craignait le pire.

— Sonnez ma femme de chambre et dites-lui de revenir immédiatement, dit Lady Harrowden. Nous n'avons pas de temps à perdre.

L'intensité des paroles de la comtesse fit courir Selena vers la porte, en n'ayant besoin d'aucun autre encouragement. Elle tira la sonnette de Morgan en sortant et se précipita vers l'escalier. Au bas de la cage d'escalier, elle se tourna vers l'entrée latérale, qui était le chemin le plus rapide vers les écuries.

Elle avait fait deux pas quand le bruit du heurtoir résonna dans la maison. Cela pourrait être des nouvelles de Rebecca ! Sans attendre que quelqu'un ne vînt, Selena courut à la porte et l'ouvrit.

Le visage de Lucius s'illumina quand ses yeux tombèrent sur Selena. La cravate blanche nouée avec plus de soin que d'habitude soulignait l'éclat de ses dents blanches et de ses yeux brillants. Le souffle de Selena semblait toujours la quitter en sa présence.

— Selena, dit-il.

— Rebecca a disparu, déclara-t-elle alors que les mots sortirent de sa bouche sans réfléchir.

Le sourire de Lucius s'évanouit et il s'avança.

— Puis-je entrer ? Peut-être puis-je aider d'une manière ou d'une autre.

— Je vais vous conduire à la comtesse tout de suite, répondit Selena avant de s'arrêter. Non, elle n'est pas habillée. Je lui dirai que vous l'attendez dans le salon.

— Je peux trouver mon chemin. Faites savoir à Lady Harrowden que je suis ici, et si vous le pouvez, venez me parler avant qu'elle n'arrive.

Selena n'attendit pas plus longtemps et se dirigea d'un pas vif vers la chambre de la comtesse, puis frappa. Lady Harrowden n'était pas encore habillée et n'avait pas été coiffée. La bonne était seulement en train de nouer son corset.

— Sir Lucius est ici et souhaite s'entretenir avec vous. Que dois-je lui dire ?

— Avez-vous trouvé la jeune fille ? demanda la comtesse.

— Non, dit Selena sur un ton désespéré. J'ai commencé à chercher, mais Sir Lucius est arrivé. Je ne peux pas être partout à la fois.

— Redoublez d'efforts, lança la comtesse.

Selena serra les lèvres, et Lady Harrowden ajouta après un moment :

— Dites à Sir Lucius que je vais le rejoindre.

Congédiée, Selena se précipita dans les escaliers, son cœur battant à cause de la peur autant que de l'effort. Elle se précipita dans le salon, où se tenait Lucius, qui regardait le paysage enneigé par la fenêtre. Il n'était pas assis mais se retourna lorsqu'elle entra et lui tendit les mains, comme pour inviter Selena à s'avancer et à placer ses mains dans les siennes. La proposition était tentante, mais elle ne pouvait pas avoir confiance en elle-même.

Au lieu de cela, elle fit deux pas en avant.

— Lady Harrowden a dit qu'elle allait venir bientôt.

Elle crut voir un éclair de déception sur le visage de Sir Lucius alors qu'il laissait tomber ses bras à ses côtés.

— Dites-moi, qu'est-ce qui vous a mis dans un tel état de panique ?

— Mais je vous l'ai dit, dit Selena avec étonnement. Rebecca est partie, et c'est ma faute.

— Comment donc est-ce votre faute ? demanda Sir Lucius, sa voix montant d'un cran. Que pouvez-vous faire si une demoiselle volage ne reste pas en place ?

Il ne comprenait pas. La frustration de Selena lui fit monter les larmes aux yeux, qu'elle cligna, en enfonçant ses ongles dans ses paumes pour que ses larmes restassent en place. Elle ne devait pas montrer sa faiblesse. Et s'il ne savait pas que c'était son baiser qui avait envoyé Rebecca dans une rage de jalousie, elle ne voulait certainement pas le lui dire.

— Bien sûr que c'est ma faute. Je serai blâmée pour tout cela et je ne pourrai pas obtenir un autre poste.

—Lady Harrowden ne vous reprochera certainement pas les décisions prises par une jeune femme qui n'est pas respectable, que l'on a laissée sans éducation, et qui n'a pas eu le temps d'avoir le sens des convenances correctement inculqué par vos soins. C'est ridicule... Vous vous inquiétez pour rien, Selena.

Il y avait du vrai dans ce qu'il disait, mais il ne comprenait pas que cela lui coûterait son poste si elle ne faisait aucun effort pour récupérer Rebecca. Lorsqu'elle put répondre, ce fut avec une voix étouffée par l'émotion.

— Vous vous trompez. Lady Harrowden m'a déjà dit qu'elle me tenait pour responsable. Je ne recevrai pas de lettre de recommandation et je ne pourrai pas trouver un autre poste.

Lucius fit un geste d'impatience.

— En quoi est-ce important que Lady Harrowden vous donne une recommandation élogieuse ? Il y a sûrement une autre position que vous pourriez occuper plutôt que celle de préceptrice.

— Et qui me donnerait de telles références ? demanda Selena sur le ton de la défiance. Vous ? Si la société mondaine ne pardonne pas facilement à un membre qui en fait partie, comment pardonnerait-elle à quelqu'un dont le rang est inférieur ?

Un muscle se contracta dans la mâchoire de Lucius, déjà tendue par l'émotion.

— Je ne sais pas à qui vous faites allusion, Selena. Vous n'êtes pas de rang inférieur. Vous êtes la fille d'un gentleman.

— Cela n'a pas d'importance, cria-t-elle. Ma famille a été plongée dans le scandale. Ils jettent un coup d'œil à votre robe et connaissent votre situation financière. Ils savent qui vous a écarté et les liens qui existent toujours. Même si vous êtes un parasite, et je refuse d'en être un, il n'y a pas d'avenir pour une femme pauvre sans références.

Lucius éleva également la voix.

— Vous ne faites pas la distinction entre les individus qui composent la société mondaine. Tout le monde ne pense pas ainsi. Tout le monde n'a pas de tels préjugés. Certaines personnes regardent au-delà des apparences extérieures et jugent la valeur intérieure.

Selena secoua la tête.

— Impossible. Vous n'avez pas été à ma place. C'est partout pareil.

Lucius fit deux pas en avant et prit Selena par le bras.

— Non, ce n'est pas le cas, dit-il avec une voix qui prit la forme d'un grognement de frustration. J'ai essayé de trouver un moyen de vous dire que je vous aime, mais vous ne m'avez pas laissé m'approcher suffisamment.

Lucius lâcha son bras et expira d'impatience.

— N'avez-vous pas déjà compris que je n'ai cure de ce que pensent les autres ? Si je vous ai demandé en mariage, c'est que tout en moi vous veut pour épouse. Je ne veux pas un rang ou la richesse ou quelqu'un qui est exempt de scandale, un être qui ne serait pas créé comme vous, devrais-je ajouter. Je vous veux juste vous et je ne changerai pas d'avis.

Selena ferma les yeux. Elle ne serait pas convaincue par ses paroles tentantes. Cela n'en ferait que plus mal après.

— Vous allez bien assez tôt changer d'avis… monsieur.

Après une brève pause, elle ouvrit les yeux et les leva vers les siens. Elle vit de la surprise et, pensa-t-elle, un éclair de douleur. Il continuait à la fixer, et les secondes s'écoulèrent en silence.

Enfin, il secoua la tête et dit d'une voix douce :

— Je ne pensais pas que vous pouviez être aussi obstinée. Il semble que vous ne voulez pas entendre. Je crois que ce n'est pas la société mondaine qui a des préjugés, Selena. Je crois que c'est vous qui en avez. Et si vous tenez à classer les gens par rang, afin de pouvoir déterminer où vous vous situez, personne ne pourra vous convaincre du contraire. Et ce sera une tragédie.

Selena se tut. La vérité transperça son cœur comme un rayon de lumière. Elle le regarda.

— Lucius, je...

La porte s'ouvrit.

CHAPITRE VINGT-QUATRE

La canne de Lady Harrowden résonnait sur le sol à chaque pas tandis qu'elle avançait dans la pièce. Au grand soulagement de Lucius, elle ne sembla pas remarquer sa proximité avec Selena ou la tension qui émanait d'eux.

— Il semble que cette jeune fille se soit enfuie avec mon affreux neveu. Alice a dit que le laquais ne pouvait pas trouver Richard et que sa voiture avait disparu.

Lucius croisa brièvement le regard de Selena. Il y avait trop de choses inachevées entre eux. Bien qu'elle se fût de nouveau refusée, et qu'il se fût fâché contre elle, il n'avait pas hésité dans l'espoir de la convaincre. Elle avait accepté la vérité de ses paroles et finirait par revenir à la raison, il en était sûr.

Selena ouvrit la bouche pour répondre à la comtesse mais n'en eut pas l'occasion.

— Il s'agit d'un mariage clandestin et ils ont fui vers la frontière, cela est certain, dit Lady Harrowden avec un regard noir. Vous devez faire quelque chose. Cette maison est déjà imprégnée de scandale avec des commerçants venant à la porte d'entrée et refusant de livrer quelque chose d'aussi essentiel que de la viande. Si Richard a effectivement ruiné ce domaine, comme je le soupçonne, nous ne pouvons pas y ajouter la fugue d'une jeune femme qui était censée être sous ma garde. Selena, je vous tiens personnellement responsable de la retrouver. Vous devez empêcher ce mariage d'avoir lieu.

Lady Harrowden se tourna vers Lucius.

— Je vous connais depuis que vous êtes enfant. Si vous souhaitez rattraper votre manquement de ne pas avoir tenu votre promesse, vous pouvez le faire maintenant. Emmenez Miss Lockhart et retrouvez cette jeune fille. Arrêtez cette fugue et ce mariage.

Lucius rencontra son regard stoïquement. Oui, il avait failli à sa promesse, mais il pensait qu'il s'était plus que rattrapé en découvrant les nouvelles concernant son neveu et en engageant un avocat pour gérer ses affaires. Cependant, il ne lui avait fallu qu'une fraction de seconde pour réaliser que sa requête allait précisément dans le sens de son dessein. S'il était seul avec Selena dans une calèche pendant des heures alors qu'ils poursuivaient le couple en fuite, qui ne serait pas retrouvé à temps il en était sûr, il aurait le temps de courtiser Selena.

Les raisons de Selena pour dire non étaient fondées sur des blessures et des peurs passées, mais ne représentaient pas les désirs de son cœur. Il devait la convaincre qu'il pouvait la protéger et que quiconque la mépriserait au regard des transgressions de son père, ne serait plus quelqu'un avec qui il aurait affaire. Le contentement que Selena apporterait à sa vie valait plus que n'importe quel membre de la société mondaine qu'il n'hésiterait pas à écarter pour la garder près de lui. Il ne lui manquait que le temps pour la conquérir.

— Très bien, madame, dit-il. Mais je vais le faire correctement. Je prendrai mon cocher et mes garçons d'écurie et une voiture fermée. Je ne soumettrai pas Miss Lockhart à l'inconfort du temps de la fin janvier dans une voiture ouverte, car nous allons probablement rouler pendant des heures.

— C'est le premier mot sensé que vous ayez prononcé, grommela Lady Harrowden.

Lucius se tourna pour partir, et elle ajouta :

— Restez une minute, Lucius. Ces idiots vont se marier maintenant, et je suppose que sa fortune sauvera le domaine d'une ruine immédiate. Mais leur mariage ne doit pas se faire en fuyant de cette façon. Il se trouve que je sais que l'archevêque est en visite dans le Hertfordshire, à Graveley. Je rédigerai une note que vous lui apporterez pour demander une licence spéciale.

Lucius ouvrit les yeux de surprise.

— Volontiers, dit-il. Mais je dois vous avertir qu'il y a peu de chances qu'ils soient retrouvés avant d'être allés trop loin. Ils semblent avoir une longueur d'avance de plusieurs heures.

— Néanmoins, vous allez essayer. Comme je les connais, Rebecca voudra s'arrêter à chaque étape, et Richard n'aura plus d'argent avant de quitter le comté, ou il conduira sa voiture dans un fossé ou quelque chose de la sorte.

Lady Harrowden se dirigea vers le bureau, s'assit et dit :

— J'ai bon espoir qu'ils soient retrouvés.

Elle écrivit une brève note, la sabla et la scella, et la tendit à Lucius, qu'il prit. Il se tourna vers Selena.

— Miss Lockhart, si vous voulez bien m'accompagner jusqu'à la porte, j'ai quelques instructions à vous donner pour le voyage.

Il la vit déglutir avec appréhension, mais elle le suivit. Lorsqu'ils arrivèrent à la porte d'entrée, qui était heureusement vide en raison du manque de domestiques, il se pencha.

— Je n'ai aucune attente concernant le fait de réussir à arrêter ce couple. Je vous accompagnerai pour satisfaire la demande de Lady Harrowden. Mais je ne compromettrai en aucune façon votre réputation, même si cela signifie abandonner l'idée de vous courtiser. Et, dit-il en croisant son regard qu'il soutint, j'ai hâte de poursuivre notre conversation.

Il vit ses yeux s'écarquiller avant qu'elle ne s'éloignât.

. . .

Lorsqu'il arriva une heure plus tard, Selena se tenait dans l'entrée, vêtue de ses vêtements les plus chauds, la femme de chambre de Miss Woodsley à ses côtés. Lucius, cependant, n'avait aucune intention de laisser la présence gênante d'une servante interférer avec son intention de courtiser Selena. Il était déterminé à gagner sa main, et cela devrait être fait sans embarras.

Il s'adressa aux deux dames.

— Je suis désolé de dire que nous n'avons pas de place pour la femme de chambre. Nous ramènerons Miss Woodsley dans notre calèche une fois que nous les aurons rattrapés, mais la place manquera avec ses bagages. Miss Lockhart, je vous assure que votre réputation sera parfaitement préservée, car j'ai mon cocher et mon garçon d'écurie avec moi.

Les lèvres de Selena se guindèrent et cela était éloquent. Il savait qu'elle n'aimait pas être manipulée, mais il allait remporter cette manche, surtout si cela signifiait se battre pour la convaincre qu'elle serait plus heureuse mariée à lui que dans une vie vouée au service.

Elle se tourna vers la femme de chambre de Miss Woodsley.

— Dites à Lady Harrowden que nous sommes partis. Je ferai de mon mieux pour ramener Miss Woodsley à la maison.

Lucius l'aida à monter dans la voiture, puis grimpa après elle avant de refermer la porte derrière eux et de frapper sur le toit. Les chevaux s'élancèrent.

Il s'appuya contre le coin du siège et, avec un air légèrement amusé, dit :

— Je ne m'attendais pas à avoir de l'aide de la part de Lady Harrowden. Mais elle vous a pratiquement livrée à moi.

Selena recula avec un sourcil levé. Elle avait l'air méfiante mais ne semblait pas apeurée alors qu'elle frottait ses mains gantées l'une sur l'autre.

— J'espère que vous n'avez pas inventé cette infâme excuse pour vous retrouver seul avec moi, Lucius. J'avais pensé que je pouvais vous faire confiance.

— Vous savez très bien que vous pouvez me faire confiance, ma chère, dit Lucius. J'ai des intentions honorables. Mais ici, je peux vous convaincre de devenir ma femme, sans crainte d'être interrompu.

— Vous pouvez parler, dit-elle, tournée vers l'avant.

Et il crut voir une fossette apparaître sur sa joue.

— Mais je possède toujours mon propre esprit, ajouta-t-elle.

— Oui, mais le vôtre semble être dérangé d'une certaine manière, car vous semblez penser qu'à cause de quelque chose que votre père a fait il y a des années, vous devez vous résigner à une vie de célibat. Et vous avez reçu une offre parfaitement respectable de mariage et, jusqu'à présent, l'avez refusé. Vous ne pouvez pas me convaincre que cela ne témoigne pas de l'état de votre raison.

— Si vous vous inquiétez autant pour ma raison, répliqua-t-elle, ses lèvres tremblantes esquissant le début d'un sourire, je me demande si vous souhaitez vraiment m'épouser.

Lucius croisa les bras, ses lèvres se courbant aussi.

— Je n'ai aucun doute dans mon esprit que votre raison sera entièrement restaurée. Une fois que vous aurez accepté de devenir ma femme.

— Mon Dieu, s'exclama-t-elle. Une fois que vous êtes obsédé par un sujet, vous ne l'abandonnez pas facilement.

— Non, dit-il. Mais puisque j'ai promis de protéger votre réputation et que je ne peux pas, en toute bonne conscience, vous embrasser, ce qui, d'après mon expérience, est le meilleur moyen de vous convaincre, je dois utiliser mes mots seuls.

Un petit halètement s'échappa des lèvres de Selena, et elle regarda vers le ciel.

— Votre retenue laisse entendre que vous êtes un gentleman, mais un gentleman ne ferait pas allusion à une question aussi délicate qu'un baiser égaré, dit-elle sur un ton sévère.

Il rit.

— Lucius, dit Selena en se tournant vers lui avec tout son

sérieux. Je suis sensible à l'honneur que vous me faites en me demandant de devenir votre épouse. Mon manque de confiance ne concerne pas la sincérité de votre offre. C'est plutôt que je pense que vous ne savez pas ce que vous demandez. L'incident qui s'est passé au bal n'était qu'un exemple de ce à quoi je dois m'attendre si j'entre à nouveau dans la société mondaine. Et…

Elle s'arrêta, et il attendit, en se demandant ce qu'il y avait d'autre dans son adorable esprit. Elle se mordit la lèvre.

— Je sais que vous avez regretté de ne pas être venu à mon aide, mais je vous assure que je ne vous en veux pas. Je crois juste que c'est un petit incident parmi tant d'autres qui nous attendraient si je devenais votre femme. Ce que je crains, c'est de voir l'affection que vous pouvez maintenant me porter se transformer en regrets alors que vous devrez subir avec moi le mépris qui me sera adressé.

L'élan d'optimisme de Lucius prit brusquement un nouveau tournant, et il attrapa sa main.

— Ah, maintenant nous sommes arrivés au cœur du problème. Quand Downing a osé vous humilier devant tout le monde, vous n'aviez pas de protecteurs. J'aurais dû en être un, mais je n'avais pas encore décidé d'assumer ce rôle. Je me suis trompé et je le regrette sincèrement. Au début, je pensais que c'était seulement ma conscience qui me troublait de ne pas avoir pris votre défense, mais j'ai vite compris que mes sentiments étaient devenus plus profonds que je ne le soupçonnais. Ce n'est pas de l'affection que je ressens pour vous, Selena, l'affection a des racines si superficielles qu'elle peut être arrachée. Ce que je ressens pour vous, c'est de l'amour.

Elle se tourna vers lui, ses yeux gris et sérieux l'étudiant.

— Et je ne laisserai pas cela se reproduire, déclara-t-il. Vous ne ferez pas face à des chuchotements sur votre passage quand je serai votre protecteur. La société mondaine saura qu'elle doit répondre devant moi des mauvais traitements qu'elle osera vous infliger. Je ne vais pas vous presser pour obtenir une réponse maintenant, mais je veux que vous sachiez qu'une fois décidée, vous verrez que je ne suis pas l'homme inconstant que vous pensez que je suis.

Lucius serra sa main, puis retira la sienne et se tourna pour regarder par la fenêtre la campagne vallonnée. Il était assez intelligent pour savoir que le silence et le temps feraient plus pour renforcer son argumentation qu'un afflux de mots ne pourrait le faire. Néanmoins, son corps semblait pousser la voiture vers l'avant, non pas pour trouver Rebecca, mais pour rapprocher Selena de la réponse favorable qu'il savait qu'ils désiraient tous les deux.

CHAPITRE VINGT-CINQ

Selena était secouée par le cahotement de la voiture alors qu'ils parcouraient la distance restante jusqu'à Graveley, dont on lui avait dit qu'elle n'était pas beaucoup plus loin, bien qu'ils se fussent brièvement arrêtés dans plusieurs auberges sur la route pour s'enquérir des fugitifs.

Elle ne ressentait aucune inquiétude à s'éloigner de plus en plus du domaine de Harrowden. Au contraire, elle se sentait libre. À quoi cela ressemblerait d'être sous la protection d'un homme tel que Lucius ? Sous ses dehors sardoniques, il s'était révélé gentil. Cela faisait un moment qu'elle n'avait pas trouvé quelqu'un avec qui il était aussi facile de parler, et qui la faisait rire.

Et ce baiser ! Le cœur de Selena rata un battement quand elle y repensa. Si elle acceptait sa proposition, elle se réveillerait comme cela chaque jour. Selena tirait sur le bout de ses gants, en jouant avec leurs coutures. Il devenait de plus en plus difficile de se refuser à lui, ou de se rappeler pourquoi elle devait le faire.

Peu de temps après, ils arrivèrent au village de Graveley, et les bruits de l'activité humaine à l'extérieur la sortirent de ses pensées. Lucius ouvrit la porte de la voiture et aida Selena à descendre, avant de la guider dans le relais de poste.

— Comme vous le savez, Lady Harrowden m'a chargé de m'occuper d'une affaire ici, dit-il. Je verrai l'archevêque aussi vite que je le pourrai et laisserai mes serviteurs avec vous pour vous protéger.

Il alla voir l'aubergiste et conversa avec lui pendant plusieurs minutes, puis revint.

— J'ai fait préparer un salon privé pour vous le temps de mon absence, et j'ai maintenant les indications pour savoir où aller. La femme de l'aubergiste vous prépare un déjeuner, et je ne tarderai pas.

SELENA, seule dans le salon, mangeait le délicieux repas qui lui avait été servi, et bien qu'elle eût tendance à se sentir nerveuse d'avoir entrepris une mission aussi inattendue, elle ressentait une paix surprenante. La nourriture était meilleure que tout ce qu'elle se souvenait avoir goûté, le soleil rayonnait gaiement à travers la fenêtre du salon, elle était sous la protection d'un homme honorable, et…

Elle appuya son menton sur sa main. *Et j'espère pouvoir toujours rester avec lui.*

Je suis amoureuse. La réalité frappa Selena comme un jet de pierres.

Comme s'il répondait à l'appel de son cœur, Lucius entra dans la pièce à ce moment-là.

— Selena, je ne pense pas...

Il s'arrêta net et l'étudia alors qu'elle le regardait avec mélancolie. Selena savait que ses sentiments pour lui étaient écrits sur son visage. En trois enjambées, il fut à table, où il prit place à côté d'elle, et serra ses mains dans les siennes.

— Ma chère, qu'y a-t-il ?

Elle sourit et secoua sa tête. Ce n'était rien qu'elle pût exprimer.

— Vous ne le savez pas, Lucius ?

Il garda les yeux rivés sur elle pendant quelques secondes de plus, mais comme elle ne l'éclairait pas, il sourit et porta une de ses mains à ses lèvres.

— Je ne pense pas que nous devrions continuer cette folle poursuite. La voiture de Harrowden est passée par ici aux premières heures du matin. Il ne s'est même pas arrêté, mais l'un des palefreniers a reconnu les armoiries familiales quand il passait. Nous ne les rattraperons jamais, et je refuse de compromettre votre réputation pour eux.

Selena était toujours affectée par son baiser sur sa main, en souhaitant quelque chose qu'elle ne pouvait pas identifier. Elle ne répondit pas tout de suite. Puis finalement, elle leva les yeux.

— D'une certaine manière, je suis d'accord avec vous. Nous ne pouvons pas aller plus loin et rattraper Harrowden avant la fin de la journée. Je ne souhaite pas que ce scandale entache mon nom s'ils sont déterminés à ne pas se faire prendre, dit-elle en fronçant les sourcils. Cependant, je pense que nous devons faire tout ce que nous pouvons pour essayer de les arrêter. Qui sait, mais peut-être que leur voiture s'est renversée et qu'ils ont maintenant besoin d'aide. Et n'avez-vous pas obtenu une licence spéciale pour qu'ils se marient ? Il n'est peut-être pas trop tard pour les attraper.

Ce fut une décision audacieuse de sa part, mais elle tendit la main pour toucher la sienne, gantée, puis poursuivit :

— Pourquoi ne pas continuer jusqu'à la prochaine étape et voir si nous pouvons les trouver ? Et s'ils sont vraiment partis, nous rentrerons au domaine.

Il y avait une lueur dans les yeux de Lucius que Selena ne pouvait pas tout à fait interpréter quand il répondit.

— Très bien. Nous ferons ce que vous suggérez. Et pour répondre à votre question, j'ai effectivement réussi et j'ai eu un entretien avec l'archevêque, auprès de qui j'ai obtenu une licence spéciale.

Il sourit, et elle aurait pu jurer avoir vu de la malice se cacher dans ses yeux.

— Vous êtes étonnamment docile en acceptant mon plan sans discuter, dit Selena en plissant les yeux. Si j'ai appris quelque chose sur vous, c'est que vous aimez défendre votre cause. Cachez-vous quelque chose ?

Lucius se leva.

— Je cache toujours quelque chose. Je suis toujours paré à toute éventualité.

Il lui fit un clin d'œil en lui tendant la main et elle lui permit de l'aider à se lever. Malgré son air mystérieux, Selena ne pouvait s'empêcher de lui faire entièrement confiance.

Ils montèrent dans la voiture et il tapa sur le toit. Bientôt, la voiture passa des pavés aux chemins de terre, et Selena fut bercée par le mouvement de la voiture. Elle était tellement à l'aise qu'elle faillit s'endormir. Quand elle sentit le toucher de la main de Lucius sur la sienne, elle leva les yeux vers lui, surprise.

— Ma chère, en dehors de cette liberté que j'ai prise de vous tenir la main, je ne vous ferai aucune avance importune pendant que vous serez sous ma protection, déclara-t-il. Vous avez ma parole.

Le pouls de Selena battait de façon erratique dans sa gorge. Son contact n'était pas précisément malvenu, mais elle n'en souhaitait pas davantage, car elle savait que sa réputation serait entachée. Elle n'était pas non plus sûre de pouvoir se faire confiance pour mettre un terme à tout cela. Elle regarda devant elle mais ne retira pas sa main de sous la sienne.

Devant son silence, Lucius passa soigneusement ses doigts dans les siens, et elle fut consciente de la sensation de chaleur qui émanait de sa main gantée et qui se répandait dans tout son être. Le jour commençait à décliner et sa voix grondait dans la pénombre de la voiture.

— Je suis tout à fait déterminé à faire de vous ma femme, Selena, dit Lucius. Si j'ai accepté l'idée insensée de courir après deux nigauds comme Harrowden et Miss Woodsley, ce n'était que pour passer du temps avec vous, sans être gêné par personne d'autre. Et je vois que je n'ai pas eu tort de l'avoir fait, ou je ne serais pas assis à côté de vous, en train de vous tenir la main.

Il lui serra légèrement la main et son toucher fit s'accélérer le pouls de Selena. Il s'appuya contre le siège et ne dit rien de plus. Selena commençait à s'habituer à la chaleur et au poids de sa main et somnola à nouveau.

Soudain, la voiture s'immobilisa et se mit à pencher. Selena tomba sur Lucius alors que la voiture se renversait complètement, et il passa un bras autour de sa taille et grimaça alors que ses yeux s'écarquillaient de peur.

— Chut, ma chérie, dit-il. Il n'y a rien à craindre. Vous êtes avec moi.

Très prudemment, il se dégagea de leur étreinte et se leva pour ouvrir la porte qui était maintenant devenue le plafond. Il se leva et sortit de la voiture, puis s'assit sur le côté. Ses bottes se balançaient de façon désinvolte au-dessus de Selena, et elle avait l'impression qu'il s'amusait. Malgré elle, et en dépit de sa position inconfortable, Selena sourit.

— Eh ! cria-t-il. Worley, cela est une première pour vous. Maintenant, nous sommes dans une situation difficile, n'est-ce pas ?

Elle entendit les excuses marmonnées du cocher, qui semblait expliquer qu'il avait essayé d'éviter un petit animal et avait jeté la voiture dans un fossé. Lucius coupa court à ses protestations.

— Peu importe. Jim, détachez les chevaux, et je prendrai celui avec la selle.

Il baissa les yeux vers Selena, qui s'était redressée en position assise, ses bottes pendantes non loin de son visage. Il balança ses jambes hors de la voiture, puis s'inclina jusqu'à la taille et se pencha vers l'intérieur.

— Levez-vous, et je vais vous faire sortir, ordonna-t-il, le visage illuminé d'amusement.

— Juste comme cela ? dit Selena avec un sourire.

Sa tête avait clairement dû être blessée dans l'accident si elle trouvait quelque chose prêtant à sourire.

— Juste comme cela, répéta-t-il.

Elle se leva, et Lucius se pencha et la saisit par la taille. En glissant sur l'extérieur de la voiture, il la souleva, en prenant soin de ne pas la cogner contre le bord de la voiture. Il atterrit sur le sol, et Selena était toujours penchée sur le côté de la manière la plus indigne qu'il fût. Elle ne put s'empêcher de rire.

— Lucius, cela est très déshonorant. J'insiste pour que vous me reposiez au sol tout de suite, ordonna-t-elle.

Lucius, ses lèvres toujours étirées en un large sourire, la souleva pour la faire entièrement sortir de la voiture et la posa sur le sol. Après un moment, il retira ses mains de sa taille. Elle se détourna de lui pour regarder la voiture accidentée, et lorsqu'elle vit son état, la bonne humeur s'enfuit. Les deux roues étaient cassées d'un côté, et le garçon d'écurie détachait l'un des chevaux de la voiture.

— C'est terrible, dit-elle. Comment allons-nous retourner à Harrowden ce soir ?

— N'ayez crainte, dit Lucius. J'ai un plan.

Il fit signe au garçon d'amener un des chevaux sellés, et il le tint par la bride.

— Nous allons monter à cheval, dit-il. Je grimperai et je vous mettrai devant moi.

Il appela le cocher.

— Worley, à quelle distance se trouve la ville la plus proche d'ici ?

Le cocher leva les yeux après avoir examiné la roue.

— Je dirais environ deux miles de plus, monsieur.

Lucius se hissa sur la selle, se pencha et tendit les mains vers Selena.

— Montez, je vais vous tirer.

Selena s'exécuta et sentit ses mains sur sa taille par derrière.

Puis, avant qu'elle ne s'en rendît compte, elle était assise contre la poitrine de Lucius avec ses jambes d'un côté et entourée de ses bras.

Le garçon d'écurie examinait maintenant les boulets de l'un des autres chevaux, et Lucius appela à nouveau le cocher :

— Je veux que Jim et vous ameniez les autres chevaux à l'écurie dans le village voisin. Envoyez quelqu'un pour venir réparer la voiture, et préparez tout pour que nous puissions repartir dans deux jours. Cela devrait suffire.

Il lança un petit sac de pièces à son cocher.

— Oui, monsieur, répondit Worley.

Selena sentit l'appréhension monter en elle alors qu'ils commençaient à avancer. Elle était si proche de Lucius, plus qu'elle ne l'avait jamais été de n'importe quel autre homme.

— Deux jours ? dit-elle d'une petite voix.

Il se pencha pour la regarder.

— N'ayez crainte, Selena. Je ne laisserai aucun mal vous arriver.

Ses yeux se fixèrent sur la barbe naissante sur son menton.

— Comment cela se peut-il, alors que nous ne reviendrons pas à Harrowden avant deux jours ? Même si vous ne profitez pas de ma situation, ma réputation sera entachée. Non seulement je serai bannie partout, encore plus que je ne le suis déjà, mais...

Elle tira sur sa boutonnière avant de continuer :

— Lucius, je n'obtiendrai un autre poste nulle part. Je serai sans ressources. Je ne pense pas que vous ayez pensé aux implications de tout cela sur ma situation.

— Votre situation m'a longtemps irrité, dit Lucius, en resserrant son étreinte. Je ne peux pas supporter de vous voir traitée avec dédain par des hommes comme Downing ou sous le regard insolent de Lord Harrowden, ou même vous voir recevoir les ordres de Lady Harrowden et d'une gamine comme Miss Woodsley. Comme je vous l'ai déjà dit, je n'aurai pas de repos tant que vous ne serez pas ma femme, et vous apprendrez que je ne suis pas homme à abandonner facilement.

Il se pencha et l'embrassa sur le front.

— Arrêtez de tergiverser, Selena. Dites que vous serez ma femme, et non parce que vous le devez pour sauver votre réputation, mais parce que vous le souhaitez.

La belle défense qu'elle faisait ne tint plus et Selena soupira bruyamment.

— Je serai votre femme, alors, dit-elle avant de parler d'une voix plus timide, et parce que je le souhaite.

Elle lança un coup d'œil paniqué à son visage avant de baisser les yeux. Elle avait ouvert son cœur.

S'il vous plaît ne vous moquez pas de moi.

Il resserra son bras autour de sa taille, et quand elle le regarda, son visage avait une telle expression de joie que cela transformait entièrement ses traits. Il se pencha et posa un baiser sur ses lèvres.

— Regardez la route, Lucius, l'exhorta-t-elle, ses lèvres se courbant vers le haut.

Elle inspira brusquement alors que la réalisation la frappait.

— Mais, Lucius, nous n'avons toujours pas résolu le problème ! Même si vous m'épousez, je serai en votre compagnie sans être chaperonnée pendant la nuit, peu importe que nous ne soyons pas dans la même chambre. Cela seul ruinera ma réputation. Oh, pourquoi n'avons-nous pas amené Alice ? Nous aurions facilement pu lui trouver une place.

— Maudite soit Alice, dit-il. Elle aurait été de trop. Je n'ai pas sous-estimé le danger lié à votre réputation, très chère, mais comme je le disais, je suis toujours paré à toute éventualité.

Un sourire joua sur ses lèvres, alors qu'il regardait droit devant lui.

— Dans ma poche de manteau, j'ai une licence spéciale, ajouta-t-il.

— Pour Rebecca et Lord Harrowden, s'exclama Selena. À quoi cela peut-il nous servir ?

— Pensez-vous que j'aurais perdu une opportunité d'obtenir une licence spéciale pour eux sans en demander une pour nous ? dit-il. Cela aurait été stupide.

Selena le regarda, en état de choc. Une telle chose ne lui était jamais venue à l'esprit.

— Cela était déjà assez difficile de vous convaincre, jeune femme têtue que vous êtes, de m'épouser, poursuivit-il. Je pensais que je n'y réussirai jamais, ma sœur semant constamment des graines de doute, même si vous pouvez être sûre qu'elle et moi avons eu une conversation et que nous nous comprenons maintenant parfaitement, et des hommes lâches comme Downing vous faisant douter de votre valeur. Sa Grâce m'a donné l'adresse du vicaire à Campton, et je vous épouserai ce soir.

Il lui adressa un sourire fier avant d'ajouter :

— Maintenant que vous avez finalement dit oui.

Blottie dans ses bras, Selena était inondée de joie. Et elle ne pouvait pas croire qu'elle pût ressentir une telle joie.

— Oh, Lucius, soupira-t-elle en écarquillant les yeux vers lui.

Il arrêta brusquement son cheval et la fixa.

— Pourquoi vous êtes-vous arrêté ? demanda-t-elle.

Avec une main autour de sa taille et avec les rênes enroulées autour de l'autre, il l'attira plus près.

— Pour cela.

Lucius l'embrassa jusqu'à ce qu'elle s'évanouît de désir, serrée contre lui et bercée dans ses bras. Il s'écarta enfin, sa respiration haletante et ses yeux brillant dans la pénombre. Un sourire grandit sur leurs deux visages alors que leurs regards se soutenaient.

— Alors, où trouvons-nous ce vicaire ? demanda timidement Selena.

CHAPITRE VINGT-SIX

Deux jours plus tard, Sir Lucius et Lady Clavering arrivèrent au domaine de Harrowden, et Selena lança à Lucius un regard plein d'inquiétude. Ils avaient passé les deux jours suivant leur cérémonie de mariage impromptue à être égoïstes au-delà de ce qui était permis, Selena l'avait dit plus d'une fois à son mari, mais il avait balayé facilement ses objections.

— Il était temps que quelqu'un pense à vous, et c'est mon rôle maintenant, lui avait dit Lucius.

Cependant, il était aussi temps d'affronter les conséquences. Lady Harrowden allait probablement être furieuse, et elle avait parfaitement le droit de l'être. Peu importait que Selena eût la protection de son mari, elle savait qu'ils étaient en faute.

Lucius vit son air inquiet et prit sa joue dans sa main.

— Ne vous inquiétez pas.

Il rit soudainement en se remémorant le passé.

— Je ne pense pas qu'elle pourrait vous manger, ajouta-t-il.

Cela fit sourire Selena.

Alors que Lucius l'aidait à descendre de la voiture, le bruit d'une autre calèche écrasant la neige fondante leur parvint aux oreilles. Il leva les yeux, puis se tourna vers Selena, les yeux pétillants.

— Cela devrait s'avérer intéressant. C'est mon frère George, et apparemment, Philippa aussi. Je suppose que si je dois présenter ma femme à ma famille, je préférerais commencer par ces deux-là.

— Lucius ! dit George en s'arrêtant et en gratifiant Lucius d'un regard soulagé. Tu es là. Briggs était étonnamment peu enclin à dire où tu te trouvais, et comme je savais que tu n'étais pas parti pour Londres, et que tu n'irais pas non plus rendre visite à Mère sans en avoir absolument besoin, j'ai pensé que, peut-être, je pourrais te trouver ici.

George s'arrêta soudainement lorsque ses yeux se posèrent sur Selena, mais ce fut Philippa qui parla.

— Vous êtes tous les deux habillés pour voyager, s'exclama-t-elle. Que s'est-il passé ? Ce matin, Maria a entendu une rumeur selon laquelle Miss Woodsley se serait enfuie avec Lord Harrowden. Je suppose que l'on t'a demandé de les poursuivre ? Bonjour, Miss Lockhart. Fut-ce un succès ?

Selena serra les lèvres et regarda Lucius pour trouver du soutien. Il attrapa sa main et la serra, et les yeux de George et de Philippa s'écarquillèrent de surprise.

— Lucius, tu as quelque chose à nous dire, dit Philippa, son sourire s'élargissant.

— Oui. Vous ne vous adressez plus à Miss Lockhart. Vous pouvez l'appeler Selena, car elle s'appelle désormais Lady Clavering.

— Ce n'est pas vrai, Lucius, dit George avec émerveillement. Finalement, tu as trouvé chaussure à ton pied.

Lucius tendit son bras et Selena y glissa sa main pour se rassurer.

— Chaussure à mon pied n'est pas exactement le terme que j'emploierais, dit-il avec ironie. C'est un mariage d'amour.

George plaqua sa main sur sa bouche.

— Je vous demande pardon Miss... Lady Clav... Selena, réussit-il enfin à dire.

— Votre succès avec les femmes est assuré, George, dit Lucius d'une voix amusée.

Philippa frappa dans ses mains.

— Oh, je le savais ! Je pouvais dire à la façon dont vous vous regardiez qu'il allait y avoir un mariage.

Lucius fronça les sourcils.

— Tu ne savais rien, objecta-t-il. Je vous assure que je n'étais pas si transparent.

— Peut-être pas à cause de la façon dont tu l'as laissée se débrouiller toute seule, Lucius, répliqua sèchement Philippa. Mais je savais que tu ne tarderais pas à reprendre tes esprits.

Selena prit une profonde inspiration.

— Je suppose qu'il n'y a pas de meilleur moment que maintenant pour informer Lady Harrowden que notre mission a échoué, dit-elle.

Lucius lui serra la main en guise d'encouragement.

Ils commencèrent à marcher vers la maison lorsque la voix de George s'éleva de derrière.

— Et Maria, ajouta-t-il. À moins qu'elle ne soit déjà partie, elle est ici pour rendre visite à la comtesse.

Selena se mordit la lèvre et regarda Lucius mais ne dit rien.

La porte s'ouvrit devant eux et ils entrèrent dans la maison. À la grande surprise de Selena, Mullings était de retour et elle se demandait s'il y avait eu un revirement financier concernant le domaine. Le bref coup d'œil du majordome à Selena montrait sa désapprobation et elle avait envie de le remettre à sa place. Elle ne méritait pas un regard aussi sévère.

— Mullings, dit Lucius. Ayez la bonté d'informer Lady Harrowden que nous sommes ici.

Mullings s'avança de manière solennelle et ouvrit la porte du salon.

— Sir Lucius Clavering, Mr. George Clavering, Miss Lockhart, Miss Philippa Clavering. Il ouvrit la porte plus grand, et Lucius conduisit Selena dans la pièce.

Lady Harrowden ne les laissa pas aller bien loin.

— Les limites ont été franchies. Vous êtes de retour, mais après avoir laissé la personne chargée de chaperonner Miss Lockhart à la maison, pensez-vous qu'elle sera la bienvenue ici ? Votre réputation a été ternie, Selena, admonesta la comtesse. Et d'après ce que je peux voir, vous n'avez pas trouvé mon neveu ni Rebecca. En fin de compte, vous n'avez rien fait d'autre que d'aggraver l'affaire.

Maria se leva quand ils entrèrent.

— Vraiment, Lucius. Je n'aime pas l'idée que tu compromettes une jeune femme, même si tu y es allé sur la demande expresse de Lady Harrowden.

Elle se tourna vers la comtesse et déclara :

— Madame, vous admettrez qu'il en est ainsi. Ils vont maintenant devoir se marier.

— À moins qu'il ne soit possible de trouver une excuse, dit Lady Harrowden. Je ne pensais pas que vous étiez si maladroit, Lucius. Qui vous a vus ? Où avez-vous dormi ces deux nuits ?

— Hum.

Lucius baissa la tête, et Selena sut que c'était pour cacher le sourire qui était apparu sur ses lèvres. Il avait l'air de s'amuser. *Je suis contente que quelqu'un s'amuse,* pensa-t-elle exaspérée.

— Le vicaire de Campton nous a vus, dit-il en informant la comtesse, juste avant de nous marier. Et l'aubergiste nous a vus au Blue Bell Inn, quand il nous a montré notre chambre.

Alors que Philippa et George semblaient amusés, Lady Harrowden tourna un visage outré vers Selena, et elle sentit cette panique familière lui faire rougir les joues. Elle détestait se retrouver sous toute forme d'examen minutieux, en particulier quand il revêtait ce dissentiment.

Avec un air très embarrassé, Maria se leva et s'avança vers Selena.

— Bienvenue dans notre famille.

Ses lèvres s'étirèrent en un sourire qui montrait ses dents en une forme de grimace et se figèrent. George toussa soudain derrière eux.

— Lucius, comment avez-vous osé me désobliger en l'épousant ? dit Lady Harrowden. Vous n'avez pas demandé ma permission, et Miss Lockhart est à mon service. J'aurais dit non.

Lucius écarquilla les yeux mais parla sur un ton mesuré.

— Madame, vous ne pouvez pas dicter sa volonté, car elle est en âge de décider pour elle-même. Et je n'avais pas besoin de votre approbation, Lady Clavering non plus. C'est pour éviter des objections aussi ridicules que celles-ci que je l'ai épousée avec une licence spéciale, et je dois vous remercier, soit dit en passant, pour cette mise en relation qui m'a permis de l'obtenir.

Lady Harrowden haleta.

— Je me suis marié uniquement pour m'obliger, ajouta Lucius.

Selena leva les yeux vers son mari et se réchauffa sous la protection de son regard aimant.

Il se tourna vers la comtesse et il dit :

— Il est vrai que nous n'avons pas rencontré le succès attendu en ce qui concerne votre neveu et votre pupille, mais je crois qu'ils étaient surtout déterminés à se marier à leur manière. Cependant, comme vous l'avez dit, les revenus de Miss Woodsley rembourseront les dettes les plus urgentes du domaine, et l'on peut espérer que votre neveu aura retenu la leçon. D'après le peu que je sais de lui, il n'est pas désireux de perdre sa position élevée dans la société mondaine, et je crois qu'il ne sera pas désireux de se plonger dans la ruine maintenant qu'il a cette seconde chance.

Lucius jeta un coup d'œil à la porte de l'entrée, le regard interrogateur.

— Au fait, je vois que Mullings est de retour. Comment cela se fait-il ?

Lady Harrowden plissa ses lèvres ridées et marqua une pause avant de répondre.

— Mon neveu avait congédié Mullings parce qu'il pensait qu'il m'était trop fidèle. Votre avocat a découvert le malentendu et l'a ramené pour servir ici jusqu'à ce qu'il puisse me suivre à la maison douairière. Bien que, poursuivit-elle sur un ton acerbe, je ne voie pas comment je peux déménager maintenant sans dame de compagnie.

Elle lança un regard accusateur à Selena.

— Je crois que je connais quelqu'un qui pourrait prendre la place de Lady Clavering, déclara Maria. Laissez-moi vous en dire davantage.

Lucius bougea, en montrant que l'entretien touchait à sa fin.

— Je suppose que vous verrez revenir Lord et Lady Harrowden dans quelques semaines. En attendant, j'enverrai un domestique récupérer les biens de Lady Clavering. Et maintenant, il est temps de rentrer à la maison.

Philippa baissa la tête comme si elle essayait de ne pas sourire. Elle les regarda alors qu'ils passaient devant elle pour se diriger vers la porte. George fit un simple geste d'adieu, et Philippa et lui allèrent s'asseoir près du feu avec Maria et Lady Harrowden.

Selena et Lucius partirent en entendant Lady Harrowden spéculer, sur un ton choqué, sur ce qui était le plus scandaleux, la fugue de Lord Harrowden et Miss Woodsley ou le mariage étrangement soudain de Lucius et Selena sans même que les bans eussent été publiés. Maria s'appliquait à calmer l'agitation de la comtesse.

Mullings ouvrit la porte d'entrée pour les laisser sortir, et Lucius se pencha.

— La prochaine fois que nous viendrons rendre visite à la comtesse, vous pouvez présenter Miss Lockhart comme Lady Clavering, dit-il en marquant une pause pour jeter un coup d'œil au vieux majordome. Et j'espère que vous le ferez dans le respect de la dignité de ma femme.

Le majordome abandonna sa posture raide et étudia le sol.

— Oui, monsieur.

Selena et Lucius quittèrent le domaine, en sortant dans le paysage hivernal brillant de neige dont le vent chaud faisait fondre les congères. Ils montèrent dans la voiture qui les attendait, et Lucius donna une tape sur le toit pour démarrer.

Il s'étira et poussa un profond soupir de contentement avant de se tourner vers Selena, qui ne put cacher son regard d'adoration. Il ouvrit son bras et elle se glissa dans son étreinte. Un silence confortable s'installa pendant qu'ils chevauchaient, et une sensation de bonheur fit se retrousser ses lèvres en un sourire.

Lucius posa ses bottes sur le siège en face d'eux.

— Lady Clavering, je ne crois pas que vous connaissiez mon pavillon de chasse, où nous résiderons jusqu'à ce que nous puissions déménager dans mon domaine. J'espère que vous le trouverez à votre goût. C'est vrai, il y a de temps en temps des demoiselles en détresse qui frappent à la porte à des heures indues, mais sinon, c'est tout à fait supportable, je vous assure.

NOTES

CHAPITRE 16

1. Ndt : « Harridan » signifie « harpie » en français.

DU MÊME AUTEUR

LES DEMANDES EN MARIAGE

Une fâcheuse demande

Une fidèle demande

Une fervente demande

l'Intégrale de la série: Les Demandes en Mariage

LES CHRONIQUES DES CLAVERINGS

Déshonneur et Rédemption

Philippa prend parti

AUTRE LIVES

Une Épouse Peu Encline

À PROPOS DE L'AUTEUR

Jennie Goutet est une anglophile d'origine américaine qui vit avec son mari français et leurs trois enfants dans une petite ville en banlieue parisienne. Elle puise son inspiration dans l'époque de la Régence anglaise, où se déroulent ses romances historiques Régence les plus vendues. Vous pouvez en apprendre davantage à propos de Jennie et de ses livres sur la page en français de son site d'auteur, jenniegoutet.com. Si vous le souhaitez, vous y trouverez un lien pour vous inscrire à sa newsletter française. Elle n'envoie des emails qu'à l'occasion d'une nouvelle sortie de livre ou d'un prix réduit sur un de ses livres en français.

** Photo par Caroline Aoustin*

Printed by Amazon Italia Logistica S.r.l.
Torrazza Piemonte (TO), Italy

57735581R00174